PERFECT WORLD
根据起点中文网
白金作家
辰东
原著改编
深宫旧梦，阴谋重重。
重瞳、真血、至尊骨……
记忆浮现，身世之谜一一揭晓；
宝骨被夺，错信歹人骨肉分离！
天生至尊，跌落绝境！
万族争霸，英雄崛起。
你我共创，完美世界！
完美世界（漫画版）④
原著：辰东 编绘：猴赛雷
单册定价：19.80元
《神漫》天猫店每月上新，活动惊喜不断，还有好礼相送！
http://zntsts.tmall.com
更多资讯尽在《神漫》官方微信！
登录微信扫描二维码或搜索账号MAGICCOMIC
PERFECT WORLD

完美世界18

PERFECT WORLD

Oriental Fantasy

辰东◇著

山东画报出版社

图书在版编目（CIP）数据

完美世界. 第18册 / 辰东著. -- 济南 : 山东画报出版社, 2018.3（2021.11重印）
ISBN 978-7-5474-2477-3

Ⅰ. ①完… Ⅱ. ①辰… Ⅲ. ①长篇小说 - 中国 - 当代
Ⅳ. ①I247.5

中国版本图书馆CIP数据核字(2017)第134722号

WANMEI SHIJIE 18

完美世界18

辰东 著

责任编辑 许 诺
总 监 制 梁 洁
策划编辑 黄香春
统筹编辑 蒋 甜
装帧设计 杨 洁
主管单位 山东出版传媒股份有限公司
出版发行 山东画报出版社
社　址 济南市市中区英雄山路189号B座 邮编 250002
电　话 总编室（0531）82098472
市场部（0531）82098479
网　址 http://www.hbcbs.com.cn
电子信箱 hbcb@sdpress.com.cn
印　刷 湖南天闻新华印务有限公司
规　格 169毫米×233毫米 1/16
20印张 300千字
版　次 2018年3月第1版
印　次 2021年11月第3次印刷
书　号 ISBN 978-7-5474-2477-3
定　价 34.80元

CONTENTS

目录

WANMEI SHIJIE

WANMEI SHIJIE

第789章 魔化

WANMEI SHIJIE

太突然了，总有一些事超出石昊的预料。

石昊无论如何也没有想到自己会再见到那只雪白的小麒麟，虽然他感觉刚分开没多久，但对那只小麒麟来说，已经度过漫长岁月。

小麒麟在那里呜呜哀鸣。听着它的哭泣声，石昊的心忍不住一抖，这几个月以来，他一直都在思索当日的经历是否真实存在。

他曾眼睁睁地看着凰女、背负光明仙金剑的青年、怀抱白色小麒麟的女生一个个倒在血泊中，战死在南海紫竹林，他也因此深陷悲伤的情绪之中。他看着那一幕幕凄凉的情景，却无力改变，心中怆然又遗憾。

如今见到小麒麟，一切都被证实了——当日的经历不是虚幻的，而是真实的。

石昊的眼睛发酸，心情沉痛，他真的神游仙古末年，结交了一些朋友，结果却是那么残酷，看着他们一个个殒灭了。

“我还在等，希望她回来，我想她……”小麒麟呜呜地哭着，将石昊的思绪带回了仙古。

虽然他跟那些人交往的时间很短暂，但难忘!

“别哭了，跟我走吧，边荒要乱了，我带你去杀敌，为他们报仇！”石昊说道，看着映现在虚空中的小麒麟。

他心中有一股战意，如火焰般腾腾燃烧，他要奔赴那个战场。上次梦回仙古之时，他无法出手，深感遗憾，而今这一世，他要堂堂一战，杀向边荒!

“不，我要等她，等她回来！”小麒麟很坚决，不肯现出真身，用那映现在虚空中的影子跟他交流。

“我也希望她回来，可是她再也不会出现了。”石昊说道。他声音平缓，但内心的情绪汹涌澎湃。

那一纪元的事，特别让人悲伤，所有年轻至尊都殒灭了。他们都是绝世之才，像凰女等人都修出了三道仙气，若是能活到这一世，无论是他石昊，还是十冠王都不能专美于前。

那是一个人才辈出的辉煌年代，也是一个让人悲怆的末世。一批又一批强者，还没有成长起来，就早早殒灭了。

“不，我相信，她会出现，也会回来的，会来这片山中找我！”小麒麟叫道。它眼中有泪，饱含着感情，在低声痛哭。

连一只幼兽都如此，更何况是石昊，他一声长叹，看着远方的天与地。

他为小麒麟的忠诚与重情重义而感动，也为昔年的遗憾而无力，岁月就那么过去了，可叹可悲的仙古纪元渐渐远去。

“你会长大，早点接受现实吧。”石昊说道。虽然这很残忍，但他还是要让小麒麟从梦中醒来。

因为，这是一只纯血麒麟，一旦成年，会拥有滔天的战力，勇冠世间，是未来的一大主力，不能任它就这样迷惘下去。

“我虽然还小，但很清醒，我相信她一定会出现的。”小麒麟语气坚定地说。

石昊诧异万分。

虽然他不太相信，但还是问道：“为什么？”

“连你都能梦回仙古，为什么她不能再现人间？”小麒麟轻语。

石昊沉默了，他能回去，是因为时间长河逆乱了，那个时间之钟接引他过去，神游那一世。

还有六道轮回仙王的功劳，有他在，结合他的法，自然有无穷无尽的威力。

这一刹那，石昊醒悟过来了。

是了，光想着时间，遗忘了那位六道轮回仙王，他的法，他的道，若是演化到极致，说不定真能做出什么惊天动地的事来。

“你是怎么活过来的？”石昊问小麒麟。他首先想到的是，小麒麟为何没有殒命？

“有人撕开空间，把我传送走了，我被埋在一堆不死物质中，长眠上万年，直到最近才醒了过来，岁月不能斩我命。”小麒麟这样说道。

这让石昊惊愕万分，不死物质是天地间很多大人物在收集的东西，若不能成为长生者，那种物质无疑可以保命，相当于得到另一种不死的方式。

随后，无论石昊说什么，小麒麟都不现身。它告诉他，别人寻不到它，是因为它的身上有一件仙古秘宝。现在，它决定隐身，不再出现。最后，它留下一句话：“我要等她，等着她回来，等她再现人间。”

这让石昊惆怅且迷惘，小麒麟真的能等到那个少女吗？他觉得不现实，这世间本无轮回，它是活在自己的梦中吗？

不过石昊也期待着奇迹的出现。若是小麒麟真的等到了那个女生或者是上一纪元的其他生灵，那么这意义将非同小可！

城池很大，石昊又回来了。

其他人也陆续回来了。这些人没能找到小麒麟，算是白跑一趟了。虽然很多人动用了大法力，移开了山，凿出了地下河水，依旧徒劳无功。

至此，这些人死心了，那所谓的麒麟蛋并不在附近，应该相距很远，而且因为拥有奇珍异宝，所以它能自保。

城池中的人多了一些，因为不光石昊、魔女等人来到了这里，还有其他的一些外来修士，他们的实力都很强大。

他们听说了麒麟现世的消息，从别的古城赶了过来，都想捉到它。

“据说是一只小麒麟，涅槃之后，重归蛋中，一旦得到它，就意味着此生将有一只极强的神兽伴在身边。”

这就是这些人蜂拥而来的理由。

禁区深处，古城并不多，但是都很大。城里拥有成群的高手，他们先后出动，自然引发了轩然大波。

那里的每一座城池都有辉煌的过去，开创者无一不是震古烁今的强者。

可惜，那些人都先后殒灭了，只有古城见证着他们的功绩，他们的后人永远住在那里。

“你似乎不怎么上心。”魔女看着石昊道，“你不在乎那只小麒麟？”

“听我的，一起走吧，赶紧去边荒那座帝城，不要忘了我们来这里的初衷。”石昊说道。他这是在告诉她，这里的人是没有希望得到小麒麟的。

当然，他没有提曾与小麒麟有过交流的事，因为这消息太过惊世骇俗。他曾与仙古的一群人结下友谊，无论怎么看都有点荒谬，说出去的话，别人肯定会以为他疯了。

“在这里得不到小麒麟？你确定？”魔女问道。

“我确定。”石昊很平静地道。

魔女看了看他，很果断地道：“既然如此，我们上路吧，赶紧去边荒，去寻找那座城。”

这出乎石昊的意料。

听到小麒麟的消息，没有人不兴奋，特别是魔女这种身上有神秘石珠的人，现在她居然说放弃就放弃了。

石昊看了她一眼，有点呆住了。

“你那是什么眼神，难道还想劝我留下不成？”她斜视石昊。

“不，只是没想到你这么干脆。”

这一次，两人一起上路了，离开巨城，向着禁区更深处闯去。

“有人追过来了！”

走了数万里后，路上突然传来了铁骑奔腾的声响。一群强者，足有十几人，眼球猩红，带着滔天杀气，如同恶兽般从后方追击到这里。

“又是这种人！”石昊曾经杀了一队天神，那群人也是这种迷失了自我的状态。

“看来，这禁区深处出了大问题，侵蚀了很多强者。他们都敢这么明目张胆地追击了，可见他们有多么强。”魔女道。

很明显，这些人有近路可走。要不然，就凭他们绝对追不上石昊。

“你杀了第十九队的人？”对面那个头领阴冷地盯着石昊。

“你们彼此间还有感应不成？我杀了那一队人马，你们还能察觉得到？”石昊问道。

同时，他这也等于是承认自己击杀了一群被侵蚀的强者。

待在这禁区深处很危险，会有一些雾霭从边荒中弥漫过来，那些雾霭能够惑人心神，使人堕落。

“与我们为敌，你将在这片禁区中寸步难行！”那个头领喝道，他身后的十几人都亮出了兵器。

“竟是一队天神。这片禁区果然不同凡响，人数虽然不是很多，但高手不少！”魔女感叹。

“我都走了上万里路了，怎么叫寸步难行呢？”

“我的感觉告诉我，你很强，但你终究没有成长起来，还不是一个大人物，所以今天必死无疑！”那头领说道，座下的猛兽发出一声咆哮，它的眼睛是血色的。

“是吗？你们尽管出手试试看。”石昊说道。

“虽然你能杀掉第十九队人马，我们也许不是你的对手，不过你依旧活不了。”那头领说道，而后他吟诵古语，像是在进行某种形式的祭祀。

“有请大人降临！”有人说道。

就在这时，不远处一座石山裂开了，露出一座被血水浸着的祭坛，它是血红色的，很刺眼。

“不会吧！”连魔女的脸色都变了。虽然听说过边荒不太稳定，但是没有想到的是，情况竟然糟糕到了这种程度。

“他们这是要做什么？”石昊问道。

“这些人原本属于三千州，只是魔化了而已，但现在他们所建造的血红色祭坛相当厉害，可能会去请边荒那一边真正的生灵，使他降临在此！”魔女神色严肃地道。

石昊一阵头大，这可真是天大的麻烦。

那一队人在吟诵咒语，皆割破了手腕，以天神血洗礼那祭坛，算是献祭。

“是谁在呼唤我，可以让我的本体过去了吗？”就在这时，祭坛上传来一个懒洋洋的声音。

他好像很年轻，但给人一种极其强烈的压迫感!

第790章 血祭坛

WANMEI SHIJIE

石山开裂，血红色祭坛浮现出来。

那声音很懒散，像是什么都不放在心头上似的，但又给人一种妖邪的感觉。

“拜见大人！”那一队人马齐声喊道。

在这里居然见到了这样一座血红色祭坛，石昊相当惊讶。很明显它所连着的不是三千州，而是最为可怕的边荒那一端！

这太突然了，让人觉得极为震撼！

石昊一直都知道，战争要来了，会席卷天地，九天十地都逃脱不了。可当他真正触及后才明白，这一切多么让人窒息。

要知道，仙古纪元就是让那帮敌人葬掉的。这一次他们又来了，谁能抵挡？

当年最起码还有十凶，还有柳神，还有无终，还有六道轮回仙王……可是现在呢，还有谁？

那个级别的高手不在了！

一想到敌人入关的场面，石昊心都凉了。这也太快了，他还没有准备好，实力还没有到达那个程度。

魔女也神色凝重，眸子深邃无比，收敛了平日的嬉笑神态，现在如同一尊冰冷的女魔神！

她也没有想到这一天会来得这么快。这座血红色祭坛早就建好了，所以对面的人是可以过来的。

到了这一刻，很明显了，对方准备了很多年，真要进攻时，肯定是祭坛成片，大军无数，光想一想就让人头皮发麻，不寒而栗。

“哧！”

石昊出手了，抬手就是柳神的法，一道粗大的金色柳条飞出，化作秩序神链，冲向那座祭坛，要将它击碎。

“本座在此，竟敢放肆？”那血红色祭坛上传来的声音依旧懒洋洋的，根本就没有把这一击当作一回事。

此时，祭坛上发出光来，上面刻的图等栩栩如生。

这祭坛撑起光幕，挡住了石昊的一击！

这是一座法阵，可以自我守护，能防御并化解别人的攻击。

“咻！”

魔女也出手了。她一抬手，十根纤纤手指皆发出光来，射出一道又一道彩色光线。

这是截天术。

她一上来就动用了镇教宝术。

不过，她攻击的目标并不是祭坛，而是铁骑。

“噗！”

当场就有一人被她击杀。魔女很平静，也很从容，脸上没有一点波澜。

这让石昊看到了她的另一面。平常的时候，她笑嘻嘻的，人也特别古灵精怪，可真正动起手来，又像是一尊女修罗，符合她魔女的风格。

诡异的是，死去的天神的血液全都向祭坛的方向流去，哪怕魔女有意阻止，将血震成血雾，它们依旧在向祭坛的方向涌动。

“杀了他们！”那个头领喝道。尽管不是对手，但他不怕死。

这群人都这样，如同疯魔。因为，他们的灵魂已经被侵蚀，早已彻底堕落与魔化。

“哧！”

石昊出手了。他暂时放弃攻击祭坛，全力对付这些人。魔女也动了，与这些高手大战。

很明显，他们都修出了仙气，两人联手，威力相当强大。那群人虽然都是从死人堆中爬出来的老兵，出手十分凶悍，但依旧不敌石昊他们。

随着“噗噗”声响起，他们被石昊、魔女两人强势斩杀。

不过，糟糕的是，这些人的血液皆向祭坛流去。

这等于是在献祭。

要知道，这可是天神，任何一位的精血都比得成千上万的生灵。更何况，是这么多累积在一起，数量恐怖得惊人。

石昊、魔女自然不会让他们如意。两人以宝术禁锢血液，强行收进空间法器中，不让它们被祭坛吸收。

这样一来，被击杀的天神散发出来的精气都被收走与炼化了，并没有被祭坛吸收。

可是，石昊与魔女还是脸色凝重地盯着这座血红色祭坛。好在它还不算宏伟，不能让那一边的人随心所欲地过来。

但可以想到的是，一旦条件成熟，这座血红色祭坛将成为一道门户，一些极其强大与可怕的生灵会通过它杀过来。

“不错啊，这么快就解决了战斗，你们应该不会比仙古那帮所谓的年轻至尊差多少吧。”祭坛上传来这样满不在乎的声音，他恣意且张扬。

“有本事你就过来。”石昊盯着祭坛道。

“呵呵……”祭坛上的那个人笑得很随意，声音却有点冷了，道，“不是什么阿猫阿狗都值得我出手的，不过，你们可以让我动身。”

“少废话，敢一战就过来，不敢就滚！”石昊斥道。

“你求死吗？”对面那人道。

与此同时，这祭坛发出一道又一道赤色的闪电，一时间响声大作。同时，祭坛上刻的图都“复苏”了，上面原本刻着的三千州的各种生灵全部跪伏在上面，向祭坛中心朝拜。

“锵！”

祭坛上出现了一个生灵，只能看出是人形的，被黑色的金属甲胄包裹着，散发出狂霸的气息。

这种气息，直接撕裂了天空，震塌了大地。

“我烙暮是万古以来第一个来到这片大地的强者吗？”他在自语。

这句话很是张扬，更有一种霸气，同时透露出了很多信息——那个世界还没有人真正来过，他很有可能是第一个。

这说明，形势虽然危急，但没有到不可收拾的地步。

“咚！”

祭坛摇动，赤色霞光闪烁，它一点点裂开，眼看就要毁掉了。

“不！”祭坛上的人大叫，自称烙暮的人身影变得暗淡，即将消失。

很明显，这个祭坛有问题，不然那一边早就大举进攻了，而不是像现在这样暗中积蓄力量。

“咔嚓！”

那个人终于消失了，但是带着不甘，道：“今日没完，我要过去！”

接下来，一道又一道血雾出现，在祭坛上重组出那个人，只不过甲胄变成了血红色。

“来吧，让我看一看，你们两个有多强，虽然，我只有少许力量。”烙暮这样叫板。他无比自信，看起来相当强大。

祭坛上，那道重组的身影终于彻底出现了。他一步一步走来，道：“虽然过来的只是化身，远不是巅峰状态，但是对付你们应该差不多了吧。”

烙暮的这道以精气神凝聚出的化身一个俯冲，向石昊果断而凌厉地扑杀过来。

“隆隆隆！”

他这一掌很特别，五根手指头突然变得漆黑，吸收着周围所有的光芒，甚至山川草木都大受影响。

“轰！”

石昊出拳，这一拳金光万丈，迎向天空。拳与掌碰撞，两个极端，当真是针尖对麦芒！

因为一个人的手掌漆黑如深渊，另一个人的拳头却璀璨如太阳横空，照亮四周。

“有点意思！”烙暮有些惊讶。他的这化身究竟承载着什么，有多大的力量，现在完全不知。

“有意思？”石昊冷笑，再次出手了。他没有想到这个所谓的大人也只是一位天神，并没有想象中那么恐怖。

“砰！”

又是一次碰撞，那个人的身影被震得暗淡了。

毕竟不是真身。

“就这么一点本领也敢大言不惭？”石昊嗤笑。

“杀！”

那个人一声断喝，眼中发光，仿佛化成两颗星，一颗至阴，一颗至阳，而后整个人迸发出一股奇异的气息。

“轰！”

狂暴无比的力量随之席卷过来。

那是两枚仙种，如今全面演化，阴阳抱守在一起，化成一片小宇宙，直接镇压下来。

“也没什么特别之处，跟仙古纪元的强人是同一种修炼体系。”石昊奚落此人。

“呵呵，你不知道吧，这是从仙古那些所谓的年轻至尊身上得到的法，很一般！”烙暮冷笑。

这一次，两人碰撞在一起，如同千百道炸雷爆发，发出震耳欲聋的声音。

那片小宇宙被破开，一颗又一颗星暗淡下来，慢慢变得无光了。

“噗！”

烙暮受伤了。虽然目前的他是精气神所化，不具备真正的肉身，但他依旧咳嗽起来，像是在大口喷血。

“你不过如此。”石昊说道。

“我过来的不过是一些精气神，根本不是我的本体，施展的也是你们这里的法，我真身若是过来，什么年轻至尊，都是土鸡瓦犬！”烙暮道。显然，他对被击伤一事耿耿于怀，难以咽下这口气。

“直接镇杀吧！”魔女说道。

就这样，石昊冲了过去，跟他激战。

一时间，天崩地裂。

最后，石昊一指点出，让烙暮的眉心炸开了。

这一战结束。

“轰！”

祭坛摇动起来，那道真身又出现了，只是还像刚才那样不稳定，双足仍踏在虚空间，并不能真正过来。烙暮带着寒意，散发的波动极其惊人，看那架势，就要跟石昊动手。

“你真的很强！你是边荒那一边的年轻至尊吗？”魔女十分惊讶地问，因为这种气息太恐怖了。

未等石昊出手，魔女又动了。她祭出一颗石珠，轰向那座祭坛。

“你……”那人脸色大变，虽然在奋力阻挡，但还是无法改变什么。

“咔嚓！”

整座祭坛都被击碎了，烙暮被那股奇异的力量冲击着，口吐鲜血，看起来很衰弱。

“来日，我真正来到这片天地时，你们都活不了！”说罢，他返回了那个世界。

他太快了，石昊追之不及。

那个人虽然随着祭坛的破碎而消失，但是真身还在，还会有再来的时候。

“你什么你，砸的就是你！”魔女说道。

祭坛被毁，一条通路被堵死了，要不然将来肯定会出现大祸。

“走了！”石昊和魔女上路了，他们要向那所谓的天帝之城进发。那里，也是最终的禁区之城。

随后，这里清静了。

第791章 帝骨海域

WANMEI SHIJIE

相传，天帝之城十分辽阔，能压制边荒，能保三千州平安!

关于它的种种传说，在三千州却很少流传，石昊与魔女来到禁区深处后才听到一些。

“呜……”

在一片汪洋前，传出奇异的声响，听到响声后，各种生灵都战战兢兢的，路上的猛兽更是全部跪倒在地上。

这是禁区深处，居然还有海！此时碧波无垠。

海中有一只海螺浮现，是它在鸣叫，引起阵阵涟漪，汪洋被震荡开来，起伏时浪涛击天。

“这是什么海螺？”在远处见到这一幕，石昊很惊讶。连他都觉得身体微颤，有些不受控制。接下来，他更加吃惊了，因为他见到天空炸开，大地沉陷，虚空中各种神兽猛禽发出阵阵哀鸣，随后纷纷坠落。

这种景象有点不可思议，让人无法理解!

“那是号角，一旦吹响，天崩地裂，可毁日月。”魔女说道。

石昊闻言，不禁一阵蹙眉，睁开天眼后，他发现那海中的景象只是烙印，而非正在发生的事。这让他长长舒出一口气。

“上一纪元，大战之时，当号角响起，就是这般景象，当真是山崩海啸，星河战栗。”魔女说道。

这是她从骨书上看到的记载。

而且，这样吹响号角的海螺可不是一两只。可以想象那种号角连天、宇宙动荡的场面。

更重要的是，那还不是真正的大战，仅仅是拉开大战的序幕而已。

到真正决战之时，简直无法想象那场面会有多么恐怖！难怪世界会被打成九天十地。

“号角留下的烙印自鸣，意味着那一天不远了，这个世界也许会重蹈仙古时期的覆辙。”

“哧！”

海中突然腾起一道又一道剑气，每一道都切开了天地，光芒闪耀，照亮天地。

这可不是什么烙印，而是真正的攻击!

石昊与魔女快速躲避，一退就是无穷远。那剑气的光芒擦着他们的身体而过，竟将成片的山峰削掉了。

至于高空中，则是剑气破天，致使域外的陨石砸落下来。

这是什么地方？两人面面相觑，心有余悸。如果避之不及，他们一定会被斩杀。

“也许这海洋中埋葬着仙器的残片，偶尔‘复苏’，导致了这一结果。”他们推测。

既然见到了号角烙印自鸣，可以得知当年这里必然是战场，有残器留下，也就不那么奇怪了。

这片海渡不过去。事后他们路过一座城池时，那些生灵告诉他们，那片海的确是一处古战场。

海中有各种古怪之事，很少有人可以平安渡过，即使强大如教主进去后也必死无疑，抵不住通天一剑。

禁区深处，城池不多，但每一座都有特色，城池中居住着数不清的高手。

这海也不知道方圆多少万里，石昊与魔女绕行，沿着海岸走了半个月还没有到尽头，还不时遇到危机。

一晃又是十几日过去了，在路途上，石昊与魔女数次遇险，但都挺了过来，没有性命之忧。

事实上，别说是他们，就是住在禁区深处的古代绝世强者的后裔，也很少有人这样长途跋涉，因为这些人了解这里有多危险。

他们终于绕过了那片海，快速而行，一路向前，目标只有一个，那就是所谓的禁区帝城。

他们只有到达那里，才能进入天神书院，进一步修行，让自己崛起，更加强大。

“三大至尊有特别的路可以走，是否已经到达了那里？”

“他们肯定有古传送阵，跟那座城池有联系，我想他们应该早已进入城中了。”

石昊这样猜测。

沿途，他们风餐露宿，昼夜奔行，可是依旧没有寻到那座城池。

两人甚至怀疑，他们是不是走错路，偏离了正轨。

直到再次遇到一座古城，通过那里的生灵才明白，他们依旧在路上，方位没错，只是还没有到达那座帝城。

“我们是否会最先到达？”石昊问道。

“这可说不好，我没有费什么力气都走到了你的前面，如果其他人也凑巧踏上奇异的传送阵，说不定早已到达目的地了。”魔女说道。

石昊点了点头，不得不承认有时候运气也是实力的一部分。

都走到这一步了，他们必须要继续勇猛前行。不久后，他们见到了一片赤红之色，一眼望不到尽头，仿佛封锁了大地。

这是什么，又是一片海吗？

石昊与魔女呆住了，一眼望去，波澜壮阔，赤色汪洋翻腾，滚滚灼热迎面扑来，震撼人心。

在这个地方，草木早已消失了，山峰更是不存在，这是一片炽热的古地。

那是岩浆！

可是，它却比肩海洋，太浩瀚了，没有尽头，赤红一片，岩浆汹涌，鲜红得如同血液般。

“我们来到了什么地方？”他们实在很吃惊，这岩浆未免太浩瀚了吧，凝聚成湖也就罢了，这可是海啊。

这一次，他们没有绕路，因为在附近看到了一块残碑，上面有文字记载，说这里并无大凶险，反倒可能有机缘。

两人在岩浆上方横空而过，疾速而行。

“轰！”

一只巨大的怪兽，翻腾起炽热的光芒，火红一片，向着石昊他们拍击而去。

一条鱼！

那是一条赤红带着金光的巨鱼，在岩浆中游动，体形庞大，跟座小山似的。

“发财了！”

石昊不惊反喜，因为他认出了这种鱼。这是阳鱼，蕴含着浓郁的神性物质，是一种十分罕有的生灵。

可惜，这生灵早已成就天神位多年，神觉敏锐，在看到一只大手向它抓来时，它立刻将身体缩小，而后沉入岩浆海中，迅速消失。

石昊蹙眉，大手探进岩浆，猛力搅动，结果什么都没有捞到。

“有点古怪，海底有残存的法阵，挡住了我的神觉。”

“那石碑上都写了，没有大凶险，言下之意，还是有凶险的，只不过不是过于艰难。当然，如果这是一位无上人物留言，当我没说。”魔女说道。

两人彼此看了一眼，都觉得有些不妙，有点大意了，因为若是教主以上的人物留言说无大凶险，对一般的人来说却不见得是坦途。

“进都进来了，就不要瞻前顾后了，还是疾速而行，即便有危险，我想凭我们两人联手也能化险为夷，大不了逃之夭夭。”魔女先是很严肃，而后又笑嘻嘻地说道。

石昊点头，跟她疾速而行。

数日后，一只可怕的大爪子从海中探出，抓向他们。它惨白惨白的，是一具巨大的骷髅骨架。

两人心悸，祭出宝术，竭尽所能，横移了出去，而后快速逃遁。

因为，他们感觉到，这骷髅骨架太强了，即便教主来了，如果跟它硬撼，多半都会被拍落。

而这只是一具骷髅骨架而已，因为在它的头骨中，只有微弱的光在闪动，证明它还没有纯粹的意识，只有朦胧的一点灵魂之光。

它之所以强大，是因为这具骷髅骨架本身高达十万丈。它站在岩浆海中，有点茫然，只是想抓住石昊与魔女。

“轰！”

天地破碎，骷髅骨架威力太强了。

“定！”

魔女出手，祭出那颗石珠，总算抵住了它那只再次探出的惨白的大手，挡住了骷髅骨架。

“这肯定是在仙古纪元战死的可怕生灵，光是骨架就可以随意击杀天神，这生灵当年有血肉时，得有多么强大。”魔女说道。

还好，镇魂珠极其强大，那十万丈高的雪白骷髅骨架疑惑地盯着此珠，而后缓缓地躺在了岩浆海中，慢慢下沉，就此消失不见。

“万古过去了，这具骨架都没有腐朽，真是惊人！”连石昊都只能这样惊叹了。

不久后，他们看到了一块礁石，它就在岩浆海上，上面居然刻有古字，以警示后人。

“帝骨海域？”

石昊蹙眉，他知道前方有危险。按照礁石上的记载，那里葬有昔年的一些盖世人物，埋有他们的骨架。

“帝者，也许成仙了，也许还在红尘中，敢以帝为名号的，肯定是一族有史以来的最强者。”魔女说道，这是她在截天教藏经阁中看到的记载。

这个“帝”可不是人间王朝的帝，而是修行路上的帝。

“帝骨葬区，难道葬有一些帝者？”

他们两人止步，没敢乱闯这片区域。

石昊睁开天眼，希望能看个究竟，只见到赤红岩浆海汹涌，那海底似乎横陈着一些骨架，比早先看到的那个十万丈高的白骨架还要慑人，更加恐怖。

其中一具骨架盘坐着，似乎并不高大，但是璀璨如太阳，在岩浆海底发光，似乎感受到了石昊与魔女的气息。

那骨架身上，有神秘力量自行流转。

“哧！”

在其天灵盖的位置，冲起了一股残余的血气。

“天啊！”

魔女惊呼一声，那残余的血气化成赤霞，击穿天宇，天上数颗星辰被击得纷纷坠落。

这让两人愕然而又震撼！

一族之帝，这就是他们的威势吗？还没有靠近呢，在远处就看到了这等景象，要知道，他们都殒灭了不知多少年了，所剩下的残骨竟然还有如此盖世的威能！

“这些大帝是战死的！”魔女以肯定的语气说道。

石昊默然，当年的战况真的太残酷了。

而在这个地方，居然葬有帝者，而且遗骨还不止一具。

第792章 凤凰山

WANMEI SHIJIE

这些生灵真的太强了。石昊看到了几具遗骨，它们沉在岩浆海的底部。但是，从天灵盖射出的仅仅是它们残留的血气，就可以将星辰击落下来，实在是让人震惊！

这片岩浆海很是广袤，光石昊与魔女就已经不知道走了多少万里了。星辰坠落下来，砸得岩浆海轰然巨响，浪涛击天。

不过，有几具帝骨在此，所以这海也不会过于动荡。

其中一具盘坐的帝骨发着光，粉碎了星辰。落下的巨大星辰化成齑粉，成为岩浆的一部分。

“这……”就连魔女都目瞪口呆，呼吸变得极为急促。

这得是多么大的神通，何等惊人的手段？

石昊抬头看了看星空，又看了看帝骨海域内的几具骨架，他倒吸一口凉气，忍不住猜测起来——这些人生前的实力得有多强大。

可惜，他无法预料。

因为那等境界超出了他的理解范围。

主要还是他目前修为不够强，没有真正达到那种程度，不然的话肯定知道那是具备什么样的实力的人。

“唉，早就听说了，敢号称大帝的，绝对是震古烁今的存在，一点不假啊。”魔女幽幽地感叹道。她为他们的实力而感到惊讶，也为他们的结局而伤感不已。

这么强大的人物，结果还是战死了，当年的战况是何等激烈，实在难以想象。

“这地方有没有帝宝啊？”魔女的眼睛转来转去，一副想打坏主意的样子。

所谓帝宝，绝对都是留名史册的器物，举全族之力，共铸一器，任何一件都足以震动天下。

所谓大帝，有的长生不死，有的站在红尘之巅，每一个都绝对能傲视一个时代，无敌一段岁月，再加上有极好的运气加身，炼制出来的宝物自然拥有深不可测的技能。

石昊也在踅摸。他睁开天眼，在岩浆海底来回扫荡。

“真有东西！”很快，石昊看到了岩浆海底部有残器。

即便相隔很远，他还是能感觉得到冰冷的气息，那块残器仿佛可以撕裂星空。

“唉，还是算了吧，我们没有办法得到那残器。”魔女叹道，接受了现实。

因为刚才那残骨已经展现出惊人的实力，若是去触动他们的东西，那多半会惹来杀身之祸。

但是，他们还是围绕这个区域观察了很久。

“现在用不上这个地方，将来也许会是一处战场。”石昊说道。他望着帝骨海域，看着无垠星空，心中若有所思。

“怎么说？”魔女问道。

“早晚要开战。这些人当年战死了，心有不甘，帝骨还在，有朝一日引来敌人，他们说不定会有什么表现。”石昊说道。

强如这两人也是选择绕过这片海域继续向前，他们一路疾驰，想要早一日到达禁区最深处的那座巨城。

“咦？”魔女惊讶极了。

他们前行了数百万里，踏在鲜红的岩浆上，感受到了一股威压，更有一种浩瀚无比的感觉。

在岩浆海深处，像是有一个岛屿横亘其上，灰蒙蒙的，虽然还在海平面的尽头，但已经能窥一斑而知全豹。

“那里究竟是岛屿，还是海的尽头？”魔女说道。

“还是在海中！”石昊道。

两人快速前进，那灰蒙蒙的景物逐渐清晰，而后，两人被惊住了。

哪里是什么海的尽头，那是一座大山，山顶竟然穿入了云层中。

两人越接近，就越能感受到它的雄伟。

这山未免太大了，像是一块大陆，耸立在岩浆海之中。

此山寸草不生，灰蒙蒙的，很像是一座死火山。

两人睁开天眼观察，这……似乎真的是一座火山，只是大得离奇，实在让人难以想象。

甚至，两人一度怀疑，这岩浆海就是这火山喷发形成的。

山体太大，不知道有多高，仿佛毗邻域外星辰。

“凤凰山！”石昊讶异地道。

在山体上，他看到了这样三个古字，露出奇异之色。

“哎呀呀，一听这名字就是好地方，必须得上去看一看！”魔女叫道。

真凰，那是何等的存在，十凶中排名排前，勇冠万族，昔年无敌于天上地下，号称不死的生灵。

在这个地方，见到以它名字命名的山峰，自然让人浮想联翩。

特别是这个地方岩浆滚滚，汇聚起来，像海一样，难免让人会有奇异的联想。传说中，凤凰浴火重生，而这片海中，火光熊熊。

两人对视了一眼，然后动身一起登山。

等他们真正靠近它，走到上面后，感觉它更壮阔了。与其说是山，不如说是一块大陆。唯有来到高空向下俯视之时，才能体会到这种巨山的壮美。

它从海中拔地而起，耸入天空之中，实在过于惊人。

“一座古城！”

当他们来到了山顶后，发现这里很平坦，且有一座巨大的城池。两人认为，这可能是真凰古城。

要知道，当年世间有纯血凤凰栖居在仙土中。而今，见到它们的遗迹也不算什么。

魔女惊叹万分，因为她发现这座城中有很多梧桐树，虽然都光秃秃的，早已死去，但是依旧有光泽闪动，如同金属铸成的。

灰色的巨山，死寂的古城，还有干枯的梧桐树，好像都在证实着这里是何地。

凤凰栖于梧桐树上，有太多关于这样的传说了。只是这里太过寂静，一片死气沉沉，什么都没有留下。

“咦，不太对！”魔女非常警惕。

石昊也觉察到不对劲，拉起魔女雪白的手腕，向后疾速逃去。

雾霭出现，遗迹之中一片模糊。恍惚间，他们来到了城中，站在了街道上。

“坏了，我们误入古城！”魔女脸色骤变。

原本他们是在城外的，可是刚才急于逃走，触动了法阵，莫名其妙就进入了这座古城中。

很明显，这里有绝世大阵。

两人冲击了好几次，结果发现根本就走不出去。两人甚至看到了城墙，但完全没有办法攀爬。他们刚一冲上去，就会被一股力量压制，震开。

两人脸色大变，这一困，就是三日。

这座真凰古城太古怪了，进来了就难以逃离。

“轰！”

第五日时，这城中突然传来巨大的声响，两人迅速抬起头，朝着声源望去。

好像有一个巨大的怪物在那里移动，可惜迷雾太浓，遮蔽了天眼，看不清它的样子。

只知道它与人类相似，却不是人类，只有一只脚，身高足有数千丈，拎着一根狼牙大棒。

“咚！”

它一棒子砸下去，古城中的房屋、梧桐树等都崩成碎片。

石昊与魔女暗自心惊，因为他们曾尝试过震塌古城，从这里逃走，可是都失败了，以他们的能力，根本无法毁掉布有法阵的建筑等。

但这独脚怪很强，最起码比他们两人要厉害很多。

“轰！”

又一片建筑崩碎，一时间，飞沙走石，烟尘冲天。这个怪物一路走下去，看到什么毁灭什么。

不过，这真凰古城很奇怪，虽然那成片的建筑被毁了，但是那独脚怪过去后，它们还会自我修复、复原。

石昊与魔女快速躲避，因为他们发现那怪物冲着他们所在的方向而来。

“轰！”

数千丈长的狼牙大棒贴着他们头顶扫过，建筑物随之爆开。这个家伙太强大了，实力恐怖无比。

终于，它肆虐很久后，慢慢消失了。

可以说是凭空蒸发了。

石昊与魔女两人目瞪口呆，这可是发生在他们眼前的事。那个庞大的怪物就这样不见了，像是从来没有来过一般。

随后，又过去了半个月，他们还是没找到出去的路，两人很无奈，相对无言。

石昊想请教打神石，可是这个家伙正陷入沉睡中，体外结了一层石茧，看样子正在进行最关键的蜕变，没有办法把它唤醒。

一连困在这座死城十几日，让他们很是焦急。这次真的有点大意了，他们怕错过那天神书院。

“有人！”

他们终于再次发现了异常之处——隐约间看到一个人。

他们转过身去，登上较高的建筑物，看向那个方向。

那像是一个幽灵，他的行动无声无息的，竟然一点神力波动也不带，随风飘来飘去，如同一片被吹起的树叶。

这是一个老者，身材瘦小，皮肤干燥发黄，如同镀了一层黄铜，他的双目深陷，闭着眼睛。

如同一具从地下走出的古老尸骸。

“这是个死人！”魔女小声道。

可是，这个人在动。

“嗯？”很快，石昊他们两人的眼睛就直了。

这个老者抬起头仰望星空时，一伸手，就摘下来两颗星，直接炼化成两颗珠子，放在掌心，任它们旋转。

石昊与魔女呆住了，这也太离谱了。

一个死人，怎么会有如此神威?

事实上，这个人的确死了，其眉心被洞开，前后透亮，像是曾被锐器击穿。而今，他依旧在真凰古城出现。

要知道，这可是一具古尸！但是，他不同于冥土中的那些生灵，看其样子，很特别，说是有灵魂又不像，说是死物，他又还能动。

“这是一种本能，是殒灭前留下的执念，能让他肉身不灭，且如野鬼般游荡。不过这个生灵绝对可怕啊，日后若有一战，也许能发挥出难以想象的威力。”石昊说道。

还好，这个生灵只是自顾自飘荡着，并没有理会石昊与魔女。他如幽灵一般，沿着古老的街道出没。

“你觉得他是什么，会不会就是十凶之一的凤凰？”魔女道。

石昊心跳加快，觉得这个可能性很大。

“今日，我居然见到了十凶中的一个？”

“说不准还真是。”

两人直犯嘀咕。

一晃一个月过去了，两人竟然被困了这么久，实在让人焦急。陷入此地，等于浪费了他们的时间与生命。

“这两个怪物，都没有伤我们，奇怪。”魔女说道。

终于，在被困一个半月后，两人发现了一些端倪。他们在古建筑物中出没时，会触发一些大阵，这意味着，他们也许能走出古城。

果然，在接下来的几天里，石昊与魔女在触动大阵时身影一下子暗淡了下去，他们被传送走了。

这是一处洞府，混沌气弥漫，仙光潋滟。

还是在城中吗？

还是说，这个地方仅是与那古城相连通？

最让石昊与魔女震惊的是，这洞府中有一个蛋。很快，他们感觉到了一股强大的生机。在那蛋中，有海量的生命精气。

“嗯，这该不会是凤凰卵吧！千万别告诉我，我撞了大运，竟然要带出去一只无上真凰！”石昊想到了很多东西。

因为，恍惚间他发现，那疑似凤凰卵的东西的确饿了很多年。

蛋很晶莹，也很大，可是石昊像是隐约间感应到了梦回仙古时所看到的凰女的气息。

要知道，凰女可是一位修出三道仙气的女子。

“不可能是她，我分明亲眼看到她殒灭了。”石昊摇头。

第793章 仙卵

WANMEI SHIJIE

石昊真的怀疑这蛋跟凰女有关，因为的确有熟悉的味道，亦真亦幻。

可是，梦回仙古，他亲眼看见修成三道仙气的凰女被人击杀了，就那样倒了下去。这样一来，怎么还能出现一个仙卵?

“你认识?”魔女黑白分明的大眼望了过来。

她是什么人，多精明啊，听到只言片语就能猜出很多事情。

“她是我的一个朋友。”石昊发出一声叹息。他想到那些人，想到那些事，想到神游上一纪元时那些年轻的至尊死去，他心中留有颇多的遗憾。

真是太可惜了，那么多英杰，有些人可是修出了三道仙气的啊!

几个月的相处，跟他们非常投缘，虽然相交的时间短暂，但是跟一些人竟然有知己的感觉，在修道路上，他们惺惺相惜。

到了他这个层次，想寻得几个同阶的对手切磋很是不易，而那个黄金盛世，有一批这样的人!

可惜了，他们就这样殒灭了。石昊眼睁睁地看着他们死去。

“是你的朋友？什么时候的事?”即便如魔女这般精明也猜不透，毕竟神游上一纪元太离奇了，很难让人相信，所以根本没往那方面去猜。

“很久了，却仿佛就在昨日。那些人啊，是真正的至尊天骄，一个个都有凌云壮志，但每一个人又都很平和，没有丝毫戾气，跟他们相处很愉快，也很舒服。”石昊说道。

他始终觉得，那批人是真正的求道者，气韵超凡脱俗。只是生在那一世，对他们来说是一种悲哀。

或许，他们遗憾的是，晚出生了数百上千载。如果给他们时间，待他们成长起来，仙古那一战的结局也许就不会是那个样子了。

“你说得很玄，别告诉我你看不出这是什么地方，这可是仙古纪元留下的洞府，是无尽岁月前留下的东西，会跟你的朋友有关?”魔女白了他一眼。

她虽然聪慧，但是也不会往那么离谱的方向想。

“或许吧。”石昊说道，丢给她一副不置可否的态度。

“如果为真，你又是什么年代的人？不属于现在，不在此世中？”魔女似笑非笑地道。

“谁又说得清呢，也许将来有一天发现，大梦千古，我真的不属于这里呢。”石昊笑了笑，说道。

魔女抿嘴笑了，当然是取笑。

石昊也哈哈大笑，摇了摇头。

紧接着，他暂时收起了那份惆怅与遗憾，围绕这个卵看了又看。

“凤凰可以涅槃重生，这些传说都靠谱吧，应该是真的吧？”石昊问道。

神游仙古时，他虽然看到凰女倒在血泊中，而后又炸开，形神俱灭，但她可是凤凰啊，号称不死之身，可以浴火重生，也许真有一线复活的希望呢！

石昊的心怦怦直跳，不知道为何，他在这个卵上感觉到了凰女的气息。

“唔，不错，凤凰最可怕，战力强大，所向披靡，当年那可是至高种族，无论是在哪里都称得上至尊。”魔女点头道。

对于凤凰可以涅槃的事，她自然不会有什么可怀疑的。

石昊睁开了天眼，仔细凝视一番，想看一看这个神卵中是否有凰女的灵魂。

他的双瞳化成符号，构建成最为奇异的法则，而后生出涟漪，向外扩散，全部没入这个卵中。

他在仔细探寻。他想知道是否可以在这一世见到昔日的人，这也许会有什么颠覆的事情出现！

尽管不可能会有很彻底的颠覆，但总算是一种希望。

可是很快，留给石昊的，是满满的失望。这个卵内部火光熊熊，如同太阳般炽烈，蕴含着无比旺盛的生命精气。

他再怎么仔细探索，都没有发现灵魂印记。

它有生命精气，可以滋养任何一个生命体，不夸张地说，功效甚至超越诸多神药，甚至能比肩长生药！只是，其内部真的缺失神魂，更不曾有烙印留下。

对于这种级别的仙卵来说，这基本是不可能出现的情况。一般来说，无论是凤凰卵降生，还是天凤涅槃等，都会有印记在卵中，绝不会有误。

“怎么会这样？”石昊满心失落，一阵轻语。

这些生命物质，有她的气息，却无她的灵魂，这是怎么了？

很快，魔女也知道了这个卵有问题，它有缺陷，不可能孵化出一个真正的神凰来。

“唔，我明白了，这是有人涅槃，但失败了，最终弄丢了魂魄，只有神性物质融于蛋中。”她得出这样的结论。

凰女失败了，就那样死去了吗？石昊一阵默然，原以为，见到这个卵就看到了她转生的机缘，不承想现实很残酷。

“这个卵有大用处啊，等同于长生药，是无价之宝！”魔女说道，黑宝石般的大眼睛炯炯有神，一副很财迷的样子。

“这个卵，不能动。”石昊说道。他声音很轻，但是也很坚决。不管怎么说，他都不愿毁掉凰女最后的希望。

魔女张了张嘴，但最后还是点头了，道：“好，这个卵给你了。”

她很聪慧，能猜到石昊的一些心情，故此很痛快地相让，并不要求平分。

而且，魔女还给了一些建议，道：“你如果真抱着试试的态度，可以将它交给火属性的强者，让其常年带在身边，跟着一块修炼，对这个卵以及修炼者都有好处。”

按照魔女所说，如果这个卵还有一点真灵，也许能被唤醒，而且伴着它修行的人也能获得极大好处，能让火属性修炼者的功力突飞猛进。

石昊一下子想到了火灵儿，她就是火属性的。他很想将这个卵交给她，只是如今没有时间，而且马上就要去天神书院，这样一来，不知道何年才能相逢了。

甚至，如果在边荒作战，甚至离开这三千州，还不知道会发生什么呢，此生何时能再相见？

天下大乱，陷于血与火的纷争之中，连教主都不能有什么保障，更别说其他人了。

“我怎么有种感觉，这卵和火灵儿很相符呢！”石昊轻语，这是刹那的直觉，他仿佛抓到了什么时光碎片，但很快又从他指端流逝了。

“走吧，我们在这里寻找一番，如果没有什么异宝了，就该离开了。”魔女说道。

这片洞府很广袤，混沌气很浓郁，更有仙道气息，不过很可惜，所谓的仙器，所谓的秘法等，一样都没有，只有一个卵。

最终，石昊收起了这个卵，跟魔女向洞府外走去。

“唰”的一声，他们愕然发现，自己竟站到了古城外。这意味着，他们脱困了。

“那洞府就在城中啊，平时看不到，只有特定机缘下才能进去。”魔女咕哝。

石昊一怔，别人来此就没有发现过这洞府吗？那他们为何能寻到？而且，他们还带走了这个卵！他仔细想一想，唯一的特别之处就是神游仙古时曾跟凰女相处了几个月吧。

难道说与此有关？

他不禁想到了当日分别时的情景，那些人很伤感，曾说过，希望万古过去之后，在某一世中，有个别人能再现，彼此能再见上一面。

这就是当日的真言吗？而今也算应验了？

石昊他们围绕着古城转了一圈，而后走下这座灰蒙蒙的大山，再次进入岩浆海，朝着对岸的方向而去。

这海真的太大了，他们又耗了半个月才算真正渡过去了。

要知道，即便他们速度极快，也还是用了这么长的时间，可以想象这赤红色的岩浆古地有多么广阔。

在此过程中，他们曾几次遇险。这海中有一些莫名其妙的东西，如战死的英灵等。纵然漫长岁月过去了，他们依旧在嘶吼，想杀掉所有路过的生灵。

终于，石昊他们登岸了。

“唉，被困在那座古城那么长时间，我想肯定有人跑到我们前面去了。”魔女说道，她很是不满。

原本他们肯定是走在前列的，结果一困就是这么长时间，必然有人在这段时间赶上并超过他们了。

“走吧，我们早点赶到禁区深处看一看那所谓的帝城，了解一下太古的盟约是如何签订的。”石昊说道。

这样，他们一路走下去，居然又走了三个月之久！

“早先就说要到了，怎么又用了这么长时间？”魔女抱怨。

“嗯，真的到了！”石昊一惊，因为他已经有了某种预感，远方像是有说不清道不明的气息弥漫，让人敬畏，又让人震撼。

恍惚间，他们仿佛来到了开天辟地的时代，见证了万物初生的形态。

在那大地尽头，像是有无比壮阔的景象，在呼唤着他们。

“禁区帝城，一定是它！”石昊以肯定的语气说道。

“太好了，终于走到终点了，让我看一看它什么样子。”魔女开心地叫了起来，这么长的时间，经历了太多的艰险，能走到这里真的不容易。

随着距离的靠近，石昊身体一震。因为他身上的一个物件在复苏，它色彩斑斓，且伴随着一股庞大的气息出现，仿佛可以贯穿古今！

一滴血！

它从他身上浮现了出来，极其神秘。

魔女对这东西绝对不陌生，她一眼就认出来了，这是从仙古遗迹中带出来的，曾埋葬在万物土下。

第794章 禁区帝城

WANMEI SHIJIE

一滴血！

它是如此晶莹，如此璀璨，仿佛能照亮世间的一切。

石昊自然知道它。在寻找天神树时，他曾经进入一片净土，将魔女从万物土中挖出来，且得到了这滴血。

那是一只三足两耳的圆鼎遗落的。

“这滴血有什么秘密，与那座城还能共鸣？”石昊一怔。

他凝视着这滴血，仿佛有一尊天帝降临世间，在这里复活，并注视着万古诸天，似乎能望穿古今未来。

远处，地平线尽头出现一股苍凉的气息。而在这滴血中喊杀声震天，犹如有无尽的强者在厮杀。这滴血中的杀伐声太过震撼，仿佛再现了仙古纪元的大战。

魔女也早已睁大了双眼，今日所见很诡异，比当日发现这滴血时还要吃惊，它怎么会与此地有关联？

两人都被惊住了。因为从那滴血中，他们似乎看到了一幅斑驳、悲凉的画卷。

“就这样带着这滴血去帝城不太好，如果被人发现，多半会引发什么变故吧？”魔女说道。

这滴血的异象太惊人了，这样带到那里，肯定会引人生疑。

石昊平复了一下心情，努力调节着自身的状态，随后这滴血竟然慢慢平静下来，异象也消失了。

还好，它处在可控的状态下！

不管怎样说，他们知道，这滴血跟那座城池是存在关联的。

“也许只是跟边荒有关！”魔女进一步判断。

石昊点头，觉得这非常有可能。哪里才有这滴血中上演的无上强者对决、喊杀声震天的场面？自然是边荒。

很快，他们看到了一座城！

“我看到的……是城吗？”石昊有点眼晕，不禁发起呆来。

他到底看到了什么？

地平线尽头一片灰蒙蒙的，那是建筑物吗？也太庞大了，大到让人分不清是现实还是虚幻。

这城也太大了，唯有动用天眼通才能将其看清、看透。

这是一座与天齐高的巨城，若是一般的凡眼，只能看到灰蒙蒙的一堵墙，仿佛接天连地，无边无沿。

来到这里，真的会让人感觉到自身的渺小，因为眼前的一切实在太浩瀚了。

在城池的周围，有一颗又一颗大大的星辰围绕着它转动。一眼望去，仿佛来到了远古之时，感受到了那种宏大与壮美。

“这还是城吗？”魔女也忍不住喃喃自语。

这实在超乎想象。

让人看不到尽头的城池，这得有多庞大！连星辰都围绕着它转动，真不知道当年是怎样修建的。

“你仔细看，那城池砖石等，像是……”石昊发呆。

“星辰……陨石！”魔女自然也看到了，不禁心中一惊。

这座巨城，所用的砖石材料不一般，是以星辰炼制的，而后被砌在一起，形成了这样气势磅礴的帝城。

这是天大的手笔，一般的人连想都不敢想，怎能够做到！

两人不由得呆呆地望着前方。

这就是禁区深处的帝城？

它在镇守一方，堵住一方世界吗？

可以看到，这座万古不倒的城镇压在此，横在地平线尽头，像是截断了前路。

边荒？

城的另一端，就是那个可怕的世界吗？唯有此城镇压，才能确保三千州平安？

石昊与魔女心中波澜起伏，从过去到现在，所有的战斗都是从此开启的吗？想要进入三千州，必须要攻破此城吗？

难怪有什么太古的盟约。

一瞬间而已，很多事情他们就猜了个大概。

“太古的盟约限定了那些人必须驻守在这里，那么他们又跟何人战斗呢？”魔女在那里问自己。

然而，从震撼中醒过神来的石昊又一阵蹙眉，他想到了其他情况。

“这不是那座城池！”他心中一闪而过的是这一个念头。

因为，他曾经追踪“不祥与诡异”，登上一艘在虚空中航行的可怕的黑色古船，那船上染着血，且有一座祭坛，曾经现出边荒的场景。

“不是七王所镇守的古城！”石昊低声说道。

这跟他想象的不一样，镇守边荒的七大王者已经有人先后殒命了，再后来，又经过漫长的岁月，不知道现在还剩下几人。

那座城的气势远没有这座这么雄伟，那里有的只是一群罪血之人，死守城池，在那里激战，不放那些生灵过关。

石昊发出一声叹息。看来这所谓的边荒比他想象的还要神秘，当中有太多的故事。

“也许，人们已经将那个地方遗忘了吧！”石昊轻语。因为从他了解的情况来看，他觉得，这当中必有隐情。

“你在说什么？”魔女问道。她古灵精怪，自然听到过一点消息，很快就能猜出很多事。

“没什么，我在想，未来的战斗会有多残酷。你看这城是用星辰垒起来的，坚固的程度让人无话可说，又布了如此厉害的法阵，可见进攻的敌人实力有多么恐怖，不然哪里需要这样的城？”

两人越接近这座城越发觉得自身渺小，在城的面前，他们犹如蝼蚁在仰望苍宇，根本不是一个级别的！

而且，随着距离的靠近，他们感觉到了莫大的压力，让他们难以对抗，像是有一群绝世强者屹立在城墙上，俯视着人间。

“这城太广阔了，给人的压力太大，让人难以承受。”魔女摇头。就算她拥有强大的实力，也还是吃不消，不得已，她取出石珠。

事实上，走了一段距离后，石昊也无法再靠近了。

这个地方有奇怪的法阵，而且在城外也布下了法阵，那威压，遍布天地之间，几乎无人能轻易靠近。

随后，他们看到了一块石碑。看来，唯有签订了太古盟约的人才能进去，其他人若要强行闯关，注定会被压得形神俱灭。

嗯？

那城池上，没有生灵？

静静注视前方，石昊用天眼通遥望城池。他发现，那城池太寂静了，没有一点声响，让人丝毫感觉不到生命的波动。

这俨然是一座死城！这个地方如此神秘，让人望不穿。

天人族的老天人进去了吗？他如今在里面做什么？

“喂，有人吗？我们已经来了！”魔女带着魅惑之音发出一声呼喊。

“这声音你用来诱惑我还差不多，我们可以私下交流。对城中的人管用吗？如果我没有猜错的话，那可是一群老头子，比如说太古六大天人中的最后一位，比如说战族的那位老战帝，哈哈。”石昊忍不住大笑，取笑魔女。

“要死了！”魔女白了他一眼，那动作，那声音，当真是风情万种。

城中依旧寂静无声，也许是它太大了，他们即便动用狮子吼、真犼啸等也难以将声音传进去吧。

只是，石昊还有一种感觉，这地方太寂静了，死气沉沉的，真不知道遵守盟约的人进去后在做什么。

想到这些，石昊不可避免地想到了叶倾仙，那个少女也很神秘，她如果能进此城，是凭借什么呢？是“仙道神形”吗？

那个白衣女子是一个谜！

石昊知道，在她身上一定有很多故事，她是一个可以自由出入禁区的同龄人。

“我们来到这里，无人接应，还不能进城，这算怎么回事？”魔女不满地道。

“走，我们绕着城池转一圈，看一看到底是怎么回事。”石昊说道。

很快，他们又有了新的发现，在城外的路上，留有一些巨碑，记载着一些事。上面说，不签订盟约的话，根本无法进此城，但是可以前往另一地。

原来，在不远处，还有一些小城。

两人认准方位后，快速冲去。

那是一片小城，据说是从坊市发展起来的。因为，帝城的周边也曾繁华过，那些绝代高手的后代曾经生活在这里，故而有坊市，有小城。

很快，两人寻到了目的地，远远望去，那里很热闹，人口还不算少，坊市成片，小城一座又一座地连在一起。

“总算看到这么多生灵了。”魔女长出了一口气。

“他们已经到了！”石昊感应到了十冠王、谪仙、宁川的气息，此外还有其他一些人，都聚集在相对较大的一座城池前。

那里有些年轻修士，他们在各自盘坐的磐石上闭目养神。

“咦？可恨，月婵居然跑到我前面去了！她是怎么过关的？我以为她一定会死在途中呢。”魔女对自己的对头一向没好感。

那里已经有一些人，但启程之时，他们总共有十万余人。

石昊一叹，那么多的人应该都殒命了，只有少数一些人赶到此地。能活下来的人，很大一部分是运气够好。

“又来了两人，看起来倒也还算不凡，不过跟我九天之上的人相比，恐怕还是差一截。”

就在这时，有人盯着石昊与魔女，开口了。

这是一个男子，金色长发垂到腰际，连瞳孔都是金色的，气息逼人，站在另一片区域。

除了他之外，还有一些似乎不属于三千州的人跟谪仙、月婵等分处两方。

“新来的这个女子倒也漂亮，纵然是在九天之上也罕见，堪称绝代佳人。”有人点评魔女的容貌。

魔女带着淡淡的笑，向前走去。

同一时间，三千州这一边的修士也循声望来。

当月婵看到魔女同石昊走在一起时，她面露异色，盯着他们。

第795章 对峙

WANMEI SHIJIE

“有熟人，也有不少陌生的面孔啊。”石昊看着古城前的那些人说道。

不知道为何，这些人都没进城，而是盘坐在大青石上，守着地盘，像是形成了某种联盟。

“呵呵……”石昊冲着那金发男子笑了笑，又看向宁川等人。

“倒也沉得住气。”那金发男子说道，他并不顾忌什么。在他的瞳孔中，像是有两团黄金火苗在跳动，很慑人。

从他的话语中可以知道，他来自九天十地中的九天，只是不知道是哪一天，他显然很强大。

不然的话，他也不会这么自负，睥睨群雄，不在乎在场的众人。

此前，石昊没有见过他，并不是跟林天一起来的人。

那金发男子的后方还有一些人，有的人实力当真深不可测，就连石昊都眯起了眼睛。

石昊没有理会他，只要不是真正凑到近前来挑衅的，他都可以忽略，超出他的底线的话，他定会出手压制。

这是一种自信。

修成三道仙气后，无论是他，还是十冠王，抑或是九天十地的其他人杰，都有这种气魄。

“仙子，这边请。”那金发男子开口了。他露出灿烂的笑，对魔女点头致意，邀请她过去。

“无量天在九天中乃是修炼圣土，适合修行，真诚邀请仙子过来一叙，天神书院应该就会设立在那里。”另有一人含笑说道。

对于魔女的美貌，他们是不加掩饰地赞赏，也看出天资超凡的她修出了仙气，所以这个时候皆认真相邀。

事实的确如此。魔女明眸皓齿，光亮的乌发垂到腰际，身材高挑，肌肤白如羊脂美玉，称得上是一位绝代佳人，无论走到哪里，都是那种引人瞩目的女子。

魔女亭亭玉立，黑宝石般的大眼睛来回转动，显得聪慧而狡猾。她浅浅一笑，道：“我对九天各处圣土都很向往，若有机会，自然要去一一拜访，多谢几位。”

一颦一笑，千娇百媚，跟人沟通与交流是她擅长的领域。

石昊看了她一眼，道：“人跟人怎么这么不同？你说，我也算是一个高手，怎么就没人邀请呢？”

“人品问题！”魔女笑着瞥了他一眼，直接给出这样一个结论。

有人冷笑道：“听闻阁下实力强大，击伤林天，还曾说过，要镇压四方之敌，横扫九天十地，我等岂敢贸然相邀。”

石昊惊讶，道：“我虽然击败了林天，但并没有这样放言吧？”

“没有吗？你不是说，男的要镇压，仙子便掳走吗？蓝灵妹妹可是说过哦，不会有错。”金发男子身边的一个少女撇嘴道。

石昊很快就明白问题出在哪里了！这本来是他跟蓝瞳还有冰山少女的玩笑话，传到他们耳中后，被他们当真了。

“就是这个登徒子吗？还说什么非真仙后人不娶，错，是不收……”另有一名少女瞪他。

魔女看了一眼石昊，顿时就笑了。很显然，她这是在取笑他。

“那只是活跃气氛时说的话，不要在意。”石昊解释。

“有些人，不是你能戏谑的，因为你没那个资格！”金发男子冷硬地说道，那态度很不客气。

石昊的脸色顿时沉了下来。既然对方没有善意，他也不会拿热脸凑上去，于是淡淡地说道：“嗯，相对来说，你没资格跟我指手画脚，哪儿凉快就去哪儿待着吧。”

一群人都惊讶极了，没有想到他这么不客气，竟毫不在意金发男子的身份，更无惧他的可怕实力。

“你就这么浮躁吗？刚来此地，就想与我一战？”金发男子冷冷地道。他目光灼灼，向前逼视而来。

“你谁啊？莫名其妙，想一战就放马过来，不想的话，就一边去！”石昊说道。他言语太犀利了，一点情面也不留。

众人愕然，这位新来的还真是暴脾气，什么都懒得解释，直接叫板，就要在此开战。

这里有不少人属于三千州，比如宁川、三石天君、孤剑云等，一个个都面露异色，这跟他们所了解的石昊不太相符。

“你敢跟我这样讲话，蔑视我无量天的英杰？”金发男子沉声道。他从那大青石上凌空而起，在半空中俯视着石昊。他的气息极其强大，神力不自觉地释放出来。

“你算什么？你能代表得了无量天，难道也能代表得了你身后的那些人吗？”石昊平淡地问道。他看向那些人，尤其是那几位女子。

“轰！”

金光直冲云霄，这个男子爆发出冲天血气，弥漫开来时，震慑了在场的很多人。

这是一片坊市，有很多生灵。此时，不少人都回头望来，看着这里。

石昊抬起头，很冷硬地说道：“我的目标只有一个，进入天神书院，提升修为，不想跟你这样的人废话。今日我不镇压一两个，估计等进入书院后还会有一些人跳出来为林天出头，择日不如撞日，你甘愿当出头鸟，我成全你！”

他十分坦诚，没什么可掩饰的。

至此，一些人总算弄明白了他的意图。

对面有一部分人本就对石昊有一定的敌意，即便他放低姿态，也不会有什么效果，与其平白让人轻视，还不如一路强势到底。

不光对面的人面露异色，就是三千州的修士也都无比惊讶地看着场中。对于荒，无人敢小觑，见他发威，心情皆复杂万分。

“接我一掌！”那金发男子就要出手。

“放肆！古城前岂容你等对决！”城中传来苍老的震慑人心的声音。

虽然与帝城相比这座城池显得相对矮小，但它也是一座历史悠久的古城。这样的古城中，自然有高手，比如此地的原住民，这群人可以说是帝城中绝代高手的后裔。

那金发男子早已结印，闻言后，神色变了又变，只能改变出掌的方向，击向高空。一时间，金光如潮水般澎湃，在虚空炸开。

众人不禁脸色大变。这个人太强了，随意一击，看似轻飘飘的，但散发出来的威势足以看出他的可怕道行，着实让人敬畏。

石昊不说话，他探出一只手，在高空中一抹而过，乱流消失，虚空瞬间恢复原样，让此地一下子恢复了原有的平静。

其他人一惊，更是有不少人忍不住倒吸一口凉气，这种复原手段比破坏手段更加精妙，可见石昊的实力何等不一般！

“这是何必呢，这一次来此可不是为了杀戮，三千州与无量天的道友都请息怒。”一位老者走出城门，这样劝道。

这是一个教主级人物，无人敢不把他放在眼里。

“老朽奉命在此统计有多少人赶来，还请各位以平和心对待。”老者说道。只见他白发白须，身穿紫袍。

听他这样一说，众人自然没有意见。谁也不愿意得罪这种人物，毕竟还要进天神书院呢，免得被使绊子。

直到此时，石昊才收敛起那股杀意。刚才，石昊的杀意可真是不加掩饰。

稍微安静后，对面一位无量天的少女笑了，冲着魔女招手道：“妹妹你可真是太漂亮了，你应该是出自截天教吧，还请过来一叙。说起来，你的师门跟我无量天可是大有渊源。”

此外，还有几名年轻男子露出温和的笑容，道：“仙子，请这边来。”

很明显，这是在分化两人。他们想将魔女拉过去，让石昊一个人站在那里。

“是吗，我的师门与无量天有关？还真是不曾听说，请告知详情。”魔女笑吟吟地道。

“妹妹过来一叙。”那边的人继续邀请。

而此时，谪仙睁开了眼眸。他目光灿灿，天眼之中满是繁杂的符文，仿佛可以看透一切，他对魔女道：“你得到过那个传承的一部分，说起来算是我的师妹，来这里吧。”

此话一出，所有人都惊讶了。

特别是三千州的修士，更是心中一震。那可是谪仙，他的来历无人可知，非常神秘。

可是，这位看起来空灵若仙，但动起手来可以斩杀数十万天才的恐怖人杰，竟然道出这样的话语，提到了师门传承，令人疑虑重重。

在场的人没有傻子，所有人都知道，他所说的绝不是截天教的传承。

魔女还另有传承？可是从来没见她施展过，这让人心悸。特别是月婵，回眸的刹那，神光一闪，圣洁的面孔上露出一丝担忧的神色。

月婵看了看石昊，又看了看谪仙，脸上恢复了平静，接着嘴角微翘，渐渐露出一丝淡淡的笑意，没有说什么，她在看戏。

魔女看了看谪仙，又看了看无量天的人，小声道：“原来那个人是你！”

随后，她莲步款款，轻盈地走了过去，站在谪仙身旁。

“喂，魔女，这该不会就是你在下界时提到的那个男人吧？”石昊传音询问。

“要你管！”魔女白了他一眼。

在下界时，石昊曾开玩笑，让魔女跟着他，结果被鄙夷了一番。她曾笑嘻嘻地说自己心有所属，有一个神威盖世的男子在等她。

瞬间，石昊只身一人站在这里，颇有点孤家寡人的味道。

不仅城门这里有人，远处还有一些天才在。他向后望去，果然见到了一个熟人——天妖葛潜。他当即就笑了，道：“喂，走了龙屎运的兄弟，你好！”

天妖葛潜一直在躲着石昊呢，结果还是被石昊发现了。他暗叫晦气，一脸不爽的样子，因为石昊曾经亲眼看见他被龙粪埋住了。

“哈哈……”另一边，长弓衍大笑着从远处大步走了过来，之后拍了拍石昊的肩头。

龙女也出现了。来到此地的，没有一个是弱者。

“还有我呢！”小胖子曹雨生挥手，屁颠屁颠地跑来，一张圆脸，居然看起来有几分清秀，还堆满了笑容。

“人来了一些了，进入天神书院的人也许该确定了。”就在这时，虚空中传来大道神音。

一位中年至尊出现了。

第796章 考验

WANMEI SHIJIE

半空中出现了一道模糊的身影，正是石昊他们曾经见过的那三位中年人之一，他依旧被混沌气包裹着，看起来很模糊。

他亲自赶到这里，就是要确定最终进入天神书院的人选。

“请问前辈，这一次不是选我三千州的修士吗？为何还有无量天甚至其他古界的人来？”有人问道。

他们知道，这些人若是参与进来，必定会夺走三千州的一些名额。

刚才大家有目共睹，那金发男子等人一个个都拥有惊人的实力。

“哦，进行古界内的选拔赛之时，这些人有的在闭关，有的身在遗迹内，错过了时间。但这些至尊身手的确不凡，故此给他们一个机会，将他们送到这里。”中年至尊解释。

他这样一说，三千州的修士更加紧张了。这批人实力之强大远远超出他们的想象，居然连中年至尊都这么惜才，不惜再给他们一次机会！

“虽说他们实力强大，但你们放心，我也不至于会让他们挤掉你们的名额，符合条件的人都会通过，我不会限制名额。”他补充了这样一句话，让一些人安心了。

“请问前辈，现在就要做决定了吗？”有人问道。他们很是忐忑，生怕自己被淘汰掉而错失这次机会。

“还没有，既然来到了这里，自然要了解太古盟约。为了加深大家的感悟，你们要在这里参战！”那中年至尊说道。

“什么？”人们哗然。

这可不是什么好地方，唯有至尊强者才能进入帝城，参与到大战之中，以守护此地。他们有什么资格呢？又凭什么实力战斗呢？

别看他们名气很大，在各自的古界被尊为天才，可是真正进入帝城，恐怕连炮灰都算不上，境界差得太远了。在没有成长起来前，他们根本就没有一战的资格。

“自然不会让你们去送死，如今边荒不稳，出现了一些小鱼小虾米，他们甚至过了关，需要你们去击杀。”中年至尊说话间露出凝重之色，也带着无奈之情，眼中更是隐藏着悲观的神色。

“人关了？这意味着那边的生灵要过来了？”众人失声惊呼。

“只是境界低的生灵在尝试过来。”中年至尊说道。

境界越高，想要跨界就越难，只能耗费巨大的力气让一些境界低的人过来进行破坏。即便如此，要完成这件事也很艰难，需要付出的代价太大了。

按照中年至尊所说，目前只有个别人有可能会来到这里，只要将他们成功击杀，就会令那些人前功尽弃，同时还会遭受到巨大的损失。

对此，石昊极为认同。因为他与魔女曾经历过那种场面，听那个人的话音，他可能是第一个降临到三千州的年轻至尊。

“我要你们做的就是，去斩杀那些被黑暗侵蚀的人。边荒弥漫着一些古怪气息，让一些人永堕黑暗中，从而彻底投向了那一边。他们藏身在各座古城中，隐藏在你我之间，需要强大的神觉才能有所发现。”中年至尊提到了这件事。

这是非常关键的考验，能测试一个人的神觉是否足够强，还能顺便消除那些隐患。

听到这些话，石昊长长舒了一口气。看来，那些大人物早有所觉，还做了一些准备。

“嗯？还有一些人在路上，因为意外而耽搁了，我给他们机会。”中年至尊低语道。

“呜呜……”

突然，帝城对岸传来惊天动地的号角声，如同一只无上魔兽发出嘶吼，仿佛连天地都在跟着战栗。

可是，那座帝城依旧一点反应都没有。

这更加让人怀疑它是一座空城。

都到这个份上了，根本没有体现出它镇守边荒，守护三千州的奇异之处来！

此时，中年至尊脸色大变，强大如他都不能平静了，自语道：“那一天终究又要来了吗？仙古的悲剧还会继续吗？”

其他年轻大才的脸色更是难看，站在帝城前，他们才能更加真切地体悟到那种压力，有一种要窒息的感觉。

“只有号角声，没有听到喊杀声，应该还不至于走到最危险那一步吧。”有人低语。

“一旦听到喊杀声，那就晚了，那些生灵多半真的要人关了。”中年至尊叹道。他仰望天空，神情怅然。

因为，他知道那一天不会很遥远，最残酷的事终究要发生，可是他们九天十地这一边的生灵做好准备了吗？

“那边的生灵实力真的如此强大吗？为什么我们总是败，总是挡不住？”有一位奇才很是不甘，也很不忿，忍不住握紧了拳头。

中年至尊一阵沉默，混沌气在他体外缓缓流动，他像是想起了什么，道：“如果有一天，帝城破了，我希望你们能够英勇地参战，或者退守其他各地，绝不能做那引狼入室，掉头来杀同类的千古罪人。”

“还有这种人？太可耻了，我等不会！”

“真有那样的人吗？”

一群年轻人都很激愤，在那里议论纷纷。

中年至尊道：“当末世来临，许多人想到的就是活下去，出现什么样的人都不奇怪。我只是在告诉你们，守住本心，莫要当罪人！”

所有人都沉默了，因为这种情况很有可能发生。

跟敌人战斗，就算所有人都死去了，那也会显得壮烈。可是，若是死在自己人手中，那是何等悲哀！

“这么久了，他们应该准备充足了吧！他们真的要过来了。”此前那个劝阻石昊的老者说道。

“沉寂太久了。我怕的是，一旦爆发可能会天翻地覆。也许他们还在酝酿，应该不是以常规手段出击。”中年至尊叹道。

石昊想到了那颗眼球，它曾说过，边荒那一边的人可能会用第二种方案。

兹事体大，他觉得有必要告诉中年至尊。

石昊没有犹豫，他暗中传音，不仅讲出了那颗沉睡万年的眼球，还说出了在路上毁掉了一座可以贯通两界祭坛的事。

果然，中年至尊一惊，沉默了很长时间，他在思忖。

最后，他看似不动声色，其实在暗中告诉石昊守住这些秘密，不要再传了，免得人心惶惶。

“好了，你们各自行动吧！”中年至尊这样开口了，这是在让他们自行去解决各种问题。

“可以联手，但是一队人的人数不得超过五名！”他这样补充道。

众人都忍不住琢磨起来，这……这也是一种考验吗？

考验他们的联手协作能力，还是考验是否有人能以一敌五？

要知道，在场的人实力都极为强大，有的人修出的仙气甚至不止一道，以一敌五的话，那将会无比艰难，可以说这是一场神话。

但是，小胖子曹雨生瞬间就冲了过来，跟石昊站在了一起。

了解情况的人都羡慕。石昊的威名，是绝对的安全保障。

很快，长弓衍、龙女也加入了。

石昊看了一眼魔女，结果她浅浅一笑，挥了挥手，示意自己要跟谪仙走。

“喂，你就这么跑了？忘了我们一路上生死与共、同甘共苦的时光了吗？”石昊厚着脸皮在那里嚷嚷。

“你少肉麻！”魔女回头朝他狂翻白眼。

谪仙神色平淡，衣袂飘飘，跟魔女瞬息远去。

“唉！”小胖子曹雨生在那里叹气，而后嘲笑石昊。

“你懂什么！”石昊扫了他一眼。

“我当然懂，那丫头可不简单。”小胖子曹雨生说道。

“嘿，走了龙屎运的兄弟，你要过来吗？”石昊热情地跟天妖葛潜打招呼。

天妖葛潜原本还想找几个人结伴呢，这样一来，弄得他愤恨不已，所以他直接跑了，不想搭理石昊这个每次都揭他短的混蛋。

“婵婵，你要一起来吗？”石昊看向月婵。

周围一群人都是一副奇怪的脸色。石昊这家伙真是谁都敢招惹，连补天教的圣女也要调戏，难道说那些传闻都是真的？

月婵白衣如雪，发丝乌黑光亮，整个人有一股灵气。她神色恬静，眸若秋水，但她根本不理会石昊，看都不看他一眼。

“喂，婵儿，我家清漪呢？你没有偷袭她吧？”石昊死皮赖脸地在这里继续打招呼。

月婵直接选择无视。她圣洁无瑕，肌肤闪动着莹白的光泽，发丝飘舞间，就要翩然离去。

“咱家娃呢，生哪里了？”这石破天惊的一句话，使得月婵身体一晃，一下子握紧了拳头。她再也不能像刚才那样保持平静了，脸上竟出现了一些红晕，实在是被气坏了。

还好，她发现那混蛋这次用的是传音之法，并非公开调戏。

当然，在众人眼中，她出现了这副姿态，等于是被那混蛋气到了，不似平日那般宁静与出尘。

就在众人将散之际，三大至尊中的另外两人到了。

他们告诉众人，某一座古城附近，出现了一只白色的小麒麟，谁若是能带它回来，天神书院将倾尽全部心血栽培那个人。

人们当然明白，这所说的倾尽心血栽培，肯定也包括小麒麟。

这一次，所有人都坐不住了，都想前往那座古城附近一探究竟。

事实上，在来的路上，他们也曾有所耳闻，不过因为行程匆忙，路过的时候也没有耐心去寻找，但是现在，大家都要动真格的了。

当众人散去后，三大至尊交流了起来。

“连我等都发现不了那只小麒麟，它身上有仙宝啊！”

“哎，你们说，这只幼兽真的能等到昔日那个少女吗？这是要验证轮回啊！”

“我怀疑的是，这只小麒麟可能就是当年的六道轮回仙王留下的，它能活下来，就是为了验证他的所思所感。”

第797章 麒麟现

WANMEI SHIJIE

再次踏上征程时，众人并没有选择在山林中穿行，而是借助了传送阵。

这是得到了三大至尊的允许。不然的话，他们穿山越岭动辄就要几个月，耗时太久。

不久后，石昊他们回来了，再次来到早先传出小麒麟的风声的那座城池。

事实上，石昊并不认为大家能找得到小麒麟，因为这个小家伙相当执拗，不等到当年那个少女，根本不会出现。

所以，除非有轮回出现，否则它都不太可能出现。

当然，还有一个办法，就是找一个和当年那少女长得非常相像的人，用这种方式蒙骗小麒麟。

“这里有被黑暗侵蚀的人。石昊你不是曾在这里杀了一队天神，毁掉一座祭坛吗？真不知道是否还能再揪出一些蛀虫来。”小胖子曹雨生说道。

“一切都是碰巧而已，如果进入城中一个一个排查，那真的太难了。”石昊道。

他所说的全是事实，那些人若是不魔化，不主动展露出杀意，就很难被发现。

一道冷冽的寒意从远处传来，正是来自无量天的那个金发男子。

“此人不弱，要小心。”长弓衍说道。

事实上，这些来自域外的强者哪一个是凡夫俗子？不然的话，也不可能有机会来到此地。

“别跟我们对上，不然要你好看！”那金发男子并不掩饰自己的敌意，在远处毫无顾忌地开口了。

“想死你就过来！”石昊只有这样几个字回给他。

这才刚开始，双方就已经处在对立面了，注定会有摩擦。不过并不是现在，只要有机会，他们肯定有一战。

“克制，三大强者肯定不希望我们内耗，这样对决的话，会留下极低的印象分。”有人劝金发男子。

漫长岁月过去，城池的生灵越来越多了。城池依旧人来人往，大部分人都是绝代高手的后裔。

这几个月以来，那只白色的小麒麟依旧不时现出踪迹，相当吊人胃口。但大家只能看到它时不时地出没，还是无人能捉到它。

不久后，十冠王、谪仙、月婵、魔女等人先后都来了。

“宁兄，这是你的造化，我觉得这一切都是为你准备的！”剑谷弟子孤剑云说道。他是一位古代怪胎，对宁川一直很敬佩。

宁川银发垂到腰际，白衣飘舞，连鞋袜都是白色的，看起来洁净且神圣。他目光平和地看着整座城池，没有说话。

事实上，但凡对他有所了解的人都觉得，他的机缘可能要到了！

因为，他一直被外界误会，那所谓的额生龙纹，其实是麒麟纹！

在他出生时，额上神纹滔滔，异象惊人，跟他背后的天图一样，引发了极大的轰动。

而且，在他的出生地，传说那里有白麒麟隐伏，这一切都预示着，小麒麟跟他相合是冥冥中早已注定的事。因为他从出生时就跟小麒麟有缘，连命运都纠缠在一起。

石昊自然看到了宁川，他最不愿看到小麒麟跟宁川相合的事情发生，因为他神游仙古时，曾亲眼看到小麒麟的主人是一个少女，而不是宁川。

这一世，若是因为他身上有麒麟气息，而导致小麒麟与他亲近，那将令人无比遗憾。

“咦，有情况！”

进入城中后，小胖子曹雨生发挥他的专长暗中去了解了一下情况，发现了一些诡异之处。

“那只小麒麟的事有些异常，被有心人瞒了下来，所以知道这个消息的人很少。”

他们非常重视这则消息，但很明显，随着时间推移，所谓的秘密便算不得秘密了。半个月后，很多人都知道了。

小麒麟再次现身时，跟以前不太一样了。它太嫩了，开心与否都写在脸上，被人看出了异常。

虽然那只是它的投影，并不是真身，但一样表露了它的情绪。

“有人在接近它，并且渐渐被认可了！”最终，有人做出这样的判断。

这惊呆了许多人。

小麒麟要认主了吗？这消息太惊人了。整座城池都因此沸腾了，一时间，所有生灵的心都无法平静。

因为，许多人都是为了小麒麟而来。

尤其是个别了解内情的人，更是震撼得很，完全被惊住了。

“这是要证明世间有轮回吗？”

“那只小麒麟是在等一个人，而今，那个人出现了。这意味着什么，是证明了六道轮回仙王的猜想成真了吗？”

这引发了轩然大波，各方都坐不住了。

究竟是谁引起了小麒麟的注意，最终又得到它的认可让它现身？

石昊的心剧烈跳动起来。他又期待又忐忑。如果真的有那么一个人，他可能会见到一位故人。

尽管那位故人只是他梦游仙古时结识的，但是他们的感情跟真正现实中的感情是一样的。那个经历太真实了。

“宁川失踪了，谪仙还有十冠王追了下去！”龙女说道。她身上有一只古角，能够通灵，从而映现出一些景物。

“我们也走！”石昊一声低吼。这个时候他真的坐不住了。

事实上，不光是他们，来自无量天的金发男子等人也动了，化成一道流光，冲向大地的尽头。

所有人都有点发蒙。难道说小麒麟要等的人就是宁川？而且双方生出了感应，开始彼此靠近了？

“宁兄，你的感应不会有误吧？”孤剑云问道。

“不会有错，是它，一只真正的麒麟，我额上的神纹感应到了，它要现身了！”宁川说道。

平日间，他很冷静，也很平和，今日他却难以保持那种神态了。

他们在广袤的无人区中穿行，不管不顾地接连奔行数日，早已一头扎进原始大荒中，行程危险无比。

他们从三千州赶向禁区中时，是沿着一条古路，相对来说不算危险，却还是要了很多人的性命。现在他们选择的这条路处在最恐怖的区域中，一个不好就会形神俱灭。

事实上，不光是他们，谪仙、十冠王、石昊，以及域外的强者们一个个都动身了，跟了过来。

“宁兄，他们都跟了下来，手中有秘宝，可以寻到我们的踪迹，这样一路下来，到时候肯定会跟你激烈争夺小麒麟，我们这样会不会为他人作嫁衣？”孤剑云提醒宁川。

“不会！”宁川很自信地道，“我只要抢先一步跟那只小麒麟打个照面，一切便都难以改变了！”

他的意思是，只要先一步得到小麒麟的认可，别人便抢不走它。他心中不惧，有信心可以取得那只小麒麟的信任。

“嗷呜……”

前方有黑色的旋风刮起，传来阵阵嘶吼声，让孤剑云心惊胆战，头皮发麻，面色苍白无比。

“那是什么东西？”隐约间，他看到几道黑影从前方山谷中冲出，化成黑色的狂风。

“战死的英灵！”宁川说道。他也急了，因为那黑影的实力太强了，超越了教主，从这里冲过时，连一些山峰都崩裂了。

而这仅是黑影正常奔行时带起的狂风，便有这般威力，着实惊人。

“别动，也别管，视之为无物！”宁川提醒。

“咚！”

忽然，山林中传来沉闷的声响。有一具腐烂的尸骸背上长着巨大的黑色羽翼，踩踏山峰，一路向远方奔去。

“一具至尊尸骸？”就连宁川都脸色大变。他们来到了什么地方？怎么总是有这种强大的东西出现？他们可以肯定的是，那具腐烂的尸骸生前的实力强大至极。

如今也无人敢招惹这具尸骸，其身上依旧有某种恐怖气息，一旦爆发开来，能将天上的日月与星辰击落。

“到了，就是这里！”宁川忽然止步，看着前方的山林。

山林中无风，没有一点声音，但很诡异。

地上有许多水洼，细看的话，呈猩红色。那是一摊又一摊的血迹，也不知道过去了多少年，至今还不曾干涸。

此外，这个地方还有一些尸骸，有的全部在地上，有的在土下，仅露了部分肢体出来。

这里原先是古战场吗？

他们不知道！

“是这里吗？我来看一看！”很明显，域外也有神觉敏锐的修士，觉得小麒麟就在这附近，抢先行动了起来，冲向山林深处。

突然，地上的许多血洼发起光来，散发出无穷的力量，一下子将那修士从半空中拉了下去。

“噗！”

那个修出仙气的年轻天才直接落入地面上一个很小的血洼中，瞬间就化掉了，成为脓血。

“什么？”但凡看到这一幕的人都失声惊呼起来。

一位强大的天才就这么死掉了，这也太惊人了！人们沉默了。这一结果很残酷，让人胆寒。

不过，此时宁川却难以保持平静了。他的额头在发光，而且越来越烫。麒麟纹浮现出来，璀璨如骄阳。

他忍不住了，因为他感觉小麒麟就在此地，要现身了。

“麒麟！”他一声大喝，同时催动额头上的纹路，跟此地的山川沟壑共鸣，发出大道神音。

结果，这个地方一下子变得不同了，混沌气浮现，瑞霞腾天，将这里笼罩了。

所有的一切都朦胧了。

之后，前方有一座大山裂开，爆发出滔天的圣洁气息。隐约间，人们看到一只雪白的麒麟冲了出来！

是小麒麟！让人愕然的是，在它的身边还有一个带着仙道气息的少女。

石昊一下子呆住了，小麒麟真的等到了仙古纪元的那位少女？

怎么可能！

如果此事为真，就相当于证实了有轮回存在于世间吗？

他睁开天眼，要看一看这个少女究竟是谁，确认一下他是否曾在这一世见到过。

很快，石昊如泥塑木雕般站在那里，张口结舌。

很长时间后，他才颤声道：“是她……竟然是她，难道她在这滚滚红尘中轮回吗？”

第798章 争夺白麒麟

WANMEI SHIJIE

山峰倒塌，瑞光澎湃，混沌气腾起。

一个少女轻灵地走来，跟在那只小麒麟身后，离开它的长眠地。

这个地方白雾涌动，仙道气息浓郁，一看就是了不得的宝地，即便封印了万古，也还是如此超凡脱俗。

不光是石昊，还有其他人也认出了那少女，一个个惊呼出声。

“这丫头怎么跑到这里来了？”小胖子曹雨生睁大了眼睛，一副活见鬼的样子。

“她提前进入了封印地？”龙女也忍不住蹙眉。

至于其他人，比如不曾见过那少女的域外天才们，此刻一个个眼睛发直，盯着雪白的小麒麟和那少女。

“仙王在上！那少女难道是从仙古纪元封印下来的？一直活到现在跟小麒麟一同现身了？”

“天啊！”

许多人惊呼，很难相信这一结果。

她年纪不大，只有十三四的样子，身材挺拔，一头银发垂到腰际，如绸缎那样光滑柔顺，大眼睛骨碌碌地转动着，晶莹透亮，宛若红玛瑙，还带着一股灵气，打量着四周。

这个少女看起来水灵灵的，且很活泼，一副聪明伶俐的样子，在琢磨如何离开这里。

很快，她看到了发呆的石昊，顿时喜笑颜开，红而大的眼睛发着光，大叫着：“喂、喂、喂，还不快救驾，我在这儿呢！”

她是小兔子，不知道为何居然跑到了这里，而且拐跑了那只小麒麟！

这个时候，她看清了自己的处境，发现自己身边的敌人很多，于是立刻向石昊求援。

一瞬间，所有人都望向石昊。

“还有援手！里应外合吗？我就说嘛，一个小丫头怎么可能得到小麒麟。”域外的修士低语。他们不怕那个少女，却不敢小觑石昊。

“这丫头怎么能得到小麒麟的认可，那可是跟真龙、天凤一般的存在啊！”小胖子曹雨生最不能接受此事了。

这只漂亮的兔子平日总嚷嚷着吃素不吃荤，结果经常喝酒吃肉。但总的来说，她清秀单纯，还有点小可爱。

谁能想到，而今她办出这样一件大事！这让小胖子曹雨生瞠目结舌。

事实上，石昊比他还震惊。小兔子怎么能成功？难道说她就是仙古那个少女转世的吗？

可是他真的没发现小兔子跟那少女有什么相像之处。她们的容貌完全不同，而且神魂波动也不一样，根本就是毫不相干的两个人。

如果非要找一些相似点出来，那就是气质了，都是小女生，看起来活泼好动，古灵精怪。

是小麒麟弄错了吗？石昊严重怀疑是那只小兽昏头了，被这只兔子忽悠得晕晕乎乎的，所以才蹦跶出来。

“喂，石昊大叔，你听到了吗？我在喊你呢！”小兔子显然非常不满，直接给他一个这样的称呼。

石昊当即满头冒冷汗，他不过二十岁，就被称作大叔了？

以前这只兔子虽然顽劣，可是从来没这么称呼过他。她今天绝对是故意的，想让他生气。

龙女偷笑，长弓衍也笑了，冲着那边挥了挥手。

“还是长弓衍大叔好，快来救我啊！对了，还有那个死胖子，你也赶紧过来救驾！”小兔子在那里又跳又叫，龇着一嘴雪白的小牙齿，冲这边招手。

长弓衍愕然无语，小胖子曹雨生气得直磨牙。

宁川神色不善地堵在路的中央，绝不可能放她过去。

太阴玉兔被人挡住了。

至于域外的那些人，也渐渐从三千州的修士口中了解到，这个少女不是上一纪元的人，是此世的太阴玉兔，故而也上前挡住了她的路。

这个时候，谪仙、魔女、十冠王，还有月婵、石毅、三石天君等都现身了。

能来的年轻至尊基本都到齐了，可以说是群雄荟萃。

“救命啊，不要抢我的小不点。”太阴玉兔在那里叫嚷着，一副花容失色的样子，可怜巴巴地冲着石昊、小胖子曹雨生等求助。

魔女“扑哧”一声笑了起来，她与月婵都知道，石昊在下界时被人叫作小不点，结果这只兔子给那只小麒麟也起了这个名字，还真是胡闹。

“兔子，你再乱说话，回头我们不救你！”石昊指着太阴玉兔说道。

“我哪里乱说话了？”太阴玉兔不开心了，用那双通红的大眼睛死命地瞪着他们！

“出手！”有人猛然向前冲去，想要出手掳走那只小麒麟。

这个地方的巨山已经倒塌，仙雾弥漫，混沌气四溢，看起来并不危险，众人却不敢大意，因为地上还有许多血洼。

早先就有人踏进血洼，结果化为一摊脓血。

“哧！”

一只浑身青光缭绕的天狼纵身跃了过去，利爪撕开虚空，扑向小麒麟，想要将它捉走。

很明显，这是域外的一名强者，为了一击成功，直接化出本体，动用了最强肉身与法力。

石昊冲上前去，龙女、小胖子曹雨生也准备出手，长弓衍更是张弓搭箭，想要第一时间射杀对手。

不过出乎所有人意料的是，还有一人比他们更急。宁川出手了，一声长啸过后，他浑身迸发出洁白的光芒，还有滔天血气澎湃而出。在其额头，麒麟纹扩散，笼罩了全身！

此时，他手捏麒麟印，快速冲了过去，轰出震天撼地的一拳，打向那只天狼。

“敢逞凶？”旁边有人相助那只天狼，出手阻挡宁川。

不过，在麒麟印面前，那个人不是对手，他祭出的一杆赤血天戈一下子被击得爆开，裂成数段。

赤血天戈的利刃倒旋回去，“噗”的一声刺进那个人的体内，他身上顿时鲜血淋淋。

一般来说，修为到了这等境界，怎么可能会被自己的兵器所伤。而现在出现了这一结果，只能说明宁川太强大了，他的规则压制了那个人，禁锢其真身，使那个人难以躲避，一击之下，险些让那个人殒命。

“宁川，你即将进入我无量天，现在要与我等为敌吗？”那只天狼喝道，这是在提醒，也是在恫吓。

“轰！”

宁川没说话，以这一拳做回应。他捏着麒麟印砸了过去，只见一只硕大的白麒麟从他的拳印中腾空而起，朝那青色的天狼扑杀过去。

“嗷……”

那天狼长啸一声，其音悲壮。虚空中出现异象，茫茫草原之上，流血漂橹，一只巨大的天狼对着月亮发出啸声，喷出星辰之光，镇杀世间之敌。

宁川这一拳气势磅礴，一声巨响过后，连天地都仿佛被击穿，剧烈鸣颤起来。

从拳印中腾起的白麒麟踏裂草原，将那只巨大的天狼扑倒，而后强势镇杀！

“轰！”

天空中轰鸣不已，地面剧烈颤动，宁川独自立在那里，将那只天狼击得爆碎。四方混沌气汹涌澎湃，他显得神圣无比，如同无上至尊。

他白衣飘舞，身不染血，一击而已，就杀了一位强大的域外天才。

这个时候，人们不仅吃惊于他的战力，更为他所掌握的宝术而震撼，因为那是麒麟术！

许多人脸色都变了，因为在那前方，小麒麟偏着头，盯着宁川，一双大眼睛中满是好奇与不解。

所有人都知道，坏了，若是让小麒麟有了亲近的感觉，说不定它会扑过去，彻底投向宁川，跟他在一起。

不少人觉得宁川的威胁比那个漂亮得不像话的少女大多了，因为他跟麒麟族有着莫大的关系。

宁川双唇翕动，在跟小麒麟传音。

“小白，过来！”这一次，就连太阴玉兔也有点急了，不再称呼它为小不点，直接唤小白，要将它抱起。

这只幼崽不过一尺长，通体雪白如玉，鳞片晶莹，连头上的角都是白色的，看起来柔柔嫩嫩的，扑闪着一双大眼睛，异常可爱。

只是，此时的小麒麟有点犹豫，看看宁川，又看向太阴玉兔，伸出一只小爪子挠头，有点犯嘀咕。

“过来！”域外的人喝道。

有人出手了，掌指巨大无比，如同山岳，从空中探来，抓向小麒麟。

出手的，正是无量天的那个金色长发的青年。

宁川怎么肯让那青年得手！

他不再尝试沟通，毫不犹豫地伸手抓向小麒麟。

这个时候，小麒麟终于做出了选择，看到那两人捉它，扭头就跑，“嗖”的一声跳到了太阴玉兔的怀中。

太阴玉兔开心地笑了，眨动着一双红玛瑙般的大眼睛，得意无比，使劲抱住了这只雪白的小兽。

“放手！”宁川、金发男子同时断喝一声，扑到了近前。

“滚开！”石昊大喝。他一晃而至，速度太快了，挡在太阴玉兔的身前，如一座巍峨的太古大山阻在那里。而后，他左手施展轮回拳，右手施展柳神法，同时迎击两大高手。

“咚！”

如同天鼓在响，震耳欲聋。

这个地方的山川倾覆，虚空中裂缝蔓延，各种景物都模糊了，不复存在，呈现出一片破败之色。

当烟尘散去，石昊岿然不动，唯有黑色长发随风舞动。他神色平静，挡在那里，任何人都无法冲过去。

宁川、金发男子都蹙眉，他们知道，这个敌人太强了，真要对决的话，必然是搏命之战！

第799章 镇压域外敌

WANMEI SHIJIE

“这小麒麟我要定了！”金发男子开口了。

他志在必得，要将小麒麟带回无量天。对于族中的古老祖先来说，麒麟血有不可想象的作用。

此外，对他自己来说，一只麒麟认主，那意味着什么？

意味着，他的未来光明璀璨！

“你当自己是谁，想要就要？”石昊嗤笑道。即便面对强大的对手，他也毫不在意，非常淡定。

“回你的无量天，我与这麒麟有缘！”宁川也开口了，冲着金发男子说道。

“呵呵……”金发男子笑了，他并不发怒，很随意地道，“你们要知道，天神书院很有可能会建在无量天，我很希望能与你们和睦相处。”

“你在威胁我？”石昊开口道。他虽无怒意，目光平和，但是一种无形的压力已经扩散开来。

他讨厌别人的恫吓。此刻，对方的言下之意很明显，在无量天中，他们的族群、门派很强势，如果双方关系不好，到时候多半会发生各种事端。

“哇呀呀，太可恨了，太可耻了，抢我的小白，还威胁我们，去死！”在后方，太阴玉兔瞪着红宝石般的大眼，挥舞着小拳头，在那里对金发男子叫嚷，仰着小下巴要揍他。

此时，气氛紧张极了，域外的修士也在逼近，一个一个地走来，跟金发男子站到一起，要参与到这一战之中。

当然，无量天还有强者未动，站在远处观望。

至于宁川，他的身边出现了手持一柄神剑的孤剑云，且还有几人也走了过来，要跟他共进退。在这当中，有古代怪胎！

这里的氛围越发显得紧张了。

长弓衍、龙女、小胖子曹雨生也走过来了，跟石昊站在一起，跟他们对峙。

十冠王、谪仙、石毅、魔女、月婵等人一动不动在远处站着，他们神情平静，准备观战。

“小兔子，你可真能折腾，怎么跑到这里来了，还捉到了一只小兽。”小胖子曹雨生问道。

小胖子曹雨生虽然长得很清秀，此时却表现得大大咧咧的，他接着道：“是麒麟吧？回头蒸着吃，还是煮着吃？”

“嗷……”小麒麟一声惨叫，在太阴玉兔的怀中来回扭动，差点撒丫子狂逃。

周围的一群人都蒙了，这胖子还真敢说，要吃麒麟，这玩笑可开大了。许多人都面露异色。

当然，现场的气氛也因此而轻松了一些。

“死胖子，你在乱说什么，别吓我家小白！”太阴玉兔不满地嘟着嘴，瞪着大眼睛。

“真的可以考虑一下，这是仙兽，吃下去的话绝对大补，抵得上长生药。”小胖子曹雨生嘿嘿地笑着。

“唉！”石昊叹气，他也是一个吃货，但是他认识这只小麒麟。可惜了，若非故识，说不定还真会表示赞成。

“胖子，等我长大后，把你喂天角蚁！”这个时候，小麒麟瞪着一双大眼睛开口了，声音细声细气的，非常稚嫩。

它所说的天角蚁乃是十凶之一，异常强大，若论力气，九天十地无人可与之相比，可谓天下第一！

“你怎么出来了，你觉得这只兔子就是前世那个女孩吗？”石昊问小麒麟。

“我……”小麒麟不过一尺长，此时它看了看太阴玉兔，又看了看宁川，神色有点古怪，也有些复杂。

石昊没有听到它的答案。

因为那些人逼了过来，他不得不准备动手了。

“锵！”

金发男子第一个出手。

他气息暴涨，手中出现了一杆黄金长枪，用单臂持着，猛力一抖，枪尖刺破了虚空！

成片的光芒从金色枪尖处绽放出来，它比剑芒还可怕，一扫就是一大片，眼看枪尖乱抖，到了石昊近前。

这一枪太厉害了，足以轻易刺死一名天神，锋芒劈开长空，威力恐怖绝伦！

这就是金发男子的一击！

“当！”

然而，出乎所有人意料的是，面对这样的一击，石昊竟然选择徒手对抗，避过黄金枪尖，以掌刀斩在这杆神兵上。

一瞬间，火星四溅，道音隆隆。

两人间有各种秩序规则交织，远远望去，如同笼罩着一片闪电，将那里封锁了。

有几颗火星溅起，落在远方的山脉中，结果那里的群山炸开了，化成飞灰。

人们脸色大变，这威力，太惊人了。

仅是掌刀与黄金长枪撞在一起后迸发的火星就能如此，那两人间真正形成的秩序神链又会有怎样惊人的景象？

金发男子十分震撼，对方居然徒手跟他手中的绝世神兵碰撞，这实力何其可怕？

石昊也很吃惊，那是因为这杆黄金长枪太不一般了，当中掺杂着仙金！

“锵！”石昊直接抽出大罗仙剑。

不是说他徒手敌不过金发男子，而是他觉得这是难得的机会，可以进一步祭炼手中的剑胎。

这剑胎对仙金分外渴望，此前已经吸收过数种了，如光明仙金、七彩仙金等。

“锵！”

灰暗的剑胎开始发光，随着石昊的抡动，一下子照亮了这片区域。一个人形生灵浮现在大家眼前，它如同神仙飞舞，只见光雨点点，云雾弥漫，非常圣洁。

而这一切都是剑胎上的图痕显化出来的画面。

“当！”

两件兵器撞在一起，神光四射，雷霆滚滚，天地间秩序神链交织，也不知道一下子冲出去了多少里。

而虚空，更是被密密麻麻的秩序规则撕碎了。

所有人都退了出去，为了躲避这余波。

“咔嚓！”

“不！”金发男子大叫一声。因为他听到了刺耳的声音，他的兵器被那柄剑胎斩裂了。

掺有仙金的兵器，坚韧无比，无坚不摧，怎么会被其他兵器斩开呢？

可这就是事实。

那剑胎斩裂了长枪，并且粘在上面，剑光吞吐之时，意味着它开始吸收黄金长枪的精华——黄道仙金。

“啊……”金发男子发狂地大叫起来，同时催动一身宝术，向前攻击，想要夺回黄金长枪。

这可是一件举世罕有的秘宝，不容有失。

然后，一切都晚了。

那剑胎的动作太快了，一眨眼的工夫就吸收掉了黄金长枪的精华。

“咔嚓！”

长枪碎掉，化成破破烂烂的金属屑，簌簌坠落在地。

与此同时，吸收了仙金精华后，那剑胎越发显得灿烂，同时出现了金色的闪电，裂开了虚空！

那是雷劫，是吸收刚才的黄道仙金所致！

至此，这柄剑胎中又多了一种仙金。或许原本就有，而今只是在补充，所以将那渡劫的场面显化了出来，越发真实。

所有人都忍不住一愣，这剑胎太诡异了！

这个时候，域外其他高手也动了。

他们原本想助金发男子夺回长枪，结果晚了一步，此时随他一起向石昊出手。

石昊收起大罗仙剑，舒展身体，想徒手应对，看看这些人的实力到底有多强，以便了解无量天的战力水准。

他拳头发光，雷霆万道，显然是动用了雷帝法！

“咚！”

石昊挥拳，这个地方随之轰鸣起来，像在擂鼓。

石昊如同一尊战神，跟几人同时交手，一时间，符文密布，圣光滔滔，势不可当。

“砰！”

其中一人被石昊一拳击中。尽管那个人穿着宝甲，又动用了护体骨文，还是险些被轰得爆碎。

石昊已手下留情。他不知道杀死域外修士后那三大至尊是什么态度。因为他们说过，不要内耗。

域外的修士脸色都很差，石昊仅以一人之力就压制了他们数人，这太难堪了。

就是那几位在远处观战的强大的域外修士也都有些忍不住了，很想过来一战，化解这种让人尴尬的危局。

“轰！”

石昊连续出击，不断变换宝术，鲲鹏翅一展，便将其中一个修士腰斩了。

石昊没有追过去灭其元神，就已经算是留情了。

“他怎么会这么强？”域外的几名少女皆脸色大变，快速赶过去救治那个被腰斩的修士。早先她们还不服气呢，现在都神色凝重。

金发男子长啸一声，他身上发生了变化，血肉金属化，成为黄金之体。

这是黄金家族的秘法。

他们的祖上是黄道仙金通灵而成，化成人形，后代也有相应的能力。

“当！”

但是，他即便化成黄金之体依旧无法镇住石昊，双方的战斗越发激烈。

就在这时，宁川出手了，速度快若闪电，冲向太阴玉兔。因为他担心石昊镇压了域外的几人后，到时他再想夺小麒麟就有难度了。

“既然如此，你们一起来吧！”石昊断喝。他不和域外的几人纠缠，而是退到太阴玉兔的身边，阻挡宁川。

“杀！”那金发男子领着几人又杀到石昊身边。

这是一场龙争虎斗，非常激烈。

毕竟有一个十冠王，凭他就可以震动四方，能跟石昊大战一场。

长弓衍等人要出手，结果被石昊阻止了。

石昊的攻击很有选择性，先解决弱者。

“砰”的一声，他将域外的一名修士踢得飞起，小半截身子鲜血淋淋。

“噗！”

随后，石昊一拳轰去，将另外两人打得大口吐血，浑身裂开，如同血人一般。

“当！”

金发男子也如遭雷击，他的后背被石昊一拳轰中。

这一拳打得如此结实，连天空都被震得裂开了，就更不要说一个人了。

即便他拥有黄金之体，也有部分相应的能力，但整个后背还是被击穿了。

他被打得飞了出去，七窍流血。

域外众人心惊胆战，一个顶尖高手就这样被石昊废掉了，太可怕了，而看这情形，石昊应该还算是手下留情了。

域外的几名女子没有参战，都花容失色。这样一个少年若是进入天神书院，跟各大真仙后裔碰撞，会爆发出怎样的威力？

“轰！”

石昊迎战宁川，越发的从容了。

“宁川，在仙古遗迹时，你便被我杀得遁走，现在想自寻死路吗？”石昊喝道。

此语一出，无论是三千州的修士还是域外的强者，脸色都为之一变！

第800章 宿敌

WANMEI SHIJIE

石昊与宁川，皆是拥有三道仙气的年轻霸主，两人曾经交手很多次，可以说是宿敌。现在再次对上，称得上是针尖对麦芒!

“荒，今日一战，我要一雪前耻。上次我渡劫你来捣乱，今日便讨个说法！”宁川喝道，带着明显的杀意。

在世人眼中，宁川丰神俊朗，一向以白衣现身，连发丝都是银色的，加上面孔漂亮精致，连很多女子都自叹不如。

“轰隆！”这天空被他打了个窟窿。

宁川跟以往的状态完全不同，霸气出手。他满头银发披散下来，瞳孔化成符文，捏麒麟印，背负天图，向前杀去，跟石昊激烈搏杀。

两者间爆发出璀璨的骨文。

现如今有几人敢与石昊硬撼?

同阶强者中，没有几人的肉身可与石昊相比，跟他碰撞如同瓷器撞击神铁，刹那间就要破碎。

可宁川敢。

他风采过人，白衣飘动之时，如同一个无上的神王在巡天，超然中还有一种超乎寻常的威严，俯视着人界。

神王一怒，自然势不可当。

这一战，激烈无比。

“哧！”

神虹惊天，那是一道又一道骨文，光芒耀眼，照亮了乾坤。

“咔嚓！”

璀璨大日炸开，天地绚丽，无比刺目，那是宝术在释放，彼此碰撞在一起，散发出璀璨的光芒。

各方瞩目，人们的呼吸都要停止了，不少人都心惊肉跳，这等强者对决，让他们看到了自己的不足。

无论是石昊还是宁川，都尽显无敌风采！如果他们上去，怎么可能是这两人的对手！

突然，一道光束飞来，禁锢了虚空，仿佛让这里的时间都静止了。

石昊与宁川被分在两方，不能靠近，也无法交手了。

三大中年至尊都到了，盘坐于虚空之中。其中一人点出一指，造成了这种景象，分开了两个绝世奇才。

“便是在上一纪元，你们这样的人也不多，如今战乱将起，怎能在这里内耗。”其中一人开口道。

“战乱？我是他眼中的罪血后人，今日我很想问一问他，是如何定义的！”石昊说道。

他不想停手。

此时，他这样开口，也是想听一听三大中年至尊的意见，他们究竟是否了解边荒，是否知道罪血祖先的事。

“这些都是陈年旧事，谁是谁非，现在就莫要提了。”一位中年至尊开口了。

“为何？”石昊就是想弄个明白。

其他人又吃惊又好奇。原本是两大年轻至尊争锋，结果被分开后，却突然提到了这个问题，而荒还如此执着。

“这当中涉及了几方势力，有些人还活着，曾经见证过这一切，还是日后再论吧！”一位至尊似乎不愿意继续这个话题。

这一刻，石昊心中涌起滔天波浪，他有种感觉，这位至尊似乎非常忌惮，对这一问题无比慎重。

“他是如此态度，究竟是因为当年活下来的人，还是因为当年的事？”石昊心中直打鼓。

三大至尊不愿多说，石昊也不好再问了。

“好了，去帝城！”三人同时开口了，表示他们完成了任务。这次他们表现都很好，发现了一些魔化的生灵，还寻到了小麒麟，很圆满。

很明显，三大至尊有一些事要交代，但要回到帝城，而不是在这里。

三大中年至尊的实力真的太强了，其中一人大袖一挥，无论是宁川，还是谪仙，抑或是域外的天才等，全被遮住了。下一刻，他们一同从这里消失了，没有一人留下。

帝城，宏伟浩瀚，与天齐高，周围环绕着日月星辰，太庞大了。由星辰堆砌的城墙，此时尽显厚重与恢宏，更有至高规则闪烁，镇压天与地。

此时，帝城寂静无声。

石昊他们又回来了，这一次依然不能进入这座巨城，因为没有资格。古往今来，唯有帝者，或者签订太古盟约的人才能入内！

只是，这样的人进去后，就再也没有回来，好像消失了。没有人知道那些消失的人最后怎样了。

浩瀚、神秘、未知，是对此城的最好诠释。

一群人走进坊市间，这里的城池可以自由进出。

“你们可以在这里自由活动，向那些生活在此地的生灵了解一些情况，我等有要事先商量一番。”三大中年至尊开口了。

他们直接就将太阴玉兔还有小麒麟带走了，不给众人询问的机会。

就连石昊想详细询问太阴玉兔，都没有机会了。

这些奇才皆选择进入城池。很快，石昊发现了一些熟人，这让他很惊讶。甄古、藤一、凤舞、左小迪、穆子潇等，这些人竟也赶到了这里。

甄古，拥有灵族中的黄金血统，手握凝血化成一杆战矛。同阶战斗中，没有那杆矛刺不穿的东西，号称无坚不摧。

藤一，为火金族年轻一代的最强者，该族曾是太古十大种族之一，为昔日的皇族！

凤舞为天仙书院最杰出的传人，是一个极其强大的初代，同清漪是好姐妹。

至于左小迪、穆子潇，他们来自位于火州的神崖书院，跟天仙书院离得很近。

除了他们外，还有一些故人，石昊也曾见过面。

石昊走上前去，跟凤舞等打招呼。

最后，石昊露出笑容，因为他看到了清漪。

她也赶来了。

清漪有这样的实力，虽然只是次身，但是早已修出一道仙气。

不过，她的实力并不是很好界定，因为她拥有青月焰。而且，那火焰至今都没有离开她，仍然在跟她融合。

“清漪，终于又相见了。”石昊向前走去，脸上带着温和的笑容。

在仙古遗迹时，两人曾有过亲密关系。但自那一次分别后，他们几乎就没有再相见。

事实上，是清漪有意躲着石昊。当日发生的事情让她羞愤，难以接受，两人见面会让她觉得尴尬。

城池很大，人来人往。但是，故人重逢的喜悦却未受到周围的喧嚣影响。

当然，这喜悦是对石昊来说的。在清漪看来，一时间竟不知如何是好。

“哎呀呀，妹妹，你们是双胞胎啊，我才发现！”域外的一名少女笑道。看这样子，她想拉拢月婵。

月婵没有开口，但是盯着清漪时，眸子中精光一闪而没，她不想在这里向域外的那些天才解释什么。然而她的内心极不平静，现在这样重逢，让她很纠结。她恨不得立刻融合，与次身化为一体。

她也知道，这太难了，光战胜清漪就很难，再加上石昊等人又在，她根本没有任何希望。

“清漪，你最近怎样，去哪里了？”石昊来到她身边，盯着她的双眸，毫不在意别人的眼光，这样问长问短。

“我还好。”清漪说道。

现在的她，容貌清丽，绝美无比，衣衫飘舞如广寒仙子降临人世。

石昊心中漾起层层波澜，想到了过去的种种，从敌视到并肩而行……特别又回忆起仙古遗迹中的种种际遇，一时间，他神色极不自然。

那一天，他们有了亲密关系后便分开了。虽然他也曾远距离匆匆一瞥，但今天才算真正重逢。

“你怎么能这样盯着我看？”清漪被他那火热的目光盯着，有点受不了。

他们就站在街道上，距离很近。这座巨大城池里的生灵很多，其他天才也都在附近。

“你忘了曾对我说的话了吗？有一个约定。”石昊微笑着说。

“什么约定？”清漪闻言，脸当即就红了。因为曾经说过的话她并未忘记，现在石昊又旧事重提，弄得她很尴尬，不知道如何应付，只得假装忘记了。

“给你提个醒，你曾说过，我若是进入仙古遗迹后独占鳌头，你要怎样做？”石昊笑道。他牙齿很白，笑容灿烂。

清漪脸色通红，她真的不愿意面对这样的局面。而今她越发显得不安了，尤其是当着月婵的面，就……

事实上是，月婵比她还不自在。因为她们是主次身关系，彼此能交换感知，能知道对方的思想，现在清漪面对石昊产生的情绪月婵也在感受。

可是，月婵理应恨死石昊才对，双方是仇敌。

现在因为清漪出现了，跟那个家伙站在一起，给了月婵一种奇异而古怪的感觉，跟她自身感知相抵触，心情复杂也是必然的。

“别靠这么近。”清漪说道。

她点了石昊肩头一下，因为她发现这个家伙呼出的气都喷到了自己脸上。

“我这不是在等你给我一个说法吗？”石昊道。

“哪有什么说法，当年的事我忘了。”清漪耍赖，跟她超凡脱俗的仙子形象有点不相符。此时她不是清冷的，也不是超俗的，反而有点小女人的神态，用大眼睛白了他一眼。

“你曾说过，我在仙古夺得天下第一名后，你会以身相许。”石昊嘿嘿笑道。

“哪有！”清漪瞪她。

“喂，说话要算话。”石昊看着她。

“当初，是你无赖！”清漪毫不犹豫地狡辩。

“什么无赖，分明是你自己亲口所说。”石昊抓住她的手臂，因为清漪转身想逃。

“放手！”清漪还不曾说什么，月婵就开口了，低声斥道。

因为距离太近了，月婵也感同身受，像是她在与石昊互动、交谈。

“关你什么事情，你确定要跟我们一同进入天神书院？”石昊说道，并且揽住清漪的腰，回头看着月婵。

这……简直是受罪。月婵难以接受，同时，她忍不住地想，如果进入天神书院，那两人腻在一起，对她来说，当真是炼狱似的折磨。

第801章 入城

WANMEI SHIJIE

月婵面色极其难看，越想越心惊，如果清漪、石昊还有她一同进入天神书院，那可真是糟糕透顶。

“清漪，你上次不告而别，是不是……有了？”石昊问道。

他居然敢这样问，可以说他的脸皮厚得堪比帝城的城墙。

清漪还没有说什么呢，月婵已经气得浑身发抖了，如果真有这么一天……她真的无法想象。

一刹那而已，月婵在这电光石火间仿佛看到了一幅可怕的场景，三人同进天神书院，结果真的发生了那个厚脸皮之人所说的事，那个时候，由于主次身不分彼此，她岂不是会感同身受?

想到这里，月婵差点崩溃！无论如何，她也要阻止，绝不能允许这种情况发生，不然比杀了她还难受。

“你不要乱说话！”清漪斥道，终于是开口了。

“好，我们私下里说。”石昊大笑道。

他们开始传音，清漪是怕这家伙满嘴胡言乱语，让她受不了，也下不来台。也正因为如此，不远处的月婵长出了一口气，不然的话，任那家伙说下去，她肯定会被气得发疯。

“清漪，你怎么不过来？月婵你怎么跟石昊走在一起了？”小胖子曹雨生带着一副笑嘻嘻的表情，他故意说反了，称呼月婵为清漪，称呼清漪为月婵。

长弓衍、龙女微笑着在旁边看热闹。

“喂，你们真是双胞胎姐妹啊。月婵妹妹，你要将你妹妹救出来啊，跟了那个家伙，日子势必水深火热。”域外的一名少女说道。她对石昊的印象极差，因为他曾杀得无量天的人大败而归。

此时，其他人也都望了过来，比如甄古、藤一、凤舞等。

石昊很热情，道：“如果我们都能进天神书院，离开这一界，一定要相互照应，毕竟我们来自同一个地方。”

“自然应该这样。”那些人都点头。

“清漪妹妹。”凤舞跟清漪的关系非常好，在此重逢，跟她热络地攀谈了起来。

很明显，这里一下子分成了不少小股势力。

比如谪仙一方，十冠王一方，石毅、三石天君等，还有石昊他们这里。

“哥！”突然，一个声音传来，一位身穿银色甲胄的少年出现了，他正向这里走来。

秦昊，他也来了！

“你来了？父亲母亲呢，同意了吗？”石昊很吃惊，他没有想到自己的弟弟进入了禁区深处，还来到了这里。

他打心眼里不愿这样，总希望父母身边还有人照应。

可他忍不住一声叹息，自己都不顾一切地闯来了，又有什么理由要求秦昊呢？只是想到父母等亲人，他就觉得心里有愧。

因为，这样一别，不知道什么时候才能回去。

秦昊走来之时，域外的修士都是一阵议论，特别是知道他与石昊是亲兄弟后，一些人的目光诡异得很。

石昊扫了他们一眼，道：“进入天神书院后谁想找事，我自会一一奉陪！”

虚空中，几道身影浮现，三大至尊回来了，在他们身边的，是抱着小麒麟的太阴玉兔。

很明显，他们刚才之所以离开，肯定是要去商讨小麒麟的事。

“时间差不多了，该确定下人选，然后我们也该上路了。”一位至尊说道。

三大至尊盘坐虚空中，混沌将那里笼罩，显得一片朦胧。

“按理说应该都带上，你们已经很偏心地将域外的修士带到这里了，为的只是给他们一个机会。所以说，我们三千州的修士能赶到此地的，理应都能过关。”太阴玉兔咕哝道。

她因为得到了小麒麟，三大至尊很看重她，所以她才能留在他们身边。

“也对，三千州赶到此地的修士本来就不多，那么就都算过关吧，出发！”一位至尊点头，竟同意了。

众人又惊讶又喜悦，居然都算过关，全可以上路！他们九死一生来到这里，果然没有浪费时光。

他们是幸运的，因为开始时有十万人以上，结果只有这么少的人成功了。

“你们最后感受一下这个世界吧，我们将离开三千州！”一位至尊说道。

听闻这句话，所有人都一阵沉默。

他们真的要离开这个大千世界了，要进另一片天地中。

这一次的远行，不知道要耗费多少时间，也不知道多少年后才能回来，这让人特别感伤。

毕竟这是生他们养他们的地方！

但是，并不是每一个人都不舍，也有些人已经等不及了，很想立刻远行，早日见到长生者。

“我们如何离开？”

“有一条路可以到那里，在这之前，大家得先去了解一下太古盟约，我们马上就离开。”一位至尊说道。

这一次，在三大至尊的带领下，他们向帝城进发。

这些年轻天才一下子都激动了，他们很早就来了，每日都看着这座以星辰当砖石堆砌成的古城，心中充满了向往，但就是无法进去。

别说进城，就是在城外转转都不行，那里有很多古阵，一般的人根本无法逾越。

不过，这一次在三大至尊的带领下，他们来到了城门下，只是它未免太高了，像耸入苍穹之中，伴着星辰。

“前辈，我们是进城吗？”有人颤声问道。

“是！”一位至尊的回答很简洁。

城太高，大门厚重，谁能推开？仿佛有无数星星镶嵌在巨门上，熠熠生辉！

一位至尊神色凝重，取出一块残骨，放在掌中，另外两人也是如此，手掌中各有一块残骨。残骨颜色都一样，洁白如玉。如今三块残骨合在一起，居然化成一座微型祭坛，很小，又很古朴，还泛出淡淡的光泽。

众人惊讶极了。一座祭坛需要他们三人共同保存，可见关乎甚大！

“嗡！”

这座小祭坛摇动起来，发出神秘的气息。悬在虚空中，它不过拳头那么大，但此时却将所有人都收了上去。

每一个人都变小了，站在那祭坛上。

“哧！”

一道光芒直冲云霄，一群人被小祭坛载着从这里消失了，没入城中。

当他们再次出现时，天地间一片昏暗，只能大致看清四周的景物。

这是一片广袤无比的平原，昏暗与死寂是永恒的主题，在这里除他们一群人外，没有一点生命的气息。

地上，有许多枯骨。

这是何地？

一眼望去，这里昏暗无比，这片土地一片焦黑，像是遭遇过雷劫，又像是曾被烧过。

古战场吗？众人不知道。

也许，唯有这里的三大至尊能解释，但是他们没有说话。

枯骨成片，走在上面，咔嚓咔嚓作响。

这平原通向哪里，尽头是何方？

“前辈，这就是帝城的内部？”有人问道。这里也太荒凉了，看不到守护者，只有凄惨的景象，不知道当年死了多少生灵，却没有埋葬。

谁也没有想到，见到的会是这样的情景，这真的是帝城内部吗？

“也算，也不算。”一位至尊开口。然后，他祭出一面骨镜，映现出远方的景象，所有人都凝神观看镜中的画面。

“还有一道城墙？”

“不错！”

前方无尽之处还有一座城墙，阻挡着外界的一切。

“这里有一些石碑，你们自己去寻找，看一看上面所记载的太古的盟约。”一位中年人说道。

只是，这个地方太大了，根本就望不到尽头，上哪里去寻找石碑，如何才能读到太古的盟约？

石昊心潮起伏，异常震撼。

当年的那些人，就是因为签了太古的盟约才不能离开的吗？

太古六大天人中最后一位——战族的古祖，他们这些人都在哪里，难道都死了？

人们分散开来寻找石碑，只是这个地方过于浩瀚，寻找一块石碑跟大海捞针似的。于是，人群一下子消失了，如同蚂蚁散落到大沙漠中，他们是那么微小，他们又那么难以走到尽头。

“你们自己要注意，在这片古战场上千万不要一不小心走进奇异的大裂缝中，那样就直接闯到边关外了，会走到敌人的世界中。”一位至尊提醒。

关于太古的盟约，众人差不多猜到是什么了。他们这样寻找，不过是为了求证，以真正了解到它蕴含的秘密。

可惜，他们始终没有见到。而且，这里的人越走越少，他们走的地方越来越荒凉。

“咦？坏了！真的有人走失了！”就在这时，三大至尊都脸色大变。他们神识何其恐怖，锁定了此地，但即便这样，还是有一人走丢了。

按理来说，有他们在，绝不会有问题，可是现在，真的出了大问题。

“是谁，是谁走失了？”他们站起身来，快速往黑暗大地的尽头冲去。

石昊感觉诡异，他走着走着，周围的时间像是静止了，整个世界一下子凝固了，还陷入一种奇妙的境地中。

随后，他发现自己正沿着一条黑色的通道离开这片古战场，想要收回脚步时已经来不及了。

斗转星移，时间似乎过去了万古之久。他发现自己彻底摆脱了那片战场，离开了先前的遗迹，踏入了未知的区域。

“这是哪里？”石昊自问。

周围依旧昏暗，能见度更低了，飘着带状的黑雾，山川间没有草木，只有无穷的白骨等。

石昊四处打量，而后震惊极了！

因为，他发现了一件器物——三足两耳圆鼎。

这可不是第一次见到了，但以前都是虚影，这一次是真正的实物！

那鼎染着血，天地母气流转，极其惊人，悬在那里一动也不动。

“边荒！为何这只鼎认准了边荒？”石昊自问。而且，他的心怦怦直跳，很紧张。真正见到实物了，这鼎要传给他什么消息？

还有，那鼎中到底有什么？

第802章 来自未来

WANMEI SHIJIE

这只鼎源于仙古遗迹黑渊下的残破祭坛，石昊第一次在那里见到后，它就给石昊留下了不可磨灭的印象。

不过，当时见到的应该只是虚影，是昔日摹刻在虚空中的印记。

总算又见到了，而这次是实物！

昏暗的世界，空旷的战场，大地焦黑，枯骨遍地。

三足两耳圆鼎闪烁着仙金的光泽，更有天地母气环绕着，至于鼎口内则是混沌气，他一眼望不穿，那里面，仿佛孕育着宇宙。

鼎上有殷红的血液，晶莹而灿烂。每一滴似乎都包容着一个大世界，深邃中带着神秘，令人看不透。

石昊确信，这血跟他身上那一滴一样，都是实力无法想象的强者留下的！

同时，当仔细观察后，他发现不止一种血，而且全都是至高生灵的精血，是盖世高手所留。

这鼎看起来很古老，上面的刻图很模糊，但还是能看出是什么。从星辰到闪电，再到神禽猛兽毒虫，应有尽有。

只是，上面的不少生灵看起来都很陌生，至少，他不曾见过。

石昊迈步，向它走去。

“轰！”

整片世界都像是要炸开了，只因这只鼎动了一下。

在这一瞬间，石昊觉得身体差点粉碎，仿佛要跟这方世界一起走向终点。

他很震惊，这是怎样的一只鼎？轻微颤了一下而已，就像是要毁天灭地了！

而且，这不是错觉，反倒是一种真实的体验。石昊觉得，自己的神志并未恍惚，刚才真有那样一种离奇的感觉。

还好，只是刹那的悸动，他并没有死去。因为这只鼎收敛了气息，定住了天地。

这鼎如此之强，究竟是何人炼制？

石昊盯着它，一言不发。

他在想，究竟是什么人要寻他？

如果猜得没错，寻他之人正是驾驭这只鼎而来，这样一来，难道这当中沉睡着一个绝代高手吗？

可惜，鼎中有天地母气，更有混沌气，深邃无比，看不清最里面究竟有什么。

“你来找我，所为何事？”石昊问道。此时的他平静得出奇，面对这只至高无上的宝鼎，他没有惊喜与兴奋之情，以平常目光视之。

这中间的变化，连他自己都有些不解。面对这样一只无上仙鼎，他居然没有一丝敬畏之心。

这只鼎发着光，九种仙金熠熠生辉，色彩斑斓，并散发出天地母气，越发神秘莫测了。

鼎中，像是有一道身影腾起，但最后又消散了。

那些如玛瑙般的帝血此时在抖动，还在这里发出声音。

“我……来早了。”只有几个字，但话语之中仿佛带着万古的沧桑，有种孤寂，有一种无奈，还有一种疲惫。

听不出是男是女，因为与其说是声音，不如说是神念。

“你是谁？”石昊问道。

可是，此鼎不再发出声音了。

因为，在他们刚才简单对话时，这天地有异动。无穷无尽的闪电交织起来，伴着至高无上的气息，就要降落下来。

石昊心惊胆战，那些雷劫是要毁灭这世界吗？

所有这些，仅是因为他们说的那些话。

“轰！”

天空中，雷电劈落下来，这阵势，比成仙之人要渡的劫还要可怕。

这只鼎动了，迎向高空，鼎口发着光，有九色光彩照耀四方，将所有雷电都接了过去。现在，这只鼎能吞噬万道雷霆。

剧烈的响声之后，仿佛天地都被崩坏了，但所有雷电还是被鼎吸收了。

与此同时，它喷出一些天地母气，向这片虚空弥漫，抹除了所有虚空大裂缝。

石昊异常震撼，这是为何？

他记得骨书中有记载，除非令乾坤产生了不可想象的变化，不然的话不会有雷劫降临。

刚才他只是尝试与那只鼎对话，对方只以神念吐出几个字而已，就有这种场面，太过吓人，也令人无法理解。

难道说只要他与这鼎交流就会影响天地的稳固，动摇这世界的根基？

这怎么可能！

仅是交谈就能造成这种景象，石昊真的不敢想象了，这究竟蕴含了多么可怕的玄机？

“你来自哪里？”石昊问道。

“不属于过去，不属于现在。”鼎中再次传来声音。

可也正是因为它的话语，这天地的变化更加惊人了。仙光一道接一道，雷霆就更多了，如瀑布般，成百上千，全部劈来。

“轰！”

这只鼎发起光来，上面一下子浮现出无数图案，仿佛阵图，一幅又一幅地飞起来，在这里将天封住，炼化了无上雷劫！

石昊忍不住惊叹，这种手段谁人可及？

伴着仙道气息的雷电，都被炼化了。这鼎堪比一位仙王吗？

当天地间平静下来时，石昊忍不住思忖，内心如暴风雨中的大海。

依照鼎中声音的意思，它……来自未来？

石昊惊悚极了。

虽然他曾有过这样的猜测，但是真正面对时，还是不寒而栗。

“你不属于过去与现在，是从未来而来吗？”石昊尽量让自己的声音保持平静，可是，心里又怎么能平静得下来？

这句话出口后，那鼎便沉默了，一点回应也没有，死气沉沉的。

但是，虚空中那雷电比刚才还要强大数倍，仙气弥漫，大道压制人间，像是要毁灭这世界！

这句话的影响太大了吗？以至于那鼎都无法回答，只为避免真的降下难以想象的劫难？

石昊真的被镇住了。如果没有意外，这猜测便是真的，因为对方不出声，这是变相的承认吧。

天啊，他要疯了，真的是从未来而来的生灵？这简直不可想象。

究竟发生了什么？未来又怎么会有这种变故，导致有人要来此地跟他对话。

他还记得，第一次与此鼎相见时，在那黑渊下，意外得到的烙印信息是，此鼎是来求援的！

将这些都联系起来，他越深想越觉得恐怖，感到深深的不安，无法平静下来。

“轰！”

那雷电终究降落了，因石昊的问话而起。

结果，那鼎又动了，这一次，它被劈得剧烈颤抖，上面殷红的血发着光，发出成片的赤霞，化解了危机。

石昊虽然一动不动，但他双目发直，脊背一片寒冷，连说话都很困难了。

他不能跟这鼎交流了。不然的话，会惹出大祸！

因为，他看出来了，连这鼎都不说话了，一语不发，很明显在忌惮，怕引出更大的雷劫。

这种情况下，石昊只能靠自己去猜测未来发生了什么。

他心念电转，不光在思忖未来，还想到了上一纪元。

“若是我身在未来，回到现在，会想要做什么呢？”他自问。

毕竟，已发生的事情无法扭转过来，那又何必从未来回来呢？这样做究竟是想干什么？

石昊想了很久，自语道：“我若回到过去，会只想了解敌人，弄明白仙古纪元为何走到终点，有何办法可制住那些敌人。”

石昊在类比，用这种方法猜测未来的人回到现在是何动机，需要的又是什么。

“难道说，我们这一纪元覆灭，各种生灵都死去了，未来又一个纪元开启，那个时代的生灵想来这里探明情况？”石昊自语。

想到这些，石昊一阵怅然，终究是要踏上仙古纪元的老路吗？这一世还要面临失败的结局，这意味着，所有生命都将会走到终点。

在外界，三大至尊还在寻找。这种事情太诡异了，一个天才就这么从他们的眼皮底下莫名失踪了。

任这三人神识超绝，睥睨三千州，此时却一阵难堪。这件事让他们感觉惊悚。

毫无疑问，有一股莫名的力量出现了，带走了那个年轻人。而且，这力量比他们三个都要强大，不然的话，他们绝不可能无知觉。

“难道是帝城中的生灵在出手？”

“那些人还活着吗？”

他们低语，看着远方第二重宏伟的城墙，心中悸动。不然的话，还有什么能解释这现象？

“不管怎么说，那种力量绝对超越了我等。定是有人在暗中出手，我们还是不要去触霉头了。”

“走，我们该回去了，离开三千州，离开帝城。”

三大高手一番商量后做出这样的决定，而后开始传音，召唤那些天才，跟他们讲明，要离开这片大世界了。

只是，终究少了一个人，三大至尊心中有愧。

然而，他们还是离开了！

而在那片灰暗的世界里，石昊还在自言自语，尝试跟鼎交流，想弄明白这里发生的一切。

只是，那鼎不再发出声音了，而石昊也心存忌惮，所以没办法详细地了解那些事。

石昊冷静下来后，相信了这只鼎来自未来的事。他知道，这世间真的有这种大神通的生灵，可以暂时干扰时光。

比如，无终、六道轮回仙王联手时，曾让他神游仙古，并将那过程铭刻在心！

既然过去有人能做到，那么将来也肯定可以出现这种盖世强者！

石昊一叹，道：“未来，我在何方？难道我要终结在这一纪元了吗？”他望着这只鼎，而后又看向远方。天地间灰蒙蒙的，黑雾弥漫，地上白骨如雪，成堆成片。

孤寂，灰暗，缺少希望。这是象征着这一纪元的他吗？

“我不信！”石昊冷冷道，“我不会消逝，必要超越以往，变得不朽，斩除古今所有强敌！”

这些话语一出，那只鼎震动起来，一时间，光芒大盛，璀璨无比，像是跟他产生了共鸣，在表达欣喜之情。

“你到底要告诉我什么？”石昊问道。

无论是求助，还是交流，这鼎都应该是想告诉他一些事，只是，它无法明说。

“那一战，我要看到你！”突然，这鼎再次传出声音了。

现在，它应该用尽了最大的力量，才抵挡住天地间的一种规则！

“轰！”

石昊浑身一震，他像是抓到了什么，仿佛看到了一幅神秘的画面。

此时，天地间，无尽规则交织，雷电伴着仙气开始疯狂涌动。

第803章 世界那一边

WANMEI SHIJIE

一片雷电直接砸了下来，仿佛击穿了天地，覆盖了这浩瀚的古战场，像是要毁灭一切。

这种雷电太过可怕，这是仙道雷霆。石昊有一种感觉，任何一道仙道雷霆都足以击穿一个大州，若是发生在三千州，后果不堪设想。

毫不意外的是，这只鼎又冲了上去，它像是在斩着什么。

最终，这在石昊看来是史上最可怕的仙道雷霆消失了，全部化成光雨，就此散开。

不过，这只鼎也有了变化，上面的那些血珠在滚动，内部绽放出奇异的光彩，但最后，又变得灰暗。

这只鼎很强，斩掉了雷霆，但是它也付出了很大的代价！

石昊知道，之所以出现毁灭性的力量，完全是他与鼎对话造成的，那些天机影响到了这个世界的平衡与稳定。

他内心生出一种不安的感觉，这只鼎前来寻他这样一个“古人”，说明了事情严重到了不可想象的地步。

而他们只是简单地说了几句话，不曾真正毫无保留地交流，还没有涉及核心问题呢，就造成了这种景象。真要是把一些问题讲得透彻一些，那一定会发生灾难性的大事件！那样做影响太大，说不定会改变历史。

因为，这只鼎是从下一个纪元而来，回到了所谓的过去，因果大到无法想象！

对于后世人来说，岁月早已宣判，发生的事无法更改，便是来世人法力再大也没有办法了。而强行过来的这一只鼎，并不可以更改什么。若强行干涉，诸天万界都不会容它。即便这鼎是古往今来第一器，也要被毁灭。

“它给了我希望，到头来却不能告诉我全部信息，还需要我去慢慢地想。”石昊看着鼎，轻轻一叹。

虽然这只鼎说了，希望在那一战看到他，但这则消息对于他来说，并不能破解本质性问题。

他也知道，这只鼎无法再透露更多的内容了，只能用这样的话引导他。

“我已经看到了未来的一角，万古孤寂，一世苍凉，独伴神道，这是我的结局。一切都不复存在了，连柳神都死了，化成一截焦炭，而我，背对着它，盘坐在那里。”石昊自言自语，这是他曾经看到的一幕。

“这就是结局吗？你若是来自下一世，那个纪元的人应该洞悉这些了吧？”石昊面无表情地问道。

可是这一次，那只古朴的鼎没有反应。这不是沉默的承认，也不是反对。它像是在怀疑、分析着什么。

因为鼎壁上那些帝血在发光，一闪一闪的，很有规律，不断波动。

石昊眯起了眼睛，他虽有不甘，但不沮丧，他在试探那只鼎，想知道未来会怎样！

关于他，关于这一纪元的结局，难道后世人也说不清吗？这一纪元结束后，他将会在哪里？他是死去了，还是出了什么变故？

石昊自语道：“看来，很多事都在我身上应验了，不然你又何须来此呢？”

只是，他看到的那未来的一角会是终极结果吗？他握紧了拳头，不肯接受这结局。

如果万古死寂，举世皆灭，朋友、亲人，甚至敌人都死了，留下他一个人还有什么意义。

“我可以扭转一切，那不是未来，不是结局！”石昊说道。

这只鼎竟在摇动，像是点头，又像是在抗争，承受着莫大的因果。

“哧！”

突然，它动了，撕开了这片虚空，一路向前而去，从石昊眼前消失了。

这让石昊一怔，这只鼎将他引到这里，最后又毫不留恋地离去，一切都很突然。

他发出一声叹息，总的来说他还不够强，如果实力震古烁今，那么就可以主宰一切，说不定可强行留下那只鼎。

“是了，它说来早了，要见的、要等的自然并不是现在的我，一定是此生最强大的我。”石昊很明白。只是，他怎么回去？这应该不是早先待的那片区域了。

石昊神觉相当敏锐，他知道，沿着那条通道来到一片奇异的古战场，多半是在帝城中，只不过跟三大至尊离得太远了。

“它离开了，那道缝隙还在，没有闭合。”石昊看到了前方的光亮，那是鼎消失后留下的余光，五彩斑斓。那个地方的虚空有一道缝隙，居然还在鸣叫、颤动。

他想也不想，化为一道虹快速冲去。

石昊知道，这鼎不会害他。若是有危险，它不会留下这条路。

这是在引导他吗？

估计，它也只能做到这一步了，再强行干扰的话，多半会带来连仙鼎都无法斩灭的因果。

四周一片灰暗，焦黑的大地寸草不生，到处都是枯骨。那是漫长岁月前留下的，不知道有多少英杰战死在这里。

黑暗中，那道斑斓彩光十分醒目。

“唰”的一声，石昊一冲而过。

下一刻，花香鸟语，草木清新，青山绿水，灵气荡漾。

石昊一阵愕然，这种场景与他想象的完全不一样，没有了焦土、尸骸，不再死寂，眼前的一切，显露出的是勃勃生机。

同时，有点点瑞光，看起来很祥和。

“我来到了什么地方？”石昊一阵恍惚，前后反差太大了，上一瞬间他还在古代战场中，下一刻却身处净土内。

身后的彩光消失了，那道虚空缝隙闭合了，就此不见。

这是一处空间节点吗？石昊回头望了一眼，记住了这个地方。想要返回去，也许还要用到这里呢！

他想看一看究竟到了何地，没有飞起，怕有规则压制。这个世界显然很不一般，无比浩瀚与宏大。

仿佛有一种大道在降临，此时给他造成了很大的压力。

“哧！”

突然，一只还在鸣叫的小鸟化成一道绿光，向着石昊飞来，速度非常快。

“当！”

石昊用手一挡，他的掌中居然发出火星，铿然有声，如同金属撞击在一起。

这让他震惊。一只巴掌大的小鸟而已，怎么会有这样的力气，还有如此坚硬的躯体，不可思议。

绿光一闪，这只鸟儿飞出，如同鬼魅一般，留下一道残影，降落在不远处的一座山峰上，死死地盯着他。

石昊眯起了眼睛，睁开天眼，仔细凝视。

刚才它速度太快了，现在看了个真切，很快，石昊倒吸了一口凉气，这种生物三千州没有!

它不大，但是长相怪异，喙形同一条真龙，弯曲着，太邪门了!

此外，在其绿色的羽毛上，还有一些模糊的骷髅图案。像是天然形成的，而非描绘出的。

“死亡龙嘴鸟？”石昊不敢相信。现在，他认出来了，这是骨书上记载的魔禽，现实中早已绝迹。

它太古老了，老到在这一纪元初开时，才有那么几只，但很快就灭绝了。

但是，据传在上一纪元时，这是一种强大的生物，形体不大，然而整体实力相当恐怖。

“我来到了什么地方，怎么见到了这种生物？”石昊不解。

因为，据他所知，这一纪元，天地早已发生大变，规则秩序不同了，很多生物不适应，消逝在历史长河中。

就是在三千大道花瓣绽放后所贯通的那片仙古遗迹中，这种魔禽也消失了，不适合乾坤变化，举族皆灭。

可以说，这一世根本不可能见到这种鸟了。

只是，眼下的情况却颠覆了他的这种认知。

这只死亡龙嘴鸟，分明强大得离谱!

不过石昊也注意到了，它的眼睛是红色的，同记载中的“眼睛绿如宝石”不符，太妖艳了，闪动着一种诡异与恐怖的光芒。

这让石昊心头一跳，不免联想到了仙古纪元那一战。当年，有些入侵者就是这个样子，眼睛赤红如血，如同魔化了。

石昊惊悚，他有了一个可怕的联想。

“我这是到了哪里？难道是那个世界？”

如果属实，这绝对是令人震撼的。不过，他又使劲摇了摇头，觉得有点不太真实，边荒很难击穿，不好穿越。但是，那只鼎……也许有这样的实力，他思忖着。

“哧!”

绿霞一闪，死亡龙嘴鸟又到了，速度快得不可思议，而且这个时候它发动了道法，龙吟声不绝，长喙发光，飞出一道又一道龙形光刃，向石昊劈杀过来。

一般的天神碰上都得死!石昊不由得发出一声感叹。

他全力以赴，最终动用了鲲鹏法，才将死亡龙嘴鸟镇压。他留了一手，留了个活口，想询问它这是哪里。

可是，令人惊悚的事情发生了。当死亡龙嘴鸟被镇压后，它的血眸暗淡了，随后身体开始腐烂，接着羽毛化成飞灰。

时间不长，它就变成了尘埃，形神俱灭。

石昊在这里搜索，发现这只魔禽是附近的霸主，所有生物都在它的统治下生活。

不过，这块区域很诡异，但凡活着的凶禽猛兽眼睛都是赤红色的，不能被驯服，一旦受伤，就直接化成尘埃。

“难道我到了敌人的领地了吗？要探个究竟！”

石昊的心剧烈跳动，这次的意外之旅让他难以平静。

他一直在猜想，敌人到底是什么样子？有何来头？现在他可能寻到了机会，也许马上就能洞悉一切了。

第804章 边荒生灵

WANMEI SHIJIE

石昊向前走去，离开了最初那个地方，他心中忐忑，难道真的到了世界那一边了吗？

这里草木茂盛，灵泉汩汩，崖壁陡峭。

石昊腾空时，发现这片天地的规则很不一般，隐约间对他形成压制，所幸这不是什么大问题。

“世界不同了，天地规则与秩序都不一样了，我……真的越过边荒了？”他心中疑虑重重，还不能确信。

紫色的山峰出现了，为数不少。在这片区域，灵气格外浓郁，有些泉池都是灵液所化，远远望去，清澈透亮。

许多见所未见的草药生长在这块区域，散发着香气，芬芳扑鼻。

“该不会是闯进哪位大能的药园子了吧？”石昊自言自语，因为他分明闻到了圣药的气味，他判断，这里甚至可能有神药。

果然，他走进这片紫色山地后，抬眼就看到了一株黄金圣参，足有手臂那么粗。它金黄透亮，散发着圣光。

“好大的一只萝卜，如果被小兔子看到，肯定要嗷嗷叫。”石昊想到了太阴玉兔，那个小女生最爱啃圣参。

想到她，他自然不可避免地想到麒麟幼崽。那到底是怎么回事？他到现在还没有机会问她。

石昊将黄金圣参轻松拔起，发出一声轻响。不算金色的须须，光是主体部分就有两尺长，一时间，有精气喷薄，还有灿烂的金色光芒。

浓郁的香气弥漫开来，没入他的五脏六腑，让他感觉分外舒畅。

“嗯？”

很快，他发现不太对劲，凭着一股直觉，他猛地扒开了土壤。

“啊……”石昊一声惊呼，对于他来说，这太让他吃惊了。

他感觉特别恶心，直接就丢掉了黄金圣参，急忙以灵泉冲洗双手，还无比嫌弃刚才自己的举动。

在那土壤下，有一具尸体。即便过去了漫长岁月，也只是血肉干枯，尸首依旧不腐。

石昊只看了一眼，就判断出，这是太古时期一位强大的人物，过去了这么久尸体还能保留下来，非常不简单。

而这株黄金圣参就扎根在这具尸体上。

石昊觉得相当怪异，圣药一般都长在灵秀之地，它怎么会长在尸体上呢？

唯一庆幸的是，他没有乱吃。如果他真的一口吞下去，那才会后悔呢！

石昊研究了一番，这株黄金圣参跟三千州的没什么两样，虽然灵气浓郁，但按照他的推测，药效不会相差很大。

石昊向山地前走去，随后，他呆住了，因为他看到了一株又一株圣药，数量不少！

大多数的圣药他都不曾见过，最起码在三千州早已绝种！

石昊仔细辨认，这都是稀世品种，若是没有猜错的话，应该是灭绝在仙古纪元的圣药。

时代不同了，天地秩序变了，于是很多生灵都灭绝了，自然包括草药等。

但是，这里依旧有人！

他越来越相信了，这可能是他所在世界的另一边。

“噗！”

石昊轻轻踏了一脚，然而地表随之裂开，碎石溅起。他清晰地看到，在一株圣药之下，是狰狞而吓人的尸骸。

难道圣药之下都是如此情形吗？这有点瘆人！

石昊一掌挥出，当山地崩开时，他惊住了。地下果然都是尸骸，特别是有圣药的地方，下面都有皮包骨头的尸体。

所有圣药都扎根在它们的身上，汲取精气，因此茁壮生长。

事实上，这些尸体一直在被利用，培育了不止一批圣药。

石昊认真研究了下这些古尸，感慨万分，这些人生前太强大了，这么多年过去了，依旧带着残余的神力波动。

“好残忍，连死后都得不到安息，被这样利用！”石昊握紧了拳头。

因为他认得出，这些尸体跟骨书上记载的种族一样，属于仙古遗民，原本是三千州的人！只是，不知道他们是被俘虏了还是在这一界战死了，最终沦为栽种圣药的养料。

这是何其残忍的事。原本是至尊，结果落得这么一个可悲的下场。

石昊离开这片紫色的山地，进入更加广袤的山地，放眼望去，古木参天，巨藤绕山。

“轰！”

石昊一掌拍下，山峰崩塌，乱石穿空。下一刻，他的瞳孔急骤收缩，目露凶光。

他的猜测成真了，就是普通的山地之下也都是白骨，有数百丈高的巨人骨架，有一尺多长的紫金鼠的骨头。

地下居然都是白骨。这是什么地方？昔日的战场吗？

石昊阴沉着脸，因为这些生灵原本应该属于仙古纪元，是那一个世界的，可而今都躺在了这里。

还好，这块区域没有什么厉害的生物，一只死亡龙嘴鸟统治着这片广阔的山地。

经过石昊不断验证，他确信，山中尽是白骨。

随后，他上路了，贴着山林，化作一道闪电，冲向远方。

他要去寻找这一界的城池，看一看究竟是什么人居住在这里。终于，他离开了山脉区域，进入一片平原，看到有生灵活动。

石昊当即就激动了，他很想知道进攻自己那个世界的敌人到底是什么样子，他不相信那些红眼睛的生灵就是敌手。

他想看到真正的元凶，想知道那号称最强的敌人究竟是哪一种生灵！

“嗯？”很快，石昊捕捉到了一道身影，那是一个人形生灵。

他很想出手将那个生灵擒住，仔细研究一下，但是，远方传来一阵巨响，八只百丈的银色蜈蚣拉着一辆战车，横空而过，气势惊人。

石昊吃了一惊，那八只蜈蚣绝对不一般，躯体长约百丈，周身翻涌着毒雾，甲壳泛着森森银光。它们起码是天神。

“好厉害！”

石昊吃惊不小，要天神拉车，这排场未免太大了，他在三千州还没有看到这样的人呢！

故此，他没有妄动，任他们远去。

“嘻嘻……”他听到了那辆战车中传来少女的笑声，这让他愕然。

八个天神为仆，那战车中的强者居然是一位少女？有点不可理解。

“还是说，少女是丫鬟，战车中另有强人？”石昊不确定。

只是，凭着感觉，那少女应该是战车的主人。因为方才的笑声很自信，并非女仆讨好的笑。

“这个地方非同一般，有强人！”

石昊没在这个地方停留，等到那战车远去，他快速朝着地平线的尽头疾驰而去。

不久后，他看到了一座非常巨大的城池，矗立在地平线的尽头。

这是一座古城，通体呈乌黑色，以一种不知名的矿石堆砌而成，如同一头黑色凶兽在蛰伏，气势磅礴。

“嗯，这是什么生灵？”石昊眯起了眼睛。他不认识，在三千州不曾见到过。

这有点像虫人，下半截若蛟龙，鳞甲森森，长爪锋利，上半截是人形，而且背后有一对黑色羽翼。

这是守城的生灵。

石昊在远处向城中望去，看到了许多类似的生灵。

这应该是专属一族的城池。可惜石昊不认识，连骨书中都没有相关记载。

“难道这就是与我们为敌的可怕对手？看起来倒是挺凶猛的。”石昊轻语，想进一步仔细观察。

那些生灵开口说话时，是一种很陌生的古语，带着卷舌音，他根本听不懂。

石昊微微眯眼，认真琢磨了很长时间。

他并未进城，选择离开。因为，他跟这些生灵太不一样了，即便能改变体貌特征，就这样贸然进去多半也会被认出来。

因为，有些生灵对异族人感觉太敏锐了。

石昊离开了这片区域，再次上路。不久后，他又发现了一座城池，规模更大，更加壮阔。

很快，石昊眼睛发直了！

因为，城池中的生灵他太熟悉了，跟他一样，是人族！

绝不会有错！他甚至能够以天眼看透那些人的血肉、脏腑、骨骼等，没有一丝一毫的差别。

“所谓的敌人，难道是我们的同类？”

这座城的人族有不少高手，整体来说，比刚才见到的那种生灵要强大。

石昊一阵失神。片刻后，他在这片平原上快速移动，要探明情况。

很快，他发现了十几座古城，全都有强大的高手坐镇，共七八种生灵，半数城池都掌握在人族的手中。

城池与城池间还算和睦，都说同一种语言。

石昊眉头深锁。这情况跟他想象的不一样，这就是敌人？他有点不相信，觉得一定有哪里出了问题！

不久后，石昊出手了，在城外捉到了两个生灵。

这两个生灵实力不强，只是普通的人族，事实上，石昊也不愿对实力过高的人出手，容易有麻烦。

而这种小人物即便消失，估计也不会有太多人注意。

石昊蹙眉。因为这些低层的人物根本不了解这个世界的本质，不能为石昊提供有价值的消息。

不过他的收获还算可以。他读取了这些人的神识，学会了他们的那种古语，而且还了解了这一界的一些风俗。

石昊换上了这个世界的衣服，大摇大摆地朝着一座人族巨城而去。

很成功！没有人对石昊产生怀疑！他顺利地进入了充斥着叫买叫卖声的车水马龙的街道上。

石昊住了下来，没有立刻出去打探。

直到几日后，他彻底弄清了一些要注意的问题，才开始有所行动。

石昊随意地找人聊天，跟人不动声色地谈古论今，得到了非常有价值的消息。这让他震惊。

“我们早晚要打过去！丢掉了大半的灵土，必然要夺回来，以此来捍卫我族荣耀！”

“听闻，现在那些地方被打残了，被称作九天十地。”

听着他们的话，石昊心头发凉。

“嘿，我们是恶魔？他们才是！那个世界原本属于我们，结果被他们侵占了！”有老人悲愤地吼道。

石昊一阵发呆，这是什么话？跟他想象的完全不一样啊！

第805章 寻找真相

WANMEI SHIJIE

老人为什么要这样吼？石昊很想问一下。

因为，老人的话颠覆了石昊的认知。

城池很大，由黑色的巨石堆砌成，闪动着宛若金属的冰冷光泽，让人有点压抑。

但城中很热闹，人来人往，车水马龙，非常繁华。

那个话题被提起后，许多人激动不已，很是不忿。按照他们所说，他们才是九天十地的主人，如今背井离乡，被魔鬼赶出了家园。

石昊仔细观察，发现这些人的确与人类一般无二，并非异类。

既然都是人族，为何要喊边荒另一端的人为魔鬼呢？

事实上，九天十地的人才有资格这样称呼他们！因为这些人一旦越过边荒，就意味着带来了毁灭之灾，会葬送掉一个纪元。

都说有仙古，谁知道向上追溯是否还有其他纪元？说不定都被永远毁灭了。

这像是一个轮回，又像是一种宿命。终于，轮到这一世了。

想到这一结局，石昊有些愤怒。分明是这些人要去毁灭三千州，为何还是一副受害者的姿态？

最起码，据他了解，三千州一直在防御，不曾攻入这边的世界，处境十分凄惨。

为此，石昊开始秘密行动，暗中捉了几人，搜索他们的识海，发现他们所说、所想是一致的。

“到底是哪里出了问题，哪一个世界在说谎？”

石昊坚信三千州那一方是受害者，毕竟如今又要面对死亡的命运了。

在接下来的日子里，石昊一直在观察，深入这些原住民中，跟他们接触，详细了解情况。

“有些人很强，但也有弱者。总的来说，不见得比我三千州强太多，他们凭什么覆灭九天十地？”石昊生出疑问。

为此，他一路跋涉，走过很多山川，进入诸多巨城，接触了一个又一个强大的种族。

有的种族强得离谱，但也不可能真的压倒性地毁掉另一边的世界吧？

很多大的族群自仙古纪元就存于世间，如今他们在三千州早已不复存在了，这些种族中的任何一个种族如果出现在另一个世界，都会引发轰动！

这是爆炸性的消息。

所谓的灭绝，所谓的不复存在，都是假的，他们种族还很昌盛！

石昊有一种怪异的感觉，他们到底是在跟谁战斗，与谁为敌？

按照现在的情况来看，他们分明是跟仙古对立，跟那一纪元的后人决战，这有点荒谬。

要知道，上一纪元在九天十地生存的生灵就是葬送在这边的敌人手上。

只是，他没有看到相应的敌人，只看到了那些被毁灭的古生灵。

这让他毛骨悚然。他记得神游仙古时的画面，如今所见到的这些生灵后来都被毁灭了，而且那些敌人虽然被雾霭笼罩着，但可以看出有些体形很庞大，也有些是人形的，都很独特。

那些敌人呢？石昊茫然。他来到边荒这一边，不曾见到敌手，只看到了本应该不复存在的古人。

“我要弄明白。”石昊说道。

随后，他开始一路流浪，探访了很多古地，至于那些公开的书册等更是快被他翻烂了。

整整一个月，石昊沉浸在一种特别的气氛中，不断探索，希望查出真相。

他这样寻觅，也不是没有一点收获。终于，他在一处断崖上看到了一行字：真相湮灭在历史中！

对于这个世界的生灵来说，这算不得什么，大概只是一句牢骚话，是某些强者不满、意气用事时所留。

但是，对于石昊来说，如惊雷之音！

不同的人，不同的景，给他的感觉就是不一样。

“查，一定要查个究竟！”石昊继续在各地出没。

他吃惊地发现，这个世界绝不比三千州小，真的太大了，广袤无垠，浩瀚无比，任他游历，没有尽头。而且，这个世界的修士真的很多，且似乎由于天地规则等原因，实力比三千州的强一截。

就这样，石昊走访了一个又一个古老的部落，耗时数个月之久，真的得到了点滴线索。

这个世界的历史有点混沌不清，特别是太古以前的，记述不详。

并且，在他所走过的一些最为古老的部落中，有些古迹中残存着一些器物等，引起他的怀疑。特别是一些石刻图、铜鼎上的那些残破画面很诡异，也令人费解。

石昊格外留意了一下。

经过他这样认真的寻觅与探索，他发现，这个世界中也有一些在寻找答案的人，他们是一些“探古”之人。

这些人以吟咏诗人、流浪者等为多。

当然，这些人不是为了寻古今大秘密与真相，完全是一种个人兴趣，为了弄清古代的一些历史。

不过，对石昊来说，这是一种福音，他想跟他们交流与切磋。他需要这样的人。

他真的和这些人相遇了，通过交流，知道了这些人的习性等，然后他又不断结识类似的人，结果收获巨大。

一个人再怎么努力，效果也有限，更别说他还不属于这一界，但有这么一群人，效果就不一样了。

“嗯，在极少数人口中，古代曾有一段黑暗岁月，充满了血腥，结果不知道为何，被人抹除了那段历史，像是强行翻过了那一页。”这是一位吟咏诗人说的。

“在那遥远的过去，我们这个世界似乎有部分生灵，实力强大，高高在上，后来不知道怎么回事，他们消失了。”这是另一位老者说的。

石昊的心怦怦直跳。

耗时数月之久，他终于查到了一些重要情况，内心充满了喜悦。

“那是救世主，是至高无上的生灵！”另外有人补充。

当然，这些都是极小范围内流传的神话传说，常人不知道，大多都是人们从人迹罕至的石崖等地发现的残图中整理出来的。

石昊心中一紧，总觉得，这些往事一旦被真正解读，真相被还原，可能会非常残酷。

“我要真相！”

他再次上路了，在跟这样的人交流之后，又常独自一人闯进遗迹中寻找线索。

终于，他又有了新的发现，意外得知一种称谓——不朽者。

这种生灵强大无比，曾在历史上出现过，能跟石昊早先所了解的那些零碎的线索对应起来，应该就是他们曾影响着这个世界。

只不过，当他们消失后，便再也不可寻觅了。

“年轻人，这个世界总有我们无法理解的真相，有着太多的迷雾，但早晚会浮出水面，不再是秘密。”

这是一位老者对他说的，并且告诉石昊一个重要的线索，这世间并不是所有人都不知道过去的事。最起码，这个世界一些最强大的道统应该明白在古代发生过什么。只不过，他们要保守秘密，不会说出来。

“那些最古老的传承知道史实与真相？”石昊的眼睛亮了起来。

“应该吧，我曾听圣地的一位太上长老说过，这世外真的有不朽者，在守护着我们。”老人说道。

当听到前一句话时，石昊还很激动与兴奋，可是听到最后那句时，他一下子感觉身体发凉。

那不朽者在守护他们？

石昊感觉到脊背发寒，如果依照三千州的那些线索猜想的话，那是敌人才对！怎么到了这一界人的口里，那些人成了救世主？

石昊清楚地知道，仙古纪元的生灵是被灭绝的目标，当年的大战不会有假，他曾亲眼看见。

而今，被毁灭的人虽然还有后代活下来，但是早已遗忘了过去。

很快，石昊了解到一个事实，这个世界不再平静，各大古教在动员，也许要有大战了。

事实上，这个世界的生灵常常征战，战争对他们来说，不是什么特别的事。只是这一次，有一些大教传出消息，说这次大战前所未有，若是功成，他们也许会离开这里，重返九天十地。

石昊心头一颤，连这个世界的生灵也开始备战了。

“不朽山复苏了，大机缘来了！”

就在这时，有人传出这样的消息。

石昊惊喜万分，他早已从一些吟咏诗人口中听说过那座山峰，据说是宏大无比，接近不朽的存在。

只是，平日它很寂静，没有任何神奇之处，只有在特殊的年代才会复苏。

现在，它复苏了，意味着可以去看一看，那里有部分“真相”。

按照从其他人口中了解的情况来看，复苏后的不朽山，会有大量的石刻出现，据传那可能记录了许多古代的事。

石昊动身了，耗时很久，终于在很多天后赶到了那里。

这是一座大山，通体呈红褐色，宛若被血液浸染过，然后血液干了，但颜色并没有褪去多少。

走到这里，一股浩瀚得无法想象的压力涌来，压得人透不过气来，如同一柄巨锤砸在人的心口。

石昊大惊，这山未免太恐怖了。

他望着这耸入云层之上壮阔无比的山，不禁感叹，天下大岳莫过如此。

石昊临近此山，刚来到山脚下，就震惊了，因为石壁上有一些残图，还有古人留下的痕迹。

“不朽者！”

石昊看到了一些古图，当即脸色大变，因为按照图上所描绘的内容来看，这个世间真的有过无上的恐怖生物。

他们异常强大，真正不朽了！

第806章 不朽山

WANMEI SHIJIE

大山巍峨，但此处似有魔性，寸草不生，就连石阶路都带着暗淡的血红色。

石昊登上山，在一处又一处石壁前寻找刻图，希望发现历史的真相。

他已经看到了十几幅图，都记载着所谓的救世主，也就是当世少部分人口中的不朽者。那些生灵的图片极其模糊，但从石壁中透出一股惊天杀意。

石昊神色严肃，越看越心惊，这图绝非一般人所留，仿佛有灵魂藏于其中，不然万古过去了为何还能这般慑人？

山势陡峭，越向上走压力越大，强大如石昊走到半山腰时也有窒息的感觉。这是怎样的一个地方？

而在此过程中，他又见到了一些石刻图，神色越来越凝重。

因为，按照这个记载，那些不朽者乃是无上高手，曾经击杀了不少另一个世界所谓的魔鬼，救下了这个世界的生灵，并收留他们。

这颠覆了石昊的认知，他绝不相信！

随着石昊向上攀登，越细看那一幅幅石刻便越发刺目，让他身体发冷。这得有多么强大的手段才能颠覆历史真相？

他始终觉得，所谓的不朽者跟当年杀入九天十地的敌人有关，应该是他们！

只是现在……他们成了救世主！

石昊心头发寒，生出一股无力感。

离山顶还有一段距离时，石昊停下了脚步，因为他看到了一些人，全都满头大汗地盘坐在地上。

尽管他也很累，但还能走，不过他选择停在这里。

石昊很惊讶，来这里的都是青壮年，有十几人，他们都修出了仙气，所以才能走到这里！

很快，他想到了那些传闻，这是拥有大机缘之地。每次不朽山复苏，都会有年轻强者来此，希望得到极大的造化。

石昊露出异色，难道他也能在这里得到什么吗？

那些人望了过来，看到了石昊的状况，都很吃惊。

“你……不曾修出仙气，就这样直接走上来了？”终于，有人惊讶问道。

石昊终于明白了为何上山会这么艰难，连他都有窒息感，原来要攀登此山需修出仙气。

果然，当他释放出一道仙气时，压力减轻了不少。

“你是谁？居然可以不释放仙气就能登山！”有一人苦涩地说道，非常不平衡。

一位中年人轻叹，道：“走了，我就算来到山顶也没希望了，今年强者太多，我等与不朽无望了。”

说罢，这个身体周围环绕着一道仙气的中年人站起身，步履蹒跚且满头汗水地向山下走去，有说不出的落寞。

“我从大荒中走出，久在山林，远离尘世，对这不朽山并不了解，诸位道友能否为我解惑？”石昊很谦逊地开口了。

他想知道，这里究竟是什么地方，有何造化，因何而来？

“这是不朽山，也是各大圣地古籍中记载的救世主显化的地方，我等来此，自然是希望不朽者显灵，随他们而去。”一位年轻女子说道。

她也修出了一道仙气，可她并未离去，因为她还年轻，比早先走下山去的中年人潜力大，还有极大的可塑性。

因为，按照古籍中的记载，不朽者喜欢年龄小的英才，容易培养，可塑性又大！

石昊心中如有飓风卷过，这个地方……会有不朽者显化？

这则消息是真的吗？如果属实，那太震撼了！

石昊发现，此前了解到的那些都是真的，前思后想，觉得残酷又可怕，忍不住倒吸一口凉气。

当然，这种感觉只他一人会有，这个世界的生灵根本体会不到。

“我来到了什么地方？不朽的敌人竟然成了救世主！”石昊一叹。他希望自己的判断有误，一切都是虚假的，不然的话，糟糕透顶。

走到这里的人都是不平凡之辈，一个个来头甚大，大部分是各圣地培养出来的顶级人物，当然也有个别散修，但实力极其惊人！

他们话语不多，一个个都很沉稳，察觉到石昊的强大后，暗自一叹，竞争对手太厉害了。

“最强的人都已上去了，你还是赶紧动身吧。”有人发出善意的提醒，也许这也算是一种投资。

因为，一旦被不朽者带走，将来的成就不可限量，注定一生辉煌灿烂。

石昊谢过，接着开始登山，释放出仙气环绕自己的身体，向山顶进发。

压力越发大了，到了后来，临近山顶时，石昊动用两道仙气都显得吃力，就要承受不住了。

他心头一寒，意识到能到山顶上的人看来都强得离谱，这是为三道仙气者准备的路途。

可是，这种人能有几个？

他眯起了眼睛，看到山顶上有人。果然早就有强者到了。

“嗯？”

突然，他看到了路旁石壁上的图案，这一次，他除了见到不朽者，还看到了鲲鹏、柳神的石刻图！

“要跟不朽者战斗吗？”石昊停下脚步，看着石刻上的强者。

看了很长时间，石昊沿着石阶路继续登山，终于来到了山顶上，在这里他承受了极大的压力。

而也就在这个时候，他看到了一个青年，身体发光，踏在虚空中，正走向一块石壁。在青年的脚下，出现了一条金光万丈的路。

然而，那青年蓦地从这里消失了！

石昊一怔，那人消失得太快了，这是去见不朽者了？

同时，石昊心头悸动，他看得真切，那个青年修出了三道仙气，极其强大。

他不得不叹，这个世界的规则、秩序等很不一般，极其可怕，修炼水平似乎超过三千州一截。

“你这人倒也厉害，仅凭两道仙气就上来了，为何不释放出第三道仙气？”清脆的声音传来，非常好听，如同黄莺在鸣叫。

石昊面露异色，因为他觉得这声音有点耳熟。

那是一个少女，盘坐在山顶，看着一块石碑，似乎正在琢磨与参悟。她没有回头，但显然是在和石昊说话。

因为，目前这山顶就剩下他们两人了。

石昊笑了笑，释放出第三道仙气环绕自己的身体，顿时压力骤减。

很快，他便知道这少女是谁了！那股气息，还有那声音，他曾接触过。

几个月前，他初来这个世界，曾看到八只银色蜈蚣拉着战车，载着的就是这个少女。

少女起身，体外果然环绕着三道仙气，显示着她是一位绝代奇才，可以跟谪仙、十冠王、宁川比肩！

这个少女初看还算漂亮，称不上绝色，但是越看越觉得有种仙道气韵，目光灵动，气质超凡。

她极其不简单，整个人有一种内敛的神韵，越凝视越觉得风华绝代，超尘拔俗，远胜那些所谓的佳人。

“咦，是你，我们偶遇过。”她惊讶地道，吹弹可破的脸上露出异色。

石昊一震。当日他们匆匆偶遇，且他躲向一旁，居然还是被这个少女感应到了，对方果然了得！

“人生何处不相逢。”石昊平静地道。然后，他向她询问，有几人进去了。

“目前只有两人进去，不知道后续是否还有。”少女回答。

这里有几块碑，上面有碑文，有石刻图，很明显，若是自身实力足够强，可以催动仙气激活石碑，便能开启通道，去见不朽者。

“你怎么还不上路？”石昊问道。

“有点舍不得这个世界。”少女有些感性地说道。

她看着山下的景物，看着托在掌心的那一辆小车，还有八只银色的小蜈蚣。

石昊惊讶地望着她。这么强大的人物，竟然还有点小女子姿态，舍不得故土。

“一旦去见不朽者，多长时间才能回来？”石昊问道。

“很久，一直到修行有成。”少女答道。

石昊言称自己一直生活在荒山中，对这些不太了解，故而跟她请教很多问题。

他从少女口中得到了一些有价值的消息，这座不朽山复苏后，可以跟另一片天地沟通，出现的那条古路只有修出仙气的强者才能踏足。

那是不朽者栖居的净土，是无上生灵所在的世界。

如果能进去，被不朽者指点，毫无疑问是天大的造化！

石昊暗中倒吸了一口凉气，他如果贸然进去，不知道会发生什么呢。

“说了很多，我也该上路了，虽然，心里有些不舍。”少女望了一眼远方的山川，转过身，准备开启一条通道，就此离去。她看了石昊一眼，道，“你不走吗？一同上路。”

石昊心潮澎湃，这少女若是去了那个世界，将来再见时，就可能是生死大敌了。

不朽者注定要杀过边荒，去九天十地征战！

这个少女如此惊艳，天赋不凡，一旦经过不朽者指点，来日成长起来，天知道会有多么可怕。

而她其实是一个人族少女，并不应该是敌人，这太让他觉得可惜了！

“道友，慢走！”石昊终于开口了。

“你有事吗？”少女问他。

“你坚信另一个世界的生灵是魔鬼吗？我们的故土被他们侵占了？”石昊问道。

“不正是如此吗？”少女目光闪动。

“我曾在一些古籍、石刻上了解到，另一边的世界，那些生灵跟我们一样，都是同族啊。”石昊说道。

“躯体是人，心已若魔鬼。”少女摇头。

石昊蹙眉，他很想阻止这个少女去见不朽者，希望拉回来一个强大的援手，可现在看来，似乎不可能。

因为，有些观念是根深蒂固的，很难改变。

石昊心中发出一声叹息，若是自己猜测的是真的，那真是太残酷了，不朽者要培养出绝代英才攻打同族，这令人愤怒。

第807章 路不同

WANMEI SHIJIE

“我在你眼中看到了不忍，还有一种惋惜，甚至是悲意，这是为何？”这个越看越美丽的少女问道。

“不能讲清，不能道明，不被理解，不能沟通，不知过去……这些加在一起，心绪能不复杂吗？”石昊轻叹。

到了他们这等境界，自然可以轻易洞悉一切。少女很明显地感觉到，他很无奈。

“你想说另一个世界的魔鬼？”

石昊沉默，他知道，很难说清。那种根深蒂固的思想，凭他一己之力来改变，也不现实。

他还能说什么？

即便努力，多半也不会有什么效果，不能让她回头。他甚至可以预料，哪怕他开放神识，不计后果，不计危险，让少女观看，也难起作用。

错的不是一个人，而是整个世界。

所以，即便石昊能拿出什么证据来，给这个世界的人看，估计也会被当成疯子，不被理解。

“你心事重重，看起来犹豫不决，该不会还是因为世界那一边的魔鬼吧？”少女笑着问道，她很敏锐。同时，她也很不解，那是世人皆知的事实，有什么可纠结，有什么可怀疑的。

“修为到了你我这等境界，修出三道仙气，心境平和时，我想可以洞悉红尘种种琐事，你不必苦恼。”少女继续劝解。

石昊闻言，只能发出一声重重的叹息。

“我想和你讲一个故事。”最终，他还是没有忍住，想要道出真相，能否起到作用，他不去考虑了，只是为了心安。

这样一个天才女子实力跟他一样强，可以力敌十冠王，如果成为敌人，到时候彼此厮杀，太过可惜。

“哦，什么样的故事？是你在古籍中看到的吗？”少女问道，显然猜到了什么，想给他一个台阶下。

“是，在一本古籍中见到的。”石昊点头。

他将心中所想，将另一个世界的往事讲出。

“没有魔鬼，只有一个破败的世界，曾被人欺压，整整一个纪元被终结，所有生灵都被埋葬。”石昊娓娓道来。

他不可能以亲历者的身份与口吻讲出，言称只是在一本古籍中看到的，从仙古纪元覆灭的种种，到目前的格局，全部说了出来。

“很有意思，但我怎么觉得你在含沙射影，你在敌视这片世界吗？古籍不可信，不用当真。”少女说道。

随后，她想了想，又道：“我在想，是不是那个世界的人来过我们这边，留下了这本古籍？”

石昊听到她这样说，心脏狂跳，这少女未免太敏锐了吧，难道直接就怀疑上了他？

“那个世界的生灵很可悲，身为魔鬼奴仆，却还不知道。梦醒时分，一定会心痛。”少女幽幽一叹。

她居然这样说，在石昊看来，这些话语如果用在这个世界，是再恰当不过了。

可是，石昊又反过来想了一想，不禁发起呆来，最后感觉头皮一阵发麻。

因为，如果反过来也能说得通。

他心中有定论：这个世界被蒙蔽了，真相湮灭在过去。

“所谓的仙古纪元终结，都是假的？”石昊随口低语。

很快，他摇了摇头，不愿在这个问题上纠缠了。既然少女没有什么其他话了，那正好可以分别，离开。

此外，还有另一条路，那就是击杀或者封住此女，解开心结，在这里彻底解决，那么将来就不会在战场上费劲了。

虽然石昊仅在心中腾起一丝杀意，一点也没有表露在脸上，但是那少女脸上还是露出奇异之色，盯着他，一语不发。

“为什么这样看着我？”石昊问道。

“此前，你的心绪很乱，但也很坦诚，现在却有杀意，你想对我动手吗？”这少女很平静，丝毫无惧意。

石昊心惊，她未免太厉害了吧，连人心底的东西都能猜到？

“你误会了。”石昊说道。他怎么会承认呢，大不了一走了之，将来再见。

“我修成了他心通。”少女说道。

石昊震惊。他心通，这种能力都能拥有？实在让人叹服。

这是他第二次发现有人掌握他心通，能有这种手段的人注定会是无上英杰，人间难觅。

昔日，在下界时，那个身穿灰衣、姿容无双的重瞳女子也修成了他心通。

石昊紧张的同时，开口询问对方是否知道了他心中所有事，如果是那样的话，就不用费口舌了，也许对方能够从他心中的世界得悉真相。

然而，少女的一句话让石昊失望了。

“你我实力相仿，都修出了三道仙气，我便是掌握他心通，也难以盗取你的记忆。”少女坦然说道。

他心通，听起来神秘，但与对方实力相近，且对方有仙气护体时，就很难发挥作用了。

不过，可以借此观察一个人的心绪，能判断出他的喜怒哀乐，这也很重要了！

所以，少女感觉到了他的一点杀意，但并不知道他因何起了杀意。

“轰！”

就在这时，山顶一颤，瑞光绽放，一个身穿蓝色甲胄的青年男子走了上来，不过二十岁的样子，但实力极其强大。

很明显，他修出了三道仙气，一头长发披散到腰际，身上蓝色甲胄熠熠生辉，瞳孔深邃，气宇不凡。

他看到石昊和少女两人后，双目中顿时露出精光，而后走了过来，向那少女打招呼。他俩好像认识。

“我们结伴而行，上路吧。”他向那少女说道。

“还不想动身，在聊一些有趣的话题。”少女说道。

“哦，是吗？”这个青年笑了，看向石昊，道，“我可以知道吗？”

“我们在谈魔鬼，以及另一个世界的事，很有意思。这位道兄发现一本古籍，里面记载的东西充满了颠覆性，跟我们所熟知的古代很不相同。”少女说道。

“有意思，我也很感兴趣。”这个青年说道，他是一个十分出色的年轻至尊，在石昊看来，绝对是劲敌。

石昊开口，解释了一下那本书，讲出其中的故事。他想让这个青年理解，真正明白事情的真相。

很显然，对于这个世界的生灵来说，石昊所讲的事很荒谬，他们从心理上就很抗拒。

“你很推崇这本书，我能够感觉得到。你是在为魔鬼开脱，还是想为他们歌功颂德？”这个青年双眼中光芒大放，无比期待。

“我只是说个故事，你没必要多想。”石昊说道。

“你是谁？我怎么没有见过你？”他很敏感。

这片古地虽然广袤，但是大教间联系紧密。

“让我来试一试你的虚实。”这个青年出手了，直接就要试试石昊的实力，又冷笑道，“你这么热衷世界那一边的事，我有理由相信，你是魔鬼的后裔。”

“哧！”

事实上，自这个年轻至尊出现时，石昊就在他身上感觉到了一丝敌意，现在对方出手，他不意外。

“轰！”

这个年轻至尊手指一弹，青色的神光飞出，震碎苍穹，如战矛般向前飞去。

这位年轻高手一边出手，一边让少女远离战场。看得出来，他对少女很是在意。

石昊明白了，此人对那少女感兴趣，且也应是旧相识了，看到她跟自己说话时气氛不对，便忍不住想出手。

故此就有了现在的局面。

“砰！”

石昊抬手，也发出光芒，且有白雾弥漫。他全力对抗，因为这个人很麻烦。

这一战很激烈，但时间持续得不长，仅十几招而已，他们就被迫分开了。

因为这可以直通另一界的不朽山复苏了，此时释放出莫大的威压。

“你不会真的来自那个世界吧，是一个魔鬼？”这个年轻至尊说道，目光冷冽，带着杀意。

石昊闻言，脸上微微显出怒气。对方并不是真的有这种感觉，而只是因为石昊与那少女在一起，才这样说石昊。

“不要打了，我们该上路了。”少女开口了。她的声音非常动听，如大珠小珠落玉盘。

“下次再战，那个时候就没有人会阻止战斗了，我再跟你分个高下。”那年轻至尊说道，他的前方一片模糊，从侧面看过去，有灿烂的光芒闪现。

他向前迈步，踏着一条金色的古路，从虚空隐去，很快消失不见。

“道兄，你还不走吗？”少女问道。

“有些事，我想不明白，需要琢磨一番。”石昊摇了摇头，他盘坐在山顶上，不想立刻上路。

“好吧，有机会再见，希望我们不是敌手。”少女这般说道。她转身之时，金色通道出现了，她走了上去。

石昊心头一跳，从始至终，这个少女的神觉都很强，像是知道了什么。

不过，她没有多说，就这样走了！

石昊停了片刻，而后快速下山，他不想踏上那条古路，并且，他得第一时间离去。因为，他心里有种不祥的预感。

路途上，其他人惊讶地望着他，这个强得离谱的家伙怎么回来了，难道在路途上受了伤所以没法登顶？可又不太现实！

“那两人进去后，不朽者了解情况后，会不会现身？会不会来到这个世界杀我？”石昊心头沉重，知道自己得赶快离开。

他下山后，径直斩开虚空，从此地消失。

“我得回去了，回到我自己的世界，在这个世界见识了太多，容易出现麻烦。”

“轰！”

当他离开不朽山后，有声音传来，如浪涛击天！

一声长啸震动天地，实在有些吓人。

“不朽者出现了？”石昊脸色苍白，体内气血翻腾。

第808章 回归

WANMEI SHIJIE

所谓不朽者到底有多强，石昊不太了解，但是他知道，那个人想要杀他真的太简单了。

他早已远去了不知道多少万里，到了一片大草原上，可是依旧感觉到了刺骨的寒意，血液随之剧烈涌动，身体都要崩开了。

“真是不朽者吗？”他心神恍惚，觉得对方太过恐怖。

这个世界中，所有生灵都被惊动了，各大圣地莫不震撼，诸多高手一起朝拜不朽山，更是有大量高手快速向那里赶去。

“是无上生灵来了吗？”有人声音发颤。

不朽山附近，到处都是密密麻麻的人影，全都是高手，诸教大人物第一时间赶来觐见。

“人没有过来，只是扫出一道神念，降下旨意。”某一古圣地的主人说道。

“什么，一道神念而已？”人们都很震撼，眸子中写满了惊意，一道神念跨界扫过就让群雄战战兢兢，那是何等的力量。

事实上，的确如那人所说的一般，不朽山上恢复了宁静，强大的气息消失了，只有一道金色的法旨落下，出现在众人的面前。

“仙战要开始了！”有人面色苍白，这样说道。

虽然早就有零星的消息流出，但是这一次最直接，不朽者降下无上法旨，告诉这个世界的修士，整整一个纪元的平静要被打破了。

所谓仙战，影响深远！

“所谓的九天十地，不足为惧，无上的大人们可以横扫，只是那些生灵多半会出来凑热闹。”一位女教主说道。

“风暴要出现了，真正的大时代到了，我们要做好激战九天的准备了！”

“没错，杀回去，拿回我们应得的一切，血洗魔巢！”

“这注定是一个英雄辈出的年代，那些闪耀着璀璨光辉的强者要崛起，从亿万生灵中脱颖而出，杀出他们的风采！”

这个世界不能平静，喧嚣沸腾。

大草原中的石昊惊异万分，预料中的来自不朽者的杀戮不曾到来。方才只是一道神念，跨界传达了一层意思而已，而非单独针对他。

很快，他自嘲地笑了，也许在那不朽者的眼中，自己不过是一只微弱的虫子吧，不值得他出手追杀。

既然如此，他也乐于接受现状，快速离去，而后继续上路，要沿着走过的路回到自己所在的世界。

数日后，石昊寻到了那片山脉，再次来到那里，寻那处空间节点。

“希望这空间节点还能用。”

不过，如果还能用的话，这就不算是一条密道了吧，无论被这两个世界中的哪一个世界发现，都会有可怕的后果。

石昊出手要将虚空击穿，好沿着空间节点回去。

然而，他失望了，这虚空根本击不动，打不穿。

“难道我要留在这个世界？我回不去了？”石昊心中微乱。

他不想留在这里。

就在石昊脸色难看时，这虚空中出现点点光芒，它裂开了，并出现了一条通道。他想也不想，直接冲了进去，只见一只鼎在引领着他，帮他从这里脱身。

回归了。

这是一片灰暗的空间，一只鼎流淌着天地母气，带着石昊离开了那个诡异而又强大的世界。

这还不是帝城，只是鼎跟石昊曾经停留的那个空间。

“前辈，那个节点。”石昊回头，看着光影朦胧的通道。

“不复存在了。”鼎说道，身后虚空湮灭，一片模糊，像是在斩因果，又像是在毁道则。

那种手段太过恐怖，它在生生抹掉一切痕迹。甚至，在这个过程中，石昊发现自己的脑子空空的，不久前的经历留下的那段记忆也要消失了。

这让他骇然，惊出一身冷汗，这是怎样的一种手段？

那鼎只是对身后的空间节点有所动作，并未对他出手，就让他也跟着如此，这种手段，震古烁今。

斩因果，灭道则！

这是在生生灭掉一段已有的历史印记。

最终它停了下来，只毁掉了空间节点，不曾真正抹去石昊的记忆。

“我都要开始怀疑人生了！”石昊沉默了很长时间，最终发出一声轻叹。

人的某一段人生可不可以被改写？在不知道的时空里，是不是就有人这样做过，他们抹除了当世人内心的某些印记？他开始有了这样的疑惑。

如果是这样的话，当世人岂不是活在别人改写的世界中？

他感觉头很大，这事情很复杂。

这不是随意的猜测，而是因为他曾经进过那个世界，见到不朽山后，他才有了这样的想法。

要知道，连那整整一个世界的生灵都认为这一边的人是魔鬼，侵占了他们的家园，不认可仙古纪元被毁灭的说法，还有比这更可怕的事情吗？

整整一个世界啊，所有人拥有的都是如此观念，他们当年的那些记忆是不是被斩得七零八落？

这样的人生太可怕！

那样的高手太无情，连这种事情都做得出！

“再见！”

那鼎震动不已，击裂了虚空，将石昊从这片空间送了出去，回归到外面那真正的世界中。

“再见”二字是它最后的话语。

石昊有一种感觉，再相见的话不知道会是多少年以后了，也许是数千年、数万年，甚至万古！

“再见。”石昊轻声吐出这样两个字。他回来了，神情有些恍惚，有种不真实的感觉，所经历的一切让他回不过神。

此刻，他的心情很是沉重，了解得越多越有一种窒息感。

他知道，一个新时代要来了，注定会出现变局，谁都阻止不了。

那些不朽者到底有多强？有多少人？怎么去对抗？

他们曾经毁灭了整片仙古，到如今谁能与之争锋？

“但愿这些不朽者只是当年那批人的后代。”石昊说道。

不然的话，如果还是上一纪元的敌手，光想一想就能让人呼吸停止了，这么漫长的岁月过去后，他们的修为一定会精进，会达到怎样恐怖的高度？

昏暗的大地上，白骨成片。这里一片寂静。石昊回来了，如今应该身处帝城中的某一处。

只是，几个月过去了，三大至尊应该早就离开了，带着那些天才，返回无量天，前往天神书院。

石昊有些遗憾。

毕竟莫名失踪数月之久，哪有人会等他。

此地寂静，没有亮光，只有战死在这里的英灵枯骨。

石昊向前迈步，他得想办法出去，不然的话，多半会被困死在此地。

突然，一道强大的神念扫来，如同一柄利剑，简直要剖开人的身体。这让石昊面色发白，整个人“轰”的一声飞了出去。

这是一股巨大的力量，他如同被一座大山砸中了。肉身的剧痛还好说，但是神魂沸腾就难以忍耐了，那个人出手无情又果断，险些将他的元神冲破，差点将他打成重伤。

石昊已经修炼到圣祭境，战力比肩天神，也算是一方高手了，可在这等人物面前，还是差距太大。

了解得越多，他越发现自己的修为不够。事实上，到了如今这一个层面，他算是刚起步，因为未来的敌人太强大了！

一道身影飞来。

那人身穿宽大的灰色衣服，在风中猎猎作响。从容貌上看，他很年轻，面色苍白无比，像是很久没晒过太阳了，一双眸子极其深邃。

石昊知道，这个人看着年轻，但是绝对活了漫长的岁月，是一个前辈，高手。

因为，他坚信同龄人中无人可以这样凭借一道神念将他击飞。

“你……这几个月去了哪里？”这个人开口了。

他不问名字，不问来历，上来就这么直接问道。很显然，他知道石昊的身份。

“进入一片灰暗空间。”石昊说道。

“笑话，这里是帝城，虽然只是外城中的荒凉地，但就算这样，你也没有开启一片空间的实力。”来人这样说道。

他的声音冷冰冰，听起来并不友善。

“那前辈觉得我该在哪里？”石昊问道。他心中略微有一股火气，才出来就被人这样逼问，刚才还险些遭受重创。

这一反问，来人沉默了。很明显，石昊进到一片空间内了，不然的话，怎么会一下子就消失几个月？

三大至尊曾认真寻找过，结果发现他仿佛人间蒸发了，无论如何也找不到他。

“你为什么现在才回来？”这灰袍“年轻人”问道，他目光冷冽，如同寒潭。

石昊理解，毕竟这是帝城，是世间最重要的地方之一，镇守边荒者不容有失。

他平静地回应道："无法脱困，直到那空间莫名打开，我才能出来。"

"是吗？我不太相信，让我搜索你的元神试试看。"灰袍人说道。

石昊的脸色当即就变了，一般的人怎么可能做这种事情！

对于修士来说，除非是仇敌，不然绝不可能有搜索元神一说，因为这算得上是一种羞辱了。

"前辈，你我不是敌人，你这样做等于是在羞辱我。"石昊说道。

"羞辱？"灰袍人有些轻蔑地笑了，年轻而缺少血色的脸上带着冷意，显然他不将石昊的话语放在心上，因为双方差距太大，不是一个级别的。

第809章 折辱

WANMEI SHIJIE

“你有什么值得我羞辱的？”他表情冷漠地看着石昊，这样补充道。

石昊一言不发。到了这个份上，还有什么可说的！这个人分明缺少善意。同时，石昊暗自一叹，居然有这样一个人在这里等他。

要知道，能出现在此地的绝对不是一般的强者，又这么针对他，不用想也知道，他的前路暗淡，充满了荆棘。

事实上，石昊已经做了最坏的打算，也许会殒命在此地吧。但是，他不甘！

“你用那种目光看着我，是在仇视我吗？”这个灰袍人冷冷说道，脸上的冰寒之色更加明显了，他死死地盯着石昊的双目。

“大乱将起，你我都是这片天地的人，算不上生死敌人，而你这种行为，确实是在羞辱我，我是不会妥协的！”石昊说道。

这样搜他的元神印记，他将没有什么秘密可言，更没有任何尊严。

“一个圣祭境的小修士哪里来的那么多废话！在我面前，就算是真正的天神也得乖乖听话，我搜你元神怎么了！”灰袍人说道，探出一指，向着石昊眉心点去。他直接动手了。

这一刻，石昊筋骨欲裂，元神将崩，根本无法对抗。

他能做的，就是拼尽全身力气抗住，哪怕粉身碎骨！因为这实在欺人太甚，他无法妥协！

若是敌人这样对他，他无话可说。可是，这分明是己方的人。

当然，他现在已经视这个强者为敌人了，哪怕这个人对日后的大乱有重要作用，哪怕这个人是帝城的守护者之一，他也不认了！

在他眼中，在他的心中，从这一刻起，此人已是敌人！

“轰！”

石昊忍着剧痛，拼尽全力，让与雷帝有关的战衣在体表浮现，并且手持万灵图，对抗这磅礴的威压，不想真的被搜了元神。

而且，石昊另一只手中现出逆龙鳞，这虽然很艰难，但还是向对方刺去！

出乎意料的是，这一次先复苏的，不是万灵图及逆龙鳞，而是与雷帝有关的战衣。它当当作响，放出万重神光。

这一刻，甲胄抖动，如一片又一片鱼鳞张开，发出炫目的光。

原本它满是锈迹，但现在它晶莹透亮，变得璀璨起来，发生了惊人的变化。

当然，因为甲胄破损了，上面有很多大窟窿，这是怎么都无法掩饰的。

“嗯，雷帝甲胄？”这个灰袍人脸色大变，那根指头都快贴近石昊额骨了，但又生生止住。

这甲胄发光之时，如同玉石释放出炽热的火焰，越发显得不凡，在强大的压迫下，它爆发出令人震惊的光束与气息。

“现在，你做了令我讨厌的事，不过，这件战衣的确了不得，有无尽辉煌与传奇的过去，可是，你用它来对抗我，这本身就是一件很错误的事。我是不会收手的！”

灰袍人感到很意外，很吃惊，他常年缺少血色的脸上出现了一股怒意，执意要对石昊出手，搜索其元神。

手掌落下，手指逼到近前，带来了莫大的压力，简直像要粉碎日月山河。

这甲胄喷起瑞霞，欲抵挡那一指！

石昊的双目如刀子般闪光，他心中怒浪滔天。对方当真肆无忌惮，恣意妄为，他分明是受害者，反抗也是自然而然的事，对方却因此生起了怒火，仿佛石昊天生就应该逆来顺受一般，稍微有抗争就是大罪。

战衣当当作响，因为甲胄的所有金属片都在抖动，腾起炽烈的神霞，要阻挡那只手。

不过，这终究是一件残甲，它上面有太多大窟窿，这是致命的缺陷。

灰袍人神情冰冷无比，一指逼来，穿过一个窟窿，就要抽取石昊的记忆。

然而，意外再次发生。也正是因为甲胄上有这些窟窿存在，让此甲非同一般，窟窿内发出神秘波动，化成恐怖的旋涡，抵挡外来的侵袭。

在这一刻，甲胄的颜色变了，竟然逐渐从璀璨向黑暗过渡，不一会儿，它便寒气逼人，并释放出一股杀气。

那根手指虽然落了下来，但是并未击破石昊的眉心。那手指被黑色甲胄所阻，被一股强大的气息抵挡住了。

剧烈的波动以这里为中心向四面八方席卷，如同一颗陨石砸进汪洋，水花怒沸，席卷九天十地。

“雷帝战衣，又一次转向黑暗，被人逼迫，才有此变化！”远处，有人开口了，声音中带着愤怒，更有一种无奈，还有一种杀意。

“轰！”

有人来了，同时，还有一拳轰了过来。那人速度太快了，让人看不清人影，如同驾驭着光，从那过去突然杀到当世，出现在此地。

“砰！”

终于，对石昊出手的灰袍男子收手了，他迟疑了一下，转而去对抗这突然到来的一拳了。只见此地火光四溅，符文冲上云霄。

若非有雷帝战衣，石昊此时绝对被这种威力的余波打成齑粉了。

即便如此，他也能感觉到那战斗余波的恐怖之处。

“咚！”

两拳相击之时，如同太阳炸开，瞬间把这昏暗的天地照得比白昼还要亮。

地上，各种枯骨飞起，而后爆碎，化成雪白色的粉末，如扬起的沙，又如同雪粒在飞洒。同时，地面上有阵纹浮现，一道又一道，禁锢了大地，镇压了虚空，将此片空间保护起来，免得被崩坏了。

来人一只袖子拂过，帮石昊化解危局，怕他因这种级别的战斗带来的余波而粉身碎骨。

“他有复苏的雷帝战衣，你暂时不用担心，他死不了。”灰袍男子说道，年轻的脸上充满复杂之色。

“你还有脸说雷帝战衣！你没看到吗？它漆黑如墨，只怕会又一次在帝城堕入黑暗中！”来人斥道。

在这帝城中，雷帝战衣像是被唤醒了，此刻，它气息磅礴，神威浩荡，守护着石昊，同时也有一种黑暗气息要侵蚀他。

“啊……”

最后，石昊忍不住发出一声长啸，出手向那灰袍人轰去！因为他心中十分气愤。同时，这件战衣上仿佛有一股意志要跟他融合成一体，也带着一股怨气，向前轰杀。

“你还敢对我动手！”那灰袍男子双目透出冷冽的光芒，抬手就向前拍来。

“你想让雷帝战衣彻底堕入黑暗中吗？”另一人大声呵斥，出手阻挡。

“你看到了吗？一个小修士，连进入帝城的资格都没有，却敢对我动手，不惩罚怎能行！”灰袍男子说道。

他的拳头虽然被挡住了，但是身体发着光，发出一片骨文，向石昊冲去。

“砰！”

这些骨文撞在一起，起伏波动，如同汪洋一般，并且传出剧烈的轰鸣声。

石昊杀气腾腾，雷帝战衣则漆黑如墨，他的双目像是两个黑洞，越发显得可怕。

不过，在这么强大的冲击下，石昊仍是挡住了对方的骨文。

“住手！”另一人喝道，疯狂向灰袍男子攻击，道，“当年，就是因为在帝城中有天大的冤屈，导致破损的雷帝战衣意志不平，进行对抗，几乎堕入黑暗中。如今，如果因为你一意孤行，逼得宝衣化作黑暗神甲，带着一个天才再次离开，你担负得起这责任吗？”

“咚！”

在呵斥声中，这个人与灰袍男子再次交手了，那场面，激烈无比。

石昊虽然被黑暗气息侵蚀，但并无大碍。他看得明白，听得清楚，心中波涛汹涌。当年就有过类似的不平事吗？

想来比他今天遇到的严重很多倍，生生逼反了一些人，导致雷帝战衣黑暗化，流落在外。

“一个小修士而已，拿下他，回头我们一同祭炼此衣，解决所有麻烦。”灰袍男子说道。

“嘉德，你不要一意孤行，出了问题，你担负不起！”另一人喝道。

此时，石昊反倒像是一个局外人了，一言不发地站在不远处，看着他们激战。

“我有什么可担负不起的，不就是一个圣祭境的修士吗？算什么，如果真是一位大帝我也认了！”名为嘉德的灰袍男子说道。

“嘉德，你的道心出问题了，居然因一些外物与杂事而让自己失态，你这样是走火入魔的前兆。”另一人喝道。

灰袍男子嘉德闻言后冷笑一声，手下的动作更快了。

“嘉德，你来自无量天，只因见几个小辈被眼前的少年压制，你就心生不满吗？所以有意针对他？”那人继续喝道。

“你在乱语什么，我只是尽我的职责，他毕竟消失了几个月，不得不严查！”灰袍男子嘉德冷冷道。

“砰！”

剧震传来，他们激烈战斗着。一时间，骨文交织，神光普照，这片区域因此变得无比明亮。

“你们两人这样出手，成何体统，不知羞耻与惭愧吗？自己人先残杀起来！”就在此刻，远处有人一声断喝。

很明显，此人身份很高，非同一般，终于让灰袍男子嘉德有所忌惮，不一会儿两人便停手了。

“回城！”那人再次发出冷冰冰的声音，有点苍老，但更威严了。

灰袍男子嘉德一语不发，看了一眼石昊，而后转身，向着帝城的核心处冲去，一眨眼就不见了。

“走吧。”另一人拍了拍石昊的肩头，带着他往前走。

这片地域很广阔，根本不知道有多大，如果是一般的高手来此的话，简直像是在横渡天地，很难走到尽头。

事实是，这真的跟渡过天地与宇宙无多大区别，在途中，可以看到一颗又一颗星星四分五裂地出现在地面上。

到了，临近巨城！

这是内城，也是帝城的核心。

第810章 帝城内

WANMEI SHIJIE

这城跟外城一般，很大，都是由星辰堆砌而成，且有诸多大星星飘浮在城外，隆隆转动。

这是石昊目前看到的最大的城池。

不过，他现在没什么心情来感慨，被那灰袍男子嘉德针对，他心中有一股怒火，更是觉得憋屈。

对方纯粹以势压人，这让他有一种莫名的羞辱。

石昊身上的雷帝战衣还在发光，不过是乌光，连他的心都仿佛被染成了墨色，还有些冰冷的气息。

这一次，他们进城时依旧费了一番工夫，只靠一个人根本进不去。灰袍男子嘉德还有石昊身边的那人同时祭出一块骨，且城内也有人祭出一块骨，合在一起，化作阵台，将他们接了进去。

浩瀚巨城，莽荒气息扑面而来。直到此时，石昊才醒悟过来，他进入了帝城最重要的地方!

这可不是外城，这是签订了太古的盟约才能前往的地方，里面的人……居然让他进来了。

事实上，外界一直在揣测这内城中还剩下几名高手，是否还有活着的古老生灵。

之所以这样，是因为这帝城死气沉沉，外界感知不到里面的情况。

而就在今日，石昊居然有幸进来了!

城真的太大了，即便进来了，石昊也觉得如同蚂蚁进入天帝宫阙般，看不清城中的壮丽奇景。只有当他睁开天眼时，才能窥到一隅之地。

那虚空中，星河横空，还有帝星在转动。即便如此，也难以照亮整座城池，很多地方都处在黑暗中，有大片大片的阴影。

这里依旧寂静，石昊在黑暗中寻觅，希望能够看到帝城中的高手，想知道他们到底长什么样子。

太古六大天人中的最后一位呢？他应该来了，如今在哪里？叶倾仙呢，又在何方？这个女子给石昊留下了深刻的印象。

石昊跟着向前走去。这里没有一点声息，安静得像一座死城。地上有一颗又一颗大星，这可不是被炼化过的，而是直径达到数千、数万里的真正星星。

它们是从域外被斩落下来的，将地面砸出一个又一个深坑，但是都不曾被毁掉，因阵纹而保存了下来。

大星不碎，地面不崩塌。

石昊发起呆来，从这样一颗又一颗大星横陈的大地上走过时，他感觉到了一种荒凉，也体会到了一种原始、无形的磅礴大气。

很快，石昊看到了一些建筑物，它们伴着碎裂的星星，还有毁灭的星河，都飘浮在空中。它们都十分巨大，一看就是无尽岁月前的产物，并且无人居住。

城中还剩下多少人？这是石昊的疑问。

他终于进来了，到了最重要之地，却没有见到那些想象中的无上高手。

在他的身边只有两个人，其中一个还与他针锋相对，其他人呢？

“来了！”忽然，路边有声音传来。

周围一片昏暗，在一块巨石上，有一个老者盘坐。

石昊向远处望去，他看到了其他人。有的盘坐大星上，有的坐在青石上，一个个安静得离奇，像是失去了生命一般，没有一点声音。

这些人的服饰相当古老，种族不同，彼此相距很远，也无交流。

其中一些人身上的尘埃很厚，也不知道有多少年不曾动弹一下了，跟那地面、巨石等都凝为一体了。

更有夸张者，其中一个巨人被尘土淹没，他的头上有一个凶禽巢，竟然成为一只猛禽的栖居地。

看着这些景象，石昊觉得像是翻开了一幅古老的画卷，尽显漫长岁月斑驳的痕迹，一种历史的厚重气息扑面而来。

“雷帝战衣又回来了，却是在向黑暗靠近。”他们最先看到的那名老者睁开了眼睛，这般说道。

他的声音很奇特，是一种古语。事实上，石昊听不懂他讲的话，但其神念也在传音，故此能理解其意。

由此看来，这些都不是三千州的修士，他们来自远方。

这一刻，石昊明白了，这座帝城关乎甚大，九天十地，其他古界都派了人马驻守此地。

“嘉德，你的修行出了问题，到了你这等境界，根本不会因外物而动本心，小心，莫要殒命。”老者说道。他白发披肩，看起来年龄很大，赤裸着上半身，很是结实，在他身边放着一根狼牙大棒。

“我怎么会走火入魔！如今我正处在鼎盛时期，刚才不过是想搜此子元神而已，想查个究竟。”灰袍男子嘉德回应。

“年轻人，你究竟去了哪里？”老者开口询问石昊。

石昊本不想说，因为会牵涉到那只鼎，但他也不想隐瞒另一个世界的事情。

他蹙眉道：“我的确意外进入一个空间之中，在那里，我看到了很多石刻图，上面记述了一个神秘的世界，那里有一座不朽山……”

他慢慢道来，将自己所经历的，所看到的变成石刻上的记载，用这种方法来告诉这些人。

“那你刚才怎么不说？”灰袍男子嘉德的脸色阴沉，目光越发阴冷，大声喝问。

“你那么逼我，我有必要告诉你吗？”石昊说道。

“你……说得极不完整，肯定还有所隐瞒，待我探个究竟！”灰袍男子嘉德说道，探出掌指，释放恐怖气息，欲再次上前。

“当着这么多人的面，在一些无上强者的眼前，你也这样行事，你存心羞辱我？”石昊喝道。

“你一个小小的圣祭境修士，也敢这样指责我，搜你元神，洞悉一切，是为以后的大战做准备。要不然，就凭你这种人，还没有资格让我动手！”灰袍男子嘉德呵斥道。

石昊愤怒极了。这分明就是以势压人，对方是帝城的守护者，连说话都这么霸道，处处露出毫不掩饰的轻蔑之意。

“嘉德，你过分了，要逼得雷帝战衣堕入黑暗中吗？要让一位天才转投敌人吗？”老者开口了。

“雷帝战衣，我们一同炼化就可以了，一个小小的圣祭境修士还不值得让我束手束脚，更不值得我敬重。我搜他元神又如何？”灰袍男子嘉德说道。

此时，远处巨石上或者大星上的几名修士睁开了眼睛，那目光，散发出如同史前蛮龙的威严，令人心悸。

“放肆，你果然走火入魔了。”那老者腾地站起身。

而且，就在这一刻，他做了一个动作，出乎大家的意料。他竟然抡起巴掌，向灰袍男子嘉德扇去。

灰袍男子嘉德脸色大变，能够进入帝城，绝对是一方至尊。他见状快速躲避，移形换位。

但是，随着“啪”的一声重响，他还是被抽中了，没有逃过这一击。

老者的手掌扇在他的脸上，力道极大，响声清脆，强如此人也没能避过，身子横飞而起，嘴角淌血。

谁也没有想到，老者竟然这么干脆，直接一个巴掌盖了上去，将一位至尊打飞。

石昊心头剧跳。

这是何等的力量，将一位高手这样击飞，不过石昊心情异常舒畅，有种出了恶气的感觉。

“你……”灰袍男子嘉德稳住身体，定在虚空中，怒目而视。

强大如他，多少年没有过这种遭遇了，居然被人抽了一巴掌，这绝对是一种羞辱了。

“区区一个小修士，值得你这样动手？”他十分愤怒，在这里大吼，让另一些人也睁开了眼睛。

“你也感觉到愤怒了吗？方才你逼迫、欺凌一个小修士时，他也是这种感觉。”老者说道。

“他怎么能跟我比？”灰袍男子嘉德怒吼。

“你又怎么能跟我比？”老者扬手，“啪”的一声，再一次扇在他的脸上，将他抽得横飞出去，“轰”的一声，撞碎了地面上的一颗星星。

灰袍男子嘉德怒吼不已，简直要疯狂了。

“你最近参悟化魔大法，心境出了大问题，还不警醒吗？不然的话，会有殒命的危险！”老者喝道。

“胡说，这不是心境的问题，我一点问题也没有。搜索一个小修士的元神，我不觉得有什么错！”他不甘地怒吼。

“你要知道，他将来的成就不会在你之下，而你这种作为，却可能将他逼向不朽一脉！”这一次，老者说完之后，不是抡巴掌，而是直接拎起了狼牙大棒。

“轰！”

尽管灰袍男子嘉德用尽全力疯狂对抗，但根本没用。

他挡不住老者的兵器。

狼牙大棒砸落下来，将其宝术击散，将其骨文毁掉，如同史前仙山落下，镇压十方敌人。

“砰！”

狼牙大棒打在灰袍男子嘉德身上，让他发出一声惨叫，一下子飞出去无尽远，而后跌落在地上，鲜血直流。

这么强大的一位高手，在老者的面前不堪一击，险些被一棒打死！

石昊愣住了，这一系列事情发生得又快又突然，连他都很惊诧。

要知道，那灰袍男子嘉德能在此镇守，身份自然非同一般，若是回到外界去，一定是一个威震四方的大人物。

在这里，他居然被人这样压制，还根本没有反抗的余地。

“你去闭关吧，仔细考虑清楚。”老者说道。然后，他一指点出，有一团光将灰袍男子嘉德包裹着，将灰袍男子嘉德投到远处的黑暗中。

石昊施礼，表达谢意。

老者一叹，叫来几人，一起帮石昊洗涤甲胄，进行炼化。

很明显，这甲胄有故事。因为好几人看着这副甲胄时，都很伤感，皆有落寞与遗憾。

“曾经有一位盖世奇才，穿着此甲胄离去，再也没有回来，应该永远堕在黑暗中了吧。”老者一叹。

“好了，送你去无量天，希望你早日成才，来帝城守关，到时候可以镇压十方敌人！”

第811章 到达无量天

WANMEI SHIJIE

灰袍男子嘉德就那样被送走、囚禁了，连这样的绝世强者在这里都要受到束缚。

帝城宏大，陨石遍地。石昊被送到了一座以五种色彩的神石筑成的祭坛前，它非常庞大，如同一座大山矗立在那里。

就这样来到了帝城内，没过多久，便又要离开了，这让石昊觉得很不真实。

要知道，在过去，唯有签下太古的盟约的人才能进来，今日他有幸造访，实属幸运。他真不想就这么离开，很想探察一下这座古往今来最神秘的城池，只是现在，他身不由已，无法久留。

叶倾仙在哪里？石昊很想见上一面。这个绝世丽人曾经救过他，当年还曾有人称她来自生命禁区深处。

联想到她提到过太古的盟约，带走老天人还有战族古祖……可以想象，她肯定与这里有很紧密的联系。

石昊开口询问身边的人，向那位手持狼牙大棒的老者请教，希望能见叶倾仙一面。

可是，他被拒绝了，甚至连一点解释都没有。

那几人的态度很坚决！

石昊惊异极了。这叶倾仙似乎很不一般，连城中的高手都不愿透露她的情况，那么，她到底什么来头？

想到那白衣胜雪、绝世而独立的女子，石昊忍不住发出一阵轻叹。来到了她的地盘上，居然都不能见上一面。

不管怎样说，他都要走了，所以，只能无奈地摇一摇头。

石昊站在祭坛上，这五色传送阵真的非常恢宏，有一种岁月苍茫、时光永恒的感觉，在这里像是可以穿梭万古，于乾坤中不断轮回。

他仔细地看着，这座祭坛跟第一次在仙古遗迹黑渊下发现的承载着一只鼎的残破祭坛很相似，连材质都一样。

不过，一座毁了一半，一座还完好。

很明显，这是上一纪元留下来的。

想到这里，石昊眼中光芒大放，更加仔细地凝视，细细琢磨，他发现，连这座帝城都是上一纪元的宏大建筑。

“好古的城，好神秘的地方！”石昊叹道。这座城的外面，有一条通道，通向一个最为可怕的世界。

“边荒！”石昊吐出这样两个字。

可是，他又觉得不太对。当年自己在黑色古船上的祭坛时，分明还看到一座城，由七大王者镇守，不断跟其他生灵血战。

这里不是那个地方，那么，边荒究竟在何方？

他所看到的那座城，跟这里完全不一样！哪里像此地死气沉沉的，终年昏暗。

“前辈，那些究竟是什么人？”在离去前，石昊问手持狼牙大棒的老者。老者所说的那个世界，是怎样的一个地方？与石昊究竟是何关系？凭着感觉，他认为老者铁定知晓这一切。

可惜，老者并未给他答案。祭坛复苏了，传送阵开启了。

光芒一闪，石昊觉得像是踏进了时光隧道中，像是在百世中轮回，而后向着永恒的尽头冲去。

这是一个超级传送阵，强悍无比，可以将一个人传送到宇宙的尽头，可以跨越古界。

三千州自此远去，他离开了上界！

这是一个巨型法阵，威力强大无比，撕开九天十地间的通道，将石昊送走了。

对于寻常人来说，这绝对超乎想象。

石昊在瑞光中穿行，在混沌雾霭中前进，他在跨越难以想象的空间，从三千州挣脱了出来，真正远离了那里。

“帝城那么大，我仅见到了一角，只看到了寥寥几名高手，真不知道那里还隐藏了怎样的人物，还有何奇异之处！”

石昊知道，他只见到了一隅之地，对那里根本不了解呢。

但是，容不得他多想，时光碎片飞舞，星辰在沿途闪烁，一颗又一颗。

跨界远行，令整片时空都不稳固。

“轰！”

终于，一声巨响传来，白雾翻腾，彩霞冲起，石昊冲了出来。

此刻，他立在一座道台上。这道台是由一块巨大的兽骨打磨而成的，样式古老，但洁白如玉。

“我来到了无量天？”石昊惊叹一声。这距离无法想象，而他跨界远行，片刻间就到了。

似这等距离，如果真有路的话，便是非常强大的修士飞上百世也不可能到达，那距离简直不可想象。

而他竟然从十地中的三千州来到了九天中的无量天，这算得上是一次极限旅程。

“我迟到了几个月，不知道还能否进天神书院。”石昊说道。

他一步迈入这座骨质道台，一时间，灵气如潮汐澎湃涌来。

“比三千州要浓郁得多！”这是石昊最直观的认知。

通常来说，某地灵气浓郁就意味着适合修行，会出现诸多实力强到可怕的人。

久而久之，肯定会成为一方强大的世界！毕竟道土的兴衰对修行界有极大的影响。

“这么空旷？”石昊蹙眉。

这里虽然灵气浓郁，白雾腾腾，但给人太过安静的感觉，也看不到山川草木等。因为附近都被白雾笼罩着，一直蔓延向远方。

“既然被他们传送进无量天，应该会有落脚的地方才对。难道说，他们把我直接送到天神书院的门口了？”石昊在猜测。

因为在上路前，他也曾询问过，通过传送阵后，要怎样才能进入天神书院修行。

“嗯？”很快，石昊感觉到了不对劲之处，对面很平整，是一块又一块巨大的神石铺成的。

他睁开天眼，双瞳内符文凝聚，化成两道光束，扫视着周围的景物。

很快，石昊发现，他处在一座宫殿中，洁白而巨大的道台就在这殿内。

只是这宫殿未免太大了，足足占了上万里地，就这么悬在虚空中。

这是一座巨殿。

石昊一阵无语，他以为这是在浩瀚的大地上，谁知道只是在一座建筑物内。

石昊认准了一个方向，向那里飞去，带起地面上的一片白雾，如同在仙境中横渡。很快，他到了入口处，这里有两扇巨大的青铜门，它虚掩着，并未关紧。

石昊站在这里，想要将它推开。

不得不说，这门太大了。足有三千丈那么高，有点离谱，根本不像是铜门，而是绝壁。

石昊推动之时，它隆隆作响。

青铜大门开启了。

但是，马上就有一股强大的气息拦住了他的去路。

在这巨大的青铜门外，白雾缭绕，更有混沌气弥漫，有青石，还有蒲团……此时，一名老者睁开了眼睛。

一瞬间而已，就像是有两道闪电划过长空，劈开了云雾。

那老者盘坐在蒲团上，发丝快落光了，但是雪白的眉毛足有半尺长，宝相庄严，让人望而生畏。

这绝对是一个无法想象的绝世高手。那眼神太犀利了，仿佛可以望穿人的灵魂，让人神魄战栗。

石昊头皮发麻，从帝城到无量天中的神秘建筑物，他看到了一个又一个高手，每一个都无法抗衡。

他一叹，一定要在短时间内崛起，让自己快速强大起来，不然身处这个世界中真是太危险了。

"见过前辈。"石昊主动打招呼。

"有点意思，三道仙气，资质不凡啊，只是不知道你是昙花一现，还是能像史上那些人真能沿着这条路走下去。"老者开口了。

石昊惊异万分。这个人太厉害了，连他的身体状况都掌握得这么清楚。

"既然有人把你送到这里来，我不管你的身份多么显赫，也不去问你曾经做了什么，我只会给你一些相应的磨砺。"白眉老人说道。

"前辈您这是……何意？"石昊觉得有点不对，这个老人所说的"磨砺"给他一种冷飕飕的感觉。

"但凡送到这里来的修士都是犯了过错的人，必须要得到一定的惩罚。"白眉老人说道。

帝城中的传送阵宏大无比，选定某一个坐标后，一运转起来就能将人送到指定的地点。

很显然，帝城中的几人经过一番商量，将他送到了这里。

"我犯了过错？"石昊自言自语。

他很是不忿，分明是灰袍男子嘉德先发难的好不好！

他不想当替罪羊。

“应该是！不然为何将你送到这里。”白眉老人说道。

石昊闻言，神色阴沉。

他被坑了。分明是灰袍男子嘉德挑衅，先搜索他的元神，怎么最后被处罚的还是他？

“你倒也不用担心，凡是被送进这座古殿的人，只会被略微处罚一下，毕竟并非什么十恶不赦的大罪。”

听到此言，石昊长出了一口气。

老者一挥手，石昊直接从巨殿中被抛向远方。

“这是什么惩罚？”石昊有点发蒙。

湛蓝的湖泊，就在下方。一眼望去，宽阔无比。

“自己离开这片天地，就当是惩罚了。”白眉老人的声音传来。

很明显，这湖泊处在一片奇异的空间内。但是，这片空间宛若一个小世界。

石昊不断飞行，冲向大地的尽头。他遇上了一些类似的人，一个个病恹恹的，好像动弹不得，显然都有伤。

他吓了一跳，了解了一下情况，得悉这些人都是天才。

毕竟，普通的人物可不配被送进这片放逐之地！

有的人衣衫褴褛，石昊一问之下才知，已经进来上百年了，但还是没能冲破封锁从而离开这里。

余下的人中，进来时间最短的也有数年之久。

石昊忍不住骂了起来。

他不认为自己有什么错，结果居然还是被送到此地这样敲打。

他哪里有时间可以耽搁！数年都无法承受，更何况百年之久，他必须要立刻离开才行。

第812章 登仙台

WANMEI SHIJIE

这些人都在抱怨，不少人更连声诅咒，甚至大骂，他们当年也没犯过多大过错，结果一关就是这么多年。

“说得好听是磨砺，说什么可以在这里悟道，但是他不知道吗？光阴比什么都珍贵，谁愿意在这里熬着！”

这些人不满，愤恨不已。

“没有捷径吗？”石昊问道，他的确不想在这里耽搁时间，想第一时间出去。

在场的人个个激愤，自然道出了各自的经历。在他们看来，这是一片诡异的疆域，始终无法到达尽头，找不到出路。

“也许可以在中心地那个模仿登仙台而筑的古道台尝试一番，据说在那里悟道的话，可能会很快离开。”很长时间后有人说道。

因为，他们听说过去好像就有人从那里成功地走了出去。

“你们不曾去尝试吗？”石昊问道。

“那个鬼地方什么都没有，只有一座破石台，悟什么道？”

“除了石头就是石头，难道要我们理解为那里有无字天书不成？”

一些人七嘴八舌，极为愤愤不平。他们中的大多数人都曾去过那里，结果毫无收获，找不到可以摆脱禁锢离开这里的办法。

所谓的登仙台，是成仙之人才能登上的古台。至于这个地方为什么会出现仿建的古道台，天知道是怎么回事，也无人知道它是如何建造的，反正是这个名字。

石昊来到古道台前，且有人跟着他，想看一看他是否有办法出去。

因为，这么多年过去了，进来之人的希望都破灭了，他们很希望有个人站出来，打破这种死气沉沉的局面，带着他们走出去。

这里光秃秃的，只有一座石台。它很高，如同一座石山，但可以看得出，它是以巨石一块一块堆砌而成的。

不过，随着岁月的流逝，巨石像是凝为一体了，这石台显得很古朴。

很多人在上面盘坐过，也曾耗尽心力在那里悟道，结果一无所获。

石昊皱着眉头，绕着石台行走。他放开神识，敞开心扉，仔仔细细地感应有什么不同。

结果，他一无所获！

随后，他释放仙气，放出一道仙气时，风平浪静，放出两道仙气时，依旧毫无动静，直到第三道仙气放出，这个地方一下子电闪雷鸣，出现异象！

其他人都呆住了。他们没有想到的是，这个新进来的人居然一到此地就有了感应，弄出这等动静。

石昊明白了，果然与仙气有关，难怪叫登仙台。

此时，他越发体会到在修行路上修出仙气的重要性，因为连这种关卡都需要借仙气来冲关。

可以想象，日后在需要三道仙气的时刻，它们必定大放光彩。

石昊飞上石台，盘坐其上，在这里默默地修行、体悟，希望能破开这片空间，从这里脱困。

周围电闪雷鸣，电弧环绕石台。此外，一株又一株金莲扎根在虚空中，散发出清香之气，在石昊的周围生长，显得越发神圣。

很快，他就进入了一种奇妙的状态，外放的三道仙气跟这座石台交融，产生共鸣。

远处，那些人惊叹不已，终于知道为何只有石昊能在此悟道了。

“真是惊人，那是修出三道仙气的人，这登仙台居然只是为这种人准备的，唉！”

他们觉得失败得不冤，难怪被困在此处这么多年，试想想，他们之中，又有几人修出了三道仙气呢？

石昊不理会外界的声音，完全投入了进去，默默感悟，这石台发着光，传出阵阵诵经声。

他听不清，但是能感知得到，这是加持了一种神秘的力量，在磨砺他的三道仙气，使之更加“坚韧”。

甚至，这种力量在后来还可以慢慢滋养与壮大三道仙气。

这让石昊吃惊极了。他修出的三道仙气自从达到巅峰状态后，就很少有变化了，没有想到在这里居然有了不一样的反应。

数十日后，石昊体外的一道仙气突然凝结为大道之花，在头顶绽放，玄奥无比，神秘莫测，充满了强大的力量。

“啪！”

大道之花绽放，洁白的仙雾一股股地流淌而下，花瓣裂开后，仙雾将石昊笼罩，让他越发显得深不可测。

“这家伙真是了不得！”远处，一些人瞪圆了眼睛，露出吃惊之色。

随后，石昊的仙气凝结成的大道之花不断绽开，又不断散掉，像是在锤炼，越发显得气息惊人。

直到最后，那朵花稳定下来，悬在其头顶，这情形，像道果大成！

那石台暗淡了，像是蕴藏了神秘属性的力量被抽走了。

“这登仙台就是一块磨刀石啊，生生为这少年绽出一朵大道之花，当真是了不得！”

“他不过圣祭境的实力，竟然结出一朵大道之花，绝对是旷世奇才！”

有人不断点头，感叹连连，既是羡慕，又是嫉妒。

石昊睁开了眼睛，望向四周的修士，微笑道：“诸位想离开吗？”

听闻此言，那些人一个个都发起呆来，而后大叫不已，试问，谁不想离开？被困在这个鬼地方很久了，他们都快发疯了。

“还请上登仙台！”石昊说道。

话音一落，一群人争先恐后地冲上这座石台，一个个都兴奋无比。

“小哥，你真有办法，快带我们离开吧！”

“被困在这里数十年了，我都快发霉了，还请小哥出手，助我等脱困身！”

一群人又激动又兴奋，在这里催促石昊。

石昊点头。他已经体悟到了登仙台的好处，这当真是一件至宝，可惜只能助他结成一朵大道之花。

“轰！”

石昊盘坐在那里，不断结印。在其头顶，那朵大道之花跟着变化，释放出惊人的神秘力量。

随后，石台发光，轰隆隆作响，随着石昊的动作而冲出无尽符文！

“咔嚓！”

虚空被击穿了，随后，那里出现了一条银色的通道，从登仙台通向域外。

“啊，生路出现了，快走！”

“天啊，我终于要脱身了！”

有些人大叫着，眼泪都快流出来了。他们被困多年，得见天日之时，当真喜悦万分，心潮澎湃不已。

石昊沿着银色通道往外走时，回头看了一眼，他恍惚间见到了那座巨大的宫殿，以及青铜大门口的白眉老人。

他冲着那个方向拜了一拜，真诚地表示感谢。

那个老人说这是一种磨砺，不算大惩罚，果然如此，他得到了极大的好处。

石昊觉得，哪怕他因晚进天神书院而错过了一些东西，但仅凭在这里的收获，就很值了。

没有成就天神之位，以圣祭境的实力就先结出一朵大道之花，这是罕有的。这意味着，日后他注定会大放异彩。

“若是能看到真正的登仙台又会怎样呢？”石昊十分期待地想。

九天十地，特别是无量天等九天中，有长生世家，有真仙后代，这些家族中多半都有类似登仙台般的无上秘宝。

石昊所为何来？就是为了寻找这些神秘的机缘来强大己身。正因为如此，他才很期待。

“相传，无量天中有真仙家族，希望能得见一些至宝圣物！”他自言自语。

银色通道关闭了，那些人跟石昊一起脱身了。

“小哥，我是陈家的人，有事来找我！”

“道兄，我来自赤龙族，在无量天中若有麻烦，可以来我族。”

……

脱身后，这些人互通姓名，相约以后再聚。

“稍等，你们可曾听过天神书院？”在分别之际，石昊询问他们。

“没有。”有人茫然地摇头。

“好像听说过，数年前，听人说可能要在无量天建一座天神书院。”

这些人反应各不相同。

石昊立马想起来了，这天神书院是近期选址建造的，所以，问这些人没用，他们被困了好多年了。

“道友修出三道仙气，要进那天神书院？看来，我们被困多年，发生了很多事，回头我等也去看一看！”

这些人都是天才，不然根本没有资格被关在刚才那个地方。在他们之中，自然有修出仙气者，确实可以前往天神书院。

“道兄，天神书院见，我等一定会去，到时候我一定带着你去看真仙的后代，真正的仙子。”

“哈哈，没错，讨个仙子当媳妇，那可是流淌着真正仙血的绝世丽人啊。我们知道的有那么几个人，可以领你去，就看你能否入她们法眼了！”

一群人大笑，之后，在此分别。

“有意思，你是石昊，来自三千州？”

突然，不远处有人开口了。他睁开了眸子，像有两道闪电射来。

很明显，这片古地有高手守护，因为这里还算是神秘区域。要知道，但凡有与九天十地相连的道台都有至强者坐镇。

尤其是在这个时候，大乱将起，为避免有敌人偷偷地摸过来，必须得有强人守护。

“你是谁？”石昊望着远处，问道。

他看见前方有一个人盘坐巨石上，他感觉不到对方的善意。

“你不是在帝城古战场失踪了吗？那三人寻你多日都未有结果，时隔数月，你自己却出现了，来到了无量天，还真是不简单。”这个人说道。

石昊一听就明白了，此人口中的“三人”是那三大至尊，带领众天才入天神书院的人，而此人了解当中的各种情况，又是无量天的人，对他有成见，所以态度极不友善。

此人多半是想为他打败的那些无量天的天才出头。

石昊不语。

“怎么沉默了？”那人说道。

“你是修行路上的前辈，我在聆听前辈的大道神音。”石昊说道，他尽量让自己显得平和。

“哈哈……”此人大笑，但很快，他神色转冷，道，“你一个人也能来到无量天，也算超凡超俗了，运道极盛，这样吧，你去太初古矿为我采掘几颗生命之石，我便不为难你。”

不远处，脱身的天才还没有全部离去，那些人听到此话后脸色当即就变了。

太初古矿是什么地方？虽然那里蕴含着莫大的机缘，可延续生命，但那里被称作魔矿、邪矿，里面无比危险，葬下了太多的高手，根本不能靠近。

有人说那里是多位仙王的坟冢！

第813章 责难

WANMEI SHIJIE

石昊不说话，冷淡地看着那个人，对方还真是抱着恶意而来，在针对他。

“怎么不说话了？”那人瞬间便到了石昊近前。

毫无疑问，岁月并没有在他的脸上留下印记，他看起来依旧年轻，且英姿勃发，只不过，他那眸子开合间透露出一股沧桑，那是青春已去的体现。

这样的高手肯定活了很久了，算是一个老辈人物。

“我能说什么？与你无冤无仇，你却直接要我去险地，前辈的心胸够开阔吗？”石昊很不客气地说道。

到了这一步，即便说好话，低头求饶，也不会有什么作用，平白让人轻视与耻笑。

还没有离去的天才们也都为石昊抱不平！那位强者未免太欺人了，让一个少年去太初古矿，这不是让人送死吗？！

别说是他们，就算前辈高人进去也得送命。

自古以来，只有准备充分后，在特定的时刻才能进去采掘生命之石，不然的话，必死无疑。

“呵呵，脾气还不小，你说我是直接一掌劈了你呢，还是送你进那太初古矿？”此人带着笑意说道，只是话语有点冷。

这让人们心头一跳，此人丝毫不掩饰敌意，现在都不想将石昊送进险地了，而是要在这里就动手吗?

“前辈，你这样做有点说不过去吧？”旁边有人开口。

“哦，你说我该怎样做，你是陈家的小子吧？算是一个奇才，但此时不宜出头。”这个人有恃无恐地道。

“前辈，你负责守护重地，而他并无过错，你没有理由处置他！”另外有人站了出来，这样说道。

石昊助他们脱身，这些人自然心存感激，特别是有些天才来自一些超级世家，家族底蕴深厚，所以敢在这里开口。

“嗯，你们说得对，一切都该按规矩来。”这个人笑了笑，英俊的脸上充满了不在乎，道，“他原本被选进天神书院，结果延误时间，迟迟不现身，且还妄自动用了传送阵，不得不罚。”

“这不是理由吧？”有人说道。

“你们知道那跨界的传送阵维护起来需要耗费多少天材地宝吗？那是天量！这世间没有多少座了，凭他一个圣祭境的小修士也能单独使用一次？这是浪费，是谋杀！你们知不知道，将来这传送阵会起到多么大的作用，结果就这样被他平白消耗了一次，增加了五色祭坛的负荷，简直是大罪！”此人声色俱厉，大声呵斥。

众人当然明白，他故意扣大帽子，只为了责难石昊。

“所以，按规矩来，我不杀他，但要定罪。遣他去太初古矿，采掘一段时间的矿料！”他这般说道，眼中带着冷意。

众人的心一下子就凉了。因为他们知道，石昊就这样去的话，必死无疑。

太初古矿里面究竟有多少尸骸，根本无法推断，而且那些人都是莫名死掉的。甚至有人说当中的遗骸等经历的岁月比人们能够想象的最古年代还要久远。

曾经有数位教主联手进去，结果全部被一个身穿古代道袍的尸体活活掐死，没有一个跑得了。

这在当时引发了极大的轰动，要知道，那些可都是大人物，结果不是死在宝术下，不是殒命于无上大法之下，而是这样死掉了。

这十分匪夷所思，让听闻者莫不目瞪口呆。

所以说，若是一个圣祭境的小修士进去，还能有什么活路？

“你不能这样做，这不是责罚，是加害，那个地方谁进去都要死，就是长生者现身，也得掂量掂量要不要进去！”有人这样说道。他据理力争，不然的话，只能看着石昊去送死了。

“天神书院的人若是知道，一定会阻止你的。这样加害一个奇才，你未免太过分了！”有人大声说道。

毫无疑问，他们的家族来历都不简单，有大高手坐镇，故而他们在有道理的情况下敢激烈争辩。

“没有想到，你们都这么执拗。”此人淡淡地笑了笑，而后点头道，“我元青做事，一向毫无忌惮，今日就将他流放到太初古矿区域又如何，我看谁能阻挡我？”

当人们知道他的名字后，都倒吸一口凉气。这可是一个狠角色，虽然活了很多年了，但如果以太古到现在来计算，这个人还算“青壮年”呢！

元青，一个大名鼎鼎的高手，年轻时修出了仙气，经过这么多年的积累，实力暴涨，恐怖无比！

这样一来，在场的人张了张嘴，说不出话来了。因为元青一向强势，根本不可能会因他们这些小辈的劝阻而改变什么。

“他一个人而已，不过圣祭境的修为，又不是什么紧要的事便使用了一次传送阵，这坏了规矩，当责罚！”元青大袖一挥，将这些天才都扇飞了出去。

狂风大作，飞沙走石，一眨眼而已，这些人就在数万里外了。

这些人愤愤不平，但是改变不了什么。

“走吧，我们回各自的家族，能伸手帮助一下，就不要吝啬。”有人说道。言下之意很明显，回自己的族中，跟一些长辈商量一下，争取为石昊尽一份力。

当然，他们也知道，这希望渺茫。毕竟那元青不是一般的人，没有多少人愿意得罪他，特别是犯不上为一个外来的小修士跟他撕破脸皮。

“既然我们结识的这位道兄天赋超绝，还修出了三道仙气，赶紧通知天神书院，说不定有转机，会有人庇护他。”有人说道。

而后，他们纷纷上路。

这里一片寂静，元青看着石昊，淡淡地笑了笑，道：“我这人做事一向很干脆，现在，你还是去太初古矿走上一遭吧！”

他冲着远方拍了拍手，立刻有一个三头六臂的生灵走来。

“去，将他带走，安排他到古矿区。”

在这个过程中，石昊始终一言不发。他跟此人无话可讲，如今他实力不如人，辩驳只会显得苍白无力。

石昊转过身，跟那三头六臂的生灵向远处走去。

“受人之托，压制你十年！”当石昊他们的背影消失时，元青冷冷地道。

“对不住了，十年后，你如果还活着，再去追赶别人吧！”他这样补充道。

十年，对于一个正在爆发、飞速崛起的天才来说，很重要，慢一步就可能会被竞争者甩开一大段距离。

若是在其他地方，这或许算不得什么，可是，在天神书院这至关重要！

在那个地方，所有道书、仙药等都是凭实力来争取的，特别是仙家洞府等，每一次开启，对外的名额都有限。

要知道，在那些地方闭关，好处太大了，可以得到仙气的滋养，锻造圣骨，重塑血肉，不断蜕变。

然而，竞争极其激烈！

进入天神书院，想要获得最好的修炼环境，一切都要靠自己去竞争。

排位高的人，所获甚丰，将会越来越强大，而起初就被甩下的那些人，之后面临的局面自然会很糟糕。

“那些英才刚一进入天神书院，其中一些实力超强的人就获得了凰血池洗礼的资格，得到了莫大的好处。你却迟到了，起步已晚再加上被压制十年，这样一来的话，看你还如何崛起？”元青这般说道，声音淡漠。

他知道，天神书院只想要培养出几个绝世强者，而非对所有人都一视同仁，若是起初就被甩开的话，差距会越来越大！

“天地已经变了，有些法门、有些神通，不光是你有天赋就能修成的，还需要大量的仙道资源！”

这些话语，随着清风散去。

无量天的一片神土中，瑞光万道，直冲云霄。

远远望去，那里雾气腾腾，仙雾弥漫，那景象，极其惊人，一看就是仙家洞府之地。

近来所有人都知道，天神书院落在无量天，这是一件盛事，因此引发了巨大的轰动。

要知道，关于天神书院的事，早已被传得沸沸扬扬，许多年前就有人提出这样的设想了，让九天十地的诸多大人物牵头，建一座书院，当中陈列海量的经书，更有绝世秘法，甚至是仙道秘术等。

这是各方合力的结果，要培养出无敌至尊！

为此，他们费了极大的心力，包括经书的收录，还有凰血池等仙池的构建，更有长生者的洞府等。

当然，还少不了这九天十地间最强的一些人来此讲道。

所有这些，早已经整合好，就差确定天神书院的选址一事。

而这一次，终于确定了下来，这书院落在无量天，当然算是一场震动天上地下的盛事。

最近以来，天神书院所在的圣土中，高手来来往往，打破了以往的宁静。

无量天中一些大势力、古世家等想尽一切办法，希望能将自己族中的一些弟子送进来，他们想近水楼台先得月。

可惜了，天神书院铁了心，把关非常严格，早已选好入院的弟子，根本不买他们的账。

“咦，他们出关了，好强的生命精气波动！”

天神书院中，有人羡慕地看着远处的灵山，那里有瑞光腾起，有生命精气剧烈地波动。

他们知道，有资格进入凰血池的那些人此刻功行圆满，在往外走了，不用想也知道，那些人得到了莫大的好处。

“可惜了，还有一个人原本也有资格进去的，结果竟然无缘天神书院，错过了。”

一些人点头。他们知道，这人说的是石昊，凭他的资质，来到此地后一定会有一席之地。

哪怕这里有真仙后裔，有长生者的后代。

第814章 太初古矿

WANMEI SHIJIE

石昊没有血拼，因为他被封住了修为。

而且，这三头六臂的生灵真的很强，他对付不了。

这个生灵浑身都是银色鳞片，包括面部也是如此，如同石刻中走出的魔神，气场极强，令人觉得压抑。

很快，他们来到了一处虚空中，这里停着一艘赤红色的大船，横渡天宇时需要用到它。

可以想象，此去路途遥远。

只是，石昊觉得有点不对劲。到了这里后，三头六臂的银色生灵将他送上船，然后，从一名强者手中接过一些天材地宝后，居然转身就走了。

石昊并非被那三头六臂的银色生灵亲自送到所谓的古矿区，于是他发现，他好像被……交易了!

当想到这一情况后，石昊眸子中金光大放，他这是被人廉价卖了?

这实在是一件可恨可耻的事！他才到无量天，就遭遇了这种劫难，最后还被人这样交易了出去。

这艘大船长达数万丈，非常巨大，通体赤红色，像是被血染过，看起来有点压抑，更有一种血煞的味道。很明显，它有问题。

一般来说，通过法器也能看出其主人的性情，这艘大船殷红如血，带着阴森森的杀气，其主人显然不是什么和善之辈。

很快，石昊知道了，这是一艘充满罪与血的海盗船，出没在宇宙中，一直以来，臭名昭著。

石昊憋了一股气，这才来到九天上就遇上了这种事，被人卖给凶徒，成为阶下囚。

赤血号海盗船在无量天很有名，其船主是一位了不得的高手，以杀伐入道，纵横天地间，一直逍遥法外，不曾被人诛杀。

事实上，这艘海盗船能平安无事，也是因为那船主同许多大势力暗中有来往，存在利益关系。

比如，它经常向太初古矿区域运送修为不凡的奴隶，卖给相关的大势力，帮他们去开采神料。

船上的人密密麻麻的，大多都是奴隶，被关押在特定的区域中。

很不幸，石昊成了他们中的一员。看着这些神色呆滞的生灵，他忽然觉得自己还算是幸运的，最起码他还朝气蓬勃，没有被折磨得萎靡不振。

只是，很快就有一名老者给了他当头一棒，道："年轻人，能放松时就放松吧，等进入那片古矿区，随时都会面临死亡。"

赤血号起航了，目标是域外。因为，所谓的太初古矿飘浮在天空中，且早已到了域外的范围，毗邻一些大星。除了路途遥远外，途中还有各种法阵，需要小心避过，故此赤血号航行得不是很快。

域外黑暗而冰冷，即便是有星光的地方也显得很荒凉。不得不说，这片区域很可怕，有各种骸骨飘浮在黑暗的宇宙中，非常骇人。

此外，还有巨大的陨石不时冲过。

当然，最危险的还是那些残碎的兵器、大旗等，那些都是古代大战时遗存下来的，密布着残缺的阵纹等。

故此，必须要小心航行才能通过这片区域，一旦发生意外，便会陷入万劫不复的境地。

此前发生过类似的事，一些大船从这里路过时横冲直撞，结果有的爆炸了，有的被传送进宇宙深处，从此再也没有出现过。

数日过去了，这赤血号在这里放缓了速度，小心航行，避过了诸多残破的法器。

"哗啦啦！"

不远处，一杆小旗摇动，发出的波纹将一颗飞过的流星打成齑粉。

这里虽然宛如废墟，有很多破败的东西，但是这些东西真的惹不起，因为它们全都可以化作大杀器。

不过，赤血号上的人并不会眼红这些大旗与兵器，因为有血的教训。曾有人想收集这些残器，结果才一动手，就触动了法阵，粉身碎骨而亡。

那些东西，虽然在宇宙虚空中飘浮了漫长的岁月，但还是很危险的，特别是触碰到它们的话，可能会导致它们爆发。

"这原本就是一位盖世强者摆下的一座杀阵，号称'斩神灭仙'，能镇压所有强者，因有人触动此法阵，故此这里就变成这样了，只留下布阵时的破碎器物。"

正在说话间，远处有一艘船驶来，那艘船上的人看到了一颗发光的珠子，船上有人眼红了，想要将其收走。

“轰！”

结果，远处那艘船炸开了，化成齑粉。毫无疑问，那船上的所有人都死了。

赤血号上的人们都震惊了。

“这是一片诅咒之地啊，任何人都不能对这里的残器起贪念，不然会引来大难。”赤血号上有人感叹。

终于，他们要到了，目标接近了。

那是一颗星球，很大，也很荒凉，到处是沙砾，没有植被，一片焦黑色。

向下望去，那颗星球很丑陋，寸草不生，缺少水源，一切都是干巴巴的。

太初古矿，就在那颗星球上。

相传，太初古矿本来是在无量天的大地上，只是因为吸引了太多的修士前往，每年都因此死掉了很多人，包括各族人杰。最后大家迫不得已，各教商量了一下，由大人物们联手，将太初古矿所在的那片土地炼化成星球，并将之送到域外。

当然，在此过程中，他们不敢触及太初古矿分毫，而是将方圆十万里的土地整体搬走。

所有人都知道，那颗星球很特别，无人敢真正探其内部，因为那里有太多的不确定性。

终于到了。

赤血号在邻近那颗星球的地方降落了。

“轰！”

突然，虚空震颤，地动山摇。

“坏了！”

赤血号上许多人大叫，就是该船的主人也首次露面了。他浑身被神雾包裹着，身躯微颤，竭尽所能，驾驶宝船快速逃离。

这里发生了异变，恐怖气息扑面而来。

赤血号上所有人都震惊不已，像是进入了地狱，濒临死亡的境地。只因为，那颗星球给人的感觉太不好了。

这个时候，包括石昊在内，许多人都见到了毕生难忘的画面，一个个呆若木鸡。只见那颗星球的地面上有一座古矿，喷吐着瑞霞，似乎能影响诸天星辰，形成了广袤无比的场域。

它像是在呼吸，一起一伏间，生出一道又一道涟漪，向四周蔓延。

“那就是……太初古矿吗？”许多人的声音都发颤了。在这颗大星上，有那样一口仙矿，还呈现出如此景象，实在惊人。

“古矿又复苏了，我们很倒霉，遇上了它在吞吐天地精气的场面！”赤血号的主人说道。

很快，人们就明白是怎么回事了。

那古矿在不断变化，时而仙光潋滟，里面死气沉沉，偶尔还会化成一个黑洞。

“天啊，有星星坠落下去了！”有人大叫。

当太初古矿那里变得黑暗时，它便如同一个宇宙黑洞，吞噬八方星辰，实在是强大而恐怖。

同整颗太初星比起来，那古矿真的不大，它却在吞噬诸多星辰。一时间天空中绚烂无比，时不时有大星坠落，在虚空中留下灿烂的尾光，然后全部没入那洞口之中。

这……简直让人难以置信！

所有人都呆住了，这种景象太吓人了。

赤血号的主人还算沉稳，因为他听说过这是古矿在复苏，古矿以此来补充自身的精气，需要吞噬大量的星辰。

“这实在……太离谱了！”人们在恐惧的同时，也只能发出这样的感叹了。

石昊睁开天眼，看得明明白白。那古矿如同在呼吸，吸气时，域外有大星一颗又一颗坠落，被它吸收，呼气时，瑞霞澎湃，流光溢彩。

终于，赤血号逃到了安全区域，主要是其主人足够强大，依靠自身能力，强行让赤血号横渡出去很远。

“每一次太初古矿异动后，都会平静很长时间，你们这次的运气真的不错，也许能采出几块生命之石！”赤血号的主人看着一船的人，这般说道。

也不知道过了多长时间，太初古矿终于平静了，不再吞噬星辰，周围变得静悄悄的。

“好了，我们可以过去了。”赤血号的主人说道。

大船横渡，慢慢向着太初星降落，最后落在地面上。

与此同时，还有一些大船出现，降落在太初星上，船上的人都是此前在危险来临时逃走的修士，现在回来了。

在这里，有不少大势力都留有人马，就是为了能在古矿采掘到至宝。

“你们刚才没有看到，在古矿复苏前，那里面有人影幢幢，太恐怖了，每一个身影都伴着混沌气，强大无比！”

这里怎么会有这么多人？赤血号上很多第一次来到太初星的生灵很是不解，一脸愕然。

“那是尸骸，成年累月被内部的生命精气所滋养，通灵了。”

“错，矿中可是埋葬着多位仙王，也许他们有万物土，此土可保万物不朽，漫长岁月过后，说不定他们还能复活！”

人们在议论，一个个都很吃惊。

“仙王？”赤血号的主人冷笑，摇了摇头，道，“这古矿年代久远到人类无法想象的程度，仙古纪元时曾经被人填上了，这一纪元又被挖开了。”

听他这样一说，许多人面露异色，特别是一些大势力的高手。

因为，这些人多少知道一些秘事，之前就有不少传言称，这古矿岁月久远得吓人，当中有些古尸可能比仙古纪元还古老。

“仙气！”这个时候，有人惊叫。

在远处的古矿入口那里，一道道仙雾弥漫开来，那种气息无比圣洁、祥和。

所有人眼睛都红了，这个地方太神秘了，若是能在当中修行……那造化会有多大，简直不可想象！

第815章 奴隶

WANMEI SHIJIE

仙气蒸腾，那洞口显得缥缈而又宏大，若隐若现间，那里有恢宏场景浮现。

“咦，怎么还有歌声？”

有高手心惊胆战问出这样的问题，头皮“唰”的一下发凉了。他们觉得太不可思议了。

随后，其他人也听到了。原本寂静的古老矿洞中传来了阵阵歌声，虽然不是很清晰，但大家绝对听到了。

那是一个女子，歌声优美，婉转悠扬，非常动听，却带着一种凄凉之意。

恍惚间，一个绝代丽人呈现在人们的眼前，踏着月光，登仙而去，雪衣飘舞，风姿绝世。在其身畔，有刀光剑影，有英雄搏杀，有盖世豪杰殒灭，倒在血泊中。

人们为她而战。

“这是幻觉吗？”

别说其他人，就连赤血号的主人都一阵惊悚，猛力摇头，强迫自己从这歌声中解脱出来。

他发现自己通体冷汗，战衣都被打湿了，这才艰难地恢复神觉，从那莫名的情绪中脱困。

这实在有点恐怖，强大如他，纵横无量天少有对手，在这里却如同一个失落的少年般，心绪随着别人的歌声而起伏，不能自拔。

其他大势力的主事者也都汗毛倒立，冷汗长流。

还好，这歌声虽然妖邪，但是并未伤到在场的人，哪怕那些早已迷失，不知自我的生灵亦没受伤。

“好惊人！”有人叹道。

只是一首歌而已，并没有人真正地从太初古矿中走出来，却让人仿佛身临其境，看到了一幅又一幅栩栩如生的画面。

“我想那模糊的白衣女子并非幻觉，每一个人刚才都看到了吧？”一位高手说道。

事实上，古矿祥和，仙气弥漫，不曾有一位白衣女子走出，所有这些都是人们的一种奇异的感应。

“是的，我看到了一位绝代丽人，虽然看不真切，但是我知道她一定是千古以来最美的！”有人说道，其声音近乎梦呓。

“没错，我也看到了，她踏月而行，许多英雄为她送命！”有人补充道，脸上露出神往之色。

在场的高手沉默了。一座有古尸的古矿，怎么又出现活人了？

连超级高手都闭口不语了，这个地方越发显得诡异、神秘莫测。

石昊刚才看得清楚，其实并未有人出现，只是那动听的歌声演化成烙印，让人如亲眼所见。

所有人都知道，太初古矿是险地，但凡涉足其间便会九死一生，除非有天大的机缘，才能有命回来。

可是，过去进入里面的人从未见到过活人，据说里面都是古尸，眼下这又是怎么回事？

“别告诉我古矿中还有我们未发现的净土，还有一些未知区域。”有人轻声说道，神色极其严肃。

这不是没有可能。

况且，此前那些侥幸活着回来的人并没有深入古矿进行探察，里面有着太多的玄秘之处未被发现。

“多半是有人复活了！”一位大人物说道。

刚才的景象，不是古尸通灵，因为没有戾气，也无死亡气息。跟以往所见以及骨书上记载的古矿异象也不同。

“难道真的有仙王葬在其中，于万物土中复苏归来了？”有人打了个冷战。

终于，一切都平静了，歌声早已消失，就连那古洞也不再喷吐仙气，远远望去，一片黑暗。

古洞幽幽，无人敢靠近。

到了这一步，所有的高手都有些恐惧，若是古矿中出了一个心智完好的生灵，不再只是拥有模糊本能的古尸，那……将会无比恐怖。

第一时间，这里的高手就走了一批，他们担心再待下去会出问题。

太初星，一时间陷入混乱。

还好，各大势力余下的负责人还算镇定，迅速稳住了局面。

随后，他们观察了数日，发现古矿跟平时一样，并没有因此而出现什么不好的变化，他们这才长出了一口气。

至于赤血号，早已起飞，当天就遁走了。

石昊他们这批共有八九万人，被当作奴隶留下，卖给了这些大势力，若无意外，他们将在这里采掘神料到死为止。

他面色平静无波澜，沉默以对，心中对元青腾起杀机。

赤血号远去了。多日后，元青得到了消息，那时，他面色平淡。

“看来是我多虑了。压制你十年已不是问题，要知道，太初古矿出现异常，那里的势力多半会疯狂探索，你还是先考虑如何活下来吧！”元青自言自语。

他受人之托，压制石昊十年，但后来觉得，与其如此，还不如直接将其杀死呢！只不过，他担心有人查出来，如果他太过直接的话，会很难应付，现在这样虽然也很过分，但总算有个理由。

半个月以来，石昊等人都被严密看守着，而且，他们被设下禁制。

这次虽然运来了近十万名奴隶，但是是被分散卖掉的，石昊跟数千人一起，被卖给了一个古世家，将为他们采掘天材地宝。

虽然这些奴隶身上早有禁制，但是这些古世家还是很不放心，所以要重新布下禁制。

当然，古世家并不是请高手来将这些奴隶逐一封印，那样太费时间，他们是以特别的法器控制这些奴隶。

比如，现在轮到石昊了，他先是被上了枷锁，而后有人以一块神秘奇石探测其潜能与战力等。

顿时，那块神秘奇石光芒大盛。

“咦！捡到宝了，这个奴隶很厉害，非常不一般！”有人惊呼道，引来了这个古世家高层的注意。

他们有神秘奇石，可以探测一个人的实力与潜能，虽然不是很精准，但大体情况还是能测出来的。

那神秘奇石光芒大盛，惊呆了一群人，他们很多年没有见过这样的人了，更何况此人还是一个奴隶。

“真是意外，买一个奴隶都能遇到一个好苗子！”

“咔嚓！”

很快，这块神秘奇石竟然被石昊体内冲出的霞光击碎了，化成了齑粉。

这更加让人震撼了！“呼啦”一声，这个古世家的人都围了上来，而后有人命令手下封锁此地，不让其他人接近。

“不得了啊，连探测奇石都炸开了，这小子有点手段啊！”

“去取七彩奇石，用它来测试，看一看他的潜能有多大。”有人目光炽烈地说道。

“没有了，七彩奇石早就耗尽了，短时间内寻不到了。”有人回答。

石昊听着他们的话语，并不出声，木然以对。

“年轻人，你叫什么名字？”

“帝！”石昊回答道。

一群人面面相觑。这名字还真是霸道，他还真敢取。

“敢用这名字，一字为帝，嘿！”有人看着他，道，“不管是真名还是假名，不过是一个代号罢了，我们懒得追究。我现在想问，你是何教弟子，有何来历？”

“我自幼生长于大荒之中，才入世就被奸人蒙骗，并擒住送至此处。”石昊面无表情地说道。

“你撒谎，快道出你的真实来历！”有人喝道。

此时，一位老者直接出手了，将右掌放在石昊的眉心处，要探其识海，直接读取其记忆。

石昊怒目而视，真要被探个究竟，他将无秘密可言，甚至连心中几种至强宝术也将被人夺去。

“咦？”下一刻，老者惊恐失色，慌忙住手。因为他才运转骨文，石昊的眉心就龟裂，开始溢血了。

“有禁制，一旦探索，就会元神崩碎。”其他人也神色阴沉了。

这是石昊早先为自己设下的禁制。柳神法、雷帝符文、鲲鹏印记等全被布下了禁制，他这是在效仿其他太古凶兽等，为了保证传承不泄露。如此一来，即便成为俘虏，也不用担心什么。

当然，这也意味着，别人若是强行探之，他将会神魂炸开，就此殒灭。

这些人停住了，没有再继续。

“年轻人，你得让我们看到你的价值，究竟有何过人之处，不然的话，只能沦为最普通的奴隶，死于矿井中。”一人说道。

“打开枷锁。”石昊平静地说道。

这些人倒也干脆，立马打开了枷锁。因为在场的都是高手，而且还有教主级的人物坐镇，不怕他造反。

打开枷锁后，石昊直接释放出一道仙气环绕身体，祥和气息瞬间弥漫，强大的力量散发开来。

“嘶！”

这些人忍不住倒吸一口凉气。这个年轻人居然如此强大，令他们大为震动。

“修出了仙气，这等资质，当真是不简单，应该可以进入天神书院了！”一位老者叹道。

“仅有一道仙气吗？进入天神书院的话，难以立足。”另一人摇头，应该是该族在古矿区的第一高手。

石昊没有迟疑，现在他需要展现实力，也许借此能引起他们的关注，从而获得重视，方便他进一步脱困。

第二道仙气溢出，不过有点虚淡，当然，这是他有意为之。

“好，好，好！”这些人惊喜不已。

他们万万没想到随便买的一个奴隶竟然如此厉害！

这些人对视时都露出异色，有种石昊不能理解的眼神在他们的眼中一闪而过。

拥有两道仙气的青年，便是在无量天也算得上天资卓绝，是罕有的奇才，会被各教追捧、保护起来。

因为，这样的人一旦成长起来，必然会是威震天下的大高手。

“年轻人，帝，你想进入天神书院吗？”一个老者和颜悦色地问道。

“听闻过，如果能进去见识一下，自然好。”石昊不卑不亢地道。

“嗯，我族小姐也在那里，你若是愿意追随在她的身边，我们可以考虑将你送去。”老者说道。

“追随一个女子？”石昊昂着头，故意做出一副不屑的样子。

“呵呵……”有人笑了，道，“年轻人，你以为修出两道仙气就天下无敌了吗？我族小姐抬手就可镇压你，她要争夺无量天第一仙子之位，现在道行之精深，不是你所能想象的。”

“难道她修出了三道仙气？”石昊问道。

“比你能猜测到的更厉害，小姐体内有无上仙血，不仅是我族，而且也是无量天最璀璨的明珠。”老者说道。

第816章 条件

WANMEI SHIJIE

“长生家族？”石昊盯着他们，总觉得这一族的高手有点多，在一个矿区而已，就同时有数名超凡人物坐镇，现在他有点理解了。

一个老者笑了笑，道：“我族昔年有过长生的人，但那已经是漫长岁月前的事了，始祖早已战死。”

他并没有感伤，即便有遗憾，有不甘，但岁月可以磨灭一切，过去的辉煌终究只是曾经拥有。

“这么说来，你族的小姐可以称之为‘人仙后裔’，也算是一位名副其实的仙子？”石昊问道，眼中露出异色。

当日，他跟林天等人对立时，还曾提及这样的家族。

而蓝瞳女子蓝灵当时更是取笑他，说他如果足够强，大可以进天神书院去跟真正的仙子交手，甚至捉来做老婆。

此时，石昊感觉很诡异，没想到真有这样的家族，而且还这样遇见了，只是他的地位太尴尬了，居然只是一个奴隶。

“小子，你志向还不小嘛，都已经是阶下囚了，眼睛还闪动神光，想打我族千金的主意吗？莫要不自量力。”一位中年人奚落道。

“我没什么念头。”石昊摇头。

“呵呵，没有的话就最好了。”有人笑着点头，看向他，道，“我们可以送你进天神书院，只是错过了他们择徒的时间，只能另想办法。”

按照他们所说，可以将石昊送过去，但是身份的问题需要运作一下，比如，以该族小姐战仆的身份加入。

石昊一听，眉毛当时就立了起来，以仆人的身份前往，这怎么能接受！

他之所以释放出两道仙气，显露自己的潜能，就是希望能够引起他们的注意，令这些人给予足够的重视。

可到头来，他还是要以奴仆的身份前往，这是一种耻辱，他绝不可能妥协！

石昊沉默了，细细思量着，自从来到无量天，他接连受挫，居然沦为俘虏、奴隶，他心中实在有太多的愤懑与憋屈。

但是，现在他无法意气用事，只能等待机会。

“你不愿意？不用介意。”一位老者继续解释。

这是权宜之计，按照他们所说，每一位天神书院的弟子都可以带进几名仆人。石昊先以仆人的身份进去，进去之后总有机会发光发热，到时他便有了真正加入天神书院的机会。

当然，前提是他得追随在那位小姐的身边，虽然最后他可以摆脱仆人身份，但不得背叛，要与该族同进退。

事实上，目前有很多年轻强者都在行动，天神书院有仙家洞府、凰血池等仙道资源，任何一样都会带来大造化，能让人脱胎换骨。

于是，许多人宁可选择成为该书院弟子的仆人，也要靠近那里。这些人包括一族的最强青年高手、强大的初代等。

甚至，还有一族明珠，容颜绝美，却也甘愿前往，与人达成了此类协议。

“当然，在前往天神书院前，你还需要做一件事，也许……目前只有你能做到。”一位老者说道。

石昊不语，他已经能够感受到，没有无缘无故的善意，这些人看重他的潜力，一定不会无私相助。

说到底，他的强大是为了去衬托该族小姐，去守护与追随那个少女，他们将他视为那个女子一个有力的“手下”。

“天神书院竞争激烈，就是我族的明珠也有巨大的压力，需要臂助，需要机缘。”该族的人说道。

石昊通过他们了解到了天神书院目前的一些情况，不禁大吃一惊。

目前，天神书院聚集了来自九天十地的各路英杰，全都天资卓绝，是各自古界的翘楚，没有一个弱者。

这样的一群天骄聚集在一起，无论是皇子，还是仙子，都感觉到了莫大的压力，因为稍有懈怠就会被别人赶超。

在那里，落后就意味着将会失去仙道资源。

凰血池、仙家洞府、长生药、悟道台等，都是优先给最强的那些人使用，其他人排不上队。

这就导致了强者越来越强，其他人与强者之间的距离拉得越来越大。

石昊皱眉，目露寒光，这一刻他终于知道了元青的念头，这是在故意压制他，将他贬到古矿区，这样耗费他的光阴，简直等于是在慢慢杀死他！

目前，正是英才们强势崛起的最佳时机，结果他却被压制了，还被送到这种险地，令他失去了在天神书院竞争与真正崛起的机会。

毫无疑问，便是他活着回去，也失去了争夺那些经文、仙药、涅槃宝池的机会。

元青的歹毒心思，让石昊的恨意绵绵不绝！

“你们想要什么？”石昊问道，他终于开口了。

这里有该族那位小姐需要的东西，那么肯定也适合他，他与其选择对抗，不如先探听一下这是什么东西，看一看到时候自己能否直接利用得上。

“天神书院内，各方天骄竞逐，如今不光体现在他们的资质上，还有各自背后家族的支持力度上。”

该族一位老者一句话就道出了事情的本质，点到了关键问题。

他们想在这里寻到一块生命之石，为拥有仙血的小姐送去，让她走在前面，在英才的大碰撞中拥有优势。

“生命之石？”石昊自言自语，他听说过，但是不知道具体功效。

他只知道这东西可以为教主级以上的人物延续寿元，夺天地之造化，是无价之宝。

“你不需要了解太多，只要能带回来一两块，便可立刻离开这里，我们会送你去天神书院。”一位老者说道。

这是他们的条件，想摆脱奴隶身份，石昊得拿出诚意来，去采掘出生命之石。

若是别人听到这个条件，一定会脸色大变，这个地方确实有生命之石，但极其稀少，且多是在太初古矿中，谁敢进去？

石昊现在想的却是，这种天材地宝对于他与那位小姐来说一定有大用处，值得他去采掘。

他之前已经错过了进入天神书院的机会，需要在其他地方补回来，争取在短时间内追赶并超越那些英才，如此看来，他值得在这个地方冒一番险。

太初古矿，若是无危机，绝对是一个最适合修行的地方，那里有真正的仙气在弥漫，这是其他净土所不能比拟的！

当然，如果有人知道他的想法，一定会骂他是疯子，有几人敢打古矿的主意，谁敢想着进去修行，那完全是不要命了。

“你想去采掘生命之石？”该族人讶然，原以为要费很多口舌，说不定还得威逼利诱，但是没想到，石昊居然没有反对。

要知道，历代以来，敢冒险进去的人差不多都死了，这很难成功。

“你修出了两道仙气，跟那古矿中的仙雾同源，应该会比别人安全很多，不用太担心，你正是寻找生命之石的最佳人选！”一位中年人鼓励他。

“我不需要听这些安慰的话，请给我相应的秘宝等，所有对我有利的外物都帮我准备齐全。”石昊说道。

既然他走不了，还不如冒险一搏。

“年轻人你很有闯劲儿，我很看好你，他日你若是足够强大，也不是没有可能与我族明珠并驾齐驱，那个时候……”很明显，那位老者在画大饼鼓励石昊，甚至不惜抛下所谓的香饵。

但是，他表错了情，石昊直接打断了他，道：“请为我准备宝具等！”

在场的几名高手神色略有尴尬，但很快便恢复了正常。

“痛快，小友是一个敞亮人，别的我也不多说了，马上为你准备。”

他们解开石昊的禁制，但是有一名老者取出一个金刚琢，要他戴在头上。

这是该族的秘宝，一旦戴在头上，就会越勒越紧，很难再取下。

他们坦言，必须得防一手，毕竟解开了石昊所有的禁制，万一他就此逃走怎么办?

金刚琢锃亮，银白生辉，不知以何种金属打造而成，流转出各种神秘的骨文。

它和一只手镯差不多，但是现在变大了，箍在石昊的头上，化作镇压法器。

太初星，没有植被，到处都是干枯的山脉，很荒凉。

不过，即便如此，也被各大势力瓜分了，各自占据一片区域。

这些天以来，所有大势力都在行动，派遣奴隶，遣出高手，在那古矿入口附近徘徊。

所谓的附近，也是在数百里之外，靠得过近的话会很危险，说不定会被那古矿吞噬。

不过，每一次太初古矿复苏又平静后，会有一段平静期，少有血腥的情况发生。

也正是因为如此，最近这些日子以来，众人才如此活跃。

石昊准备好了，虽然被迫加了一个金刚琢在头上，让他很是愤怒，但他还是忍住了。

他不得不叹，来到无量天后，诸事不顺，竟沦为这样的阶下囚。他等待爆发的日子早日到来，好冲破一切阻挡。

在做准备的这几日来，他也了解到了该族的强大，该族以王为姓，据传是从仙古活下来的族群！

他们的祖先实力深厚，早已是仙道人物，原可长生不死，但在仙古末年不幸战死了。

王姓一族，以此为姓，是因为据传他们的祖先触碰到了仙王领域。

石昊上路，一切准备就绪，他要进太初古矿了！

第817章 进矿

WANMEI SHIJIE

山地干枯，大片焦黑，石头是血红色的。

这就是太初星，石昊迈步，已经临近那座古矿。

在历史上，太初古矿赫赫有名，不知道吞噬了多少高手，时至今日已经无人再愿意冒险，只有送奴隶前往。

当然，奴隶的命也是命，无人愿意这样无谓的浪费，一般来说，大势力所买来的奴隶多用于在附近开采，而不是进古矿。

此时，漫山遍野都是人，全都是奴隶。他们衣衫褴褛，每日都在此辛苦劳作，只是为了能够活下去。

石昊成了他们中的一员，不过他在途中不曾止步，没有跟那些人一样开凿山脉等，而是径直向着中心地进发。

这片山地很奇异，坚硬无比，就是天神也很难一下子凿穿，故此对于一般的修士来说这是浩大的工程。

随着前进，地上有很多深坑，下方人影幢幢，不少人都在忙碌。

奴隶们费尽力气开凿出来的岩石坚硬无比，比得上很强的法器。

曾有人觉得，这里的岩石如此惊人，一定是炼器的极佳材料，带到外界去肯定可以卖出天价，可是离开这里后，一切都变了，岩石变得很容易就被击碎。

只有在这个地方，这些石头、沙子、山脉等才与众不同。

后来，人们明白，之所以如此都是因为太初古矿的存在，它无时无刻不在释放神秘力量，影响着周围的一切。

随着石昊的不断前进，周围越来越寂静，也越发显得荒凉，因为越向里走人就越少。

“呼！”

一股黑色的旋风吹过，让岩石化为尘埃，山脉千疮百孔，景象骇人。

还好，它一会儿过后就消散了。

石昊睁大了双眸，觉得难以理解。他以天眼看得清楚，那黑色旋风是无端出现的，只因虚空扭曲，它便冲起。

“那是场域的力量，太初古矿周围无论出现什么异常都不用大惊小怪！”有人告诫道。

石昊默然，这就是太初古矿，外面造成的异象就已经如此了，真要是深入进去，会发生什么?

他有点为自己的生命担忧了，但是现在，他还有别的选择吗?

后方王家的人在逼着他前进呢，如果回头，那些人肯定不答应。

“道兄，等一等！”

后方，有些人传音，在快步赶来。

这是其他大势力遣出的高手，来自不同的世家、古教等，人数居然不少，加起来有数十名。

很明显，这些人都是各教花费重金培养起来的死士，如今到了用他们的时候了。

只是，太初古矿名头太大了，这些人哪怕再不怕死，如今心头也直打鼓，故此决定和石昊一同前进。

终于，离古矿入口不过数十里了。

数十人一起止步，看着那黑洞洞的入口，他们的心都提到了嗓子眼。

这片区域，地表被开凿得很浅，因为没有多少人能走到这里，而就算走到了这里，人们也不敢贸然行动。

此时，他们只看到一些零散的奴隶在地表的大裂缝中寻找神料。

在这片区域，古代时偶尔能见到生命之石，甚至能寻到仙金，此外还有其他珍稀的天材地宝，都是各教所渴望的。

只是而今很难发现了。

“啊……”

突然，一声惨叫传来，不远处一道红光闪过，几名奴隶突然消失了，空气中残留一片淡淡的红色。

那是虚空扭曲后突然冲出的光芒造成的。很明显，这些光芒依旧来自太初古矿。

这个地方很不稳定，偶尔溢出神秘能量。这似乎也预示着什么，在警告众人不得冒犯。

众人继续前进，还有千丈距离时，那古洞清晰可见，但黑得瘆人，如同深渊。让人惊讶的是，这个地方还有奴隶，虽然只有几人，但在勤奋地寻觅着什么。

石昊一叹，这些人虽然是奴隶，但其实都是高手。为了生存，他们唯有在这里卖苦力，等有所收获后，才能有离开的机会。

“啊……”

惨叫声传来，因为那古矿中有天地母气翻涌上来，那几人见到后大喜，想要采集，结果全被压碎了。

看到此情此景，他们这一行人虽然早有准备，但还是忐忑不安。因为死去的人虽是奴隶，但也都是高手，在这里竟然如此不堪一击！

这个地方又寂静了下来，石昊还有他身后的那些人皆看着千丈外的黑洞。

那古矿太深邃了，隐约间仿佛有呼吸声。

仔细一听，那洞口似乎传出了潮汐声，数十人不禁脸色大变。

石昊迈步向前走，其他人面色极其严肃，一个个缓缓地跟着。

“我们真的要进去吗？古往今来，进入太初古矿的生灵没有几个能活着出来的！”有人艰难地咽着唾沫，此时，他胆寒了。

但是，他们没有别的选择，因为后方的人在密切关注着他们，如果他们不前进的话，回头是要被惩罚的。

“怕什么？我先来！”有穿着黑金甲胄的人很豪迈地向前快速冲去，化成一道乌光，没入古矿。

这引发了阵阵惊呼，所有看到他的人都紧张无比。

“噗！”

瞬息而已，只见洞口腾起一片红雾，分外凄艳。他直接就殒灭了。

石昊感觉到了异常之处，这古矿太恐怖了，简直如同一头太古凶兽，张开血淋淋的大嘴，等着生灵向里跳。

同时，他也感应到了一股祥和的气息，那就是仙气！

也许真如王姓一族的人所说，拥有仙气的人，才可能活下来。

“没有办法后退了，这古矿中有一股神秘力量锁定了我们！”有人惊悚地叫道。

“不要乱说，这只是正常的场域，你我皆在它的作用范围内，并不是什么生灵散发的。”有人声色俱厉地纠正他。

“嗡！”

虚空扭曲，光雨突兀地出现，将附近淹没了。

“啊……”

成片的惨叫声响起，当场就有二十几人被击穿，个个死不瞑目。

因为，刚才那一刻，他们的身体被场域禁锢了，想躲都不行，只能任凭光雨洒落，刺透他们的肉身与元神。

半数人殒灭了！

也有光雨飞向石昊，但是被他体内的一道仙气阻挡住了。随后，他不再有所保留，释放出两道仙气，继续向前。都已经到这里了，他没有办法退缩了。

活下来的那部分人虽然没有修出仙气，但是刚才比较幸运，他们不在光雨笼罩的范围内。现在，他们见石昊向前迈步，也都咬咬牙，跟着前进。

一步、两步……石昊终于到了古矿前，他抬脚就迈了进去，结果笔直坠落。

“他……进去了！”其他人脸色大变，犹豫不决。

“拼了，我们身为死士要有这种勇气！反正后退也是死！”

一群人都跟着跳了下去，结果刚跳进去，就有成片的惨叫声响起，带着惊恐与不甘，向着洞底落去。

远方，那些大人物站在高空中眺望到了这里的情况，不禁脸色大变。

石昊一路下坠了很久才停下来，随之而下的还有黏稠的红色液体，以及白骨块。他知道，随他下来的人都死了。同时，他在这里感觉到了一股滔天的杀气，若非有仙气绕体，他也会在第一时间被击碎。

古矿中，有的地方很黑暗，有些地方色彩斑斓，还有的地方仙雾弥漫，看起来极其怪异。

就在石昊的不远处，有一个身穿道袍的人形生灵，模样苍老无比，白发披散到了地上。此时，他正对着石昊，一双瞳孔呈金色，宛如两轮小太阳，散发出恐怖的气息。

石昊打了个冷战，一进来就遇上了古矿中的生物？他吃惊地发现，万灵图早已不受控制地浮现，发出朦胧的光，将他护在当中，抵御着这老者的气息。

石昊心神皆颤，他有一种感觉，若非有万灵图遮挡，他可能会在这名老者身前爆碎！

“死尸？”他吃惊地发现，那老者虽然眸若金灯，像是在看着他，但其实只是一具古尸。

这就更加让他惊悚了，这是何等强大的人物，就算死了依旧如生前一样。而且，这尸身自然散发出的气息足以击碎天神！

这……简直不可思议！若是此人活着，实力会有多恐怖？

石昊胆寒，这座古洞果然深不可测。

这才是入口而已，要知道，这座矿洞很深，天知道里面还有什么。

“这是什么时期的人物？”石昊心中震动，这老者身上的道袍式样古老，且竟是由传说中的天蝉壳祭炼而成。

绝世宝衣！

这种天蝉衣，价值无量，想寻到一件极其艰难！

能带走这件天蝉宝衣吗？

想了想，石昊放弃了。

这老者实力太强了，即便是死去了也威严无比，如同一尊镇压九天十地的大帝，俯视着万物苍生。

可以料想，若无万灵图护体，石昊必死无疑，根本不可能靠近。

同一时间，古矿深处传来歌声，悠扬动听，如同天籁，像是有一位仙子在怅然吟唱。

“这歌声像是活人唱出的，不是印记，不是古尸，伴着祥和气息，她是什么人？”石昊内心不能平静了。

第818章 地下探秘

WANMEI SHIJIE

歌声缥缈，仿若从仙乡传来。

古矿内，有黑暗区域，有流光之地，有混沌气凝聚之所，还有仙雾蒸腾之处，明灭不定。

伴着这歌声，古矿越发显得神秘。

石昊静了静心，让自己恢复镇定，仔细打量着四周，在这里寻找生命之石。

事实上，即便他再镇定，也不可能做到心中空明，只因这里是太初古矿。

从古至今，在这个地方发生了太多的诡异神秘之事，就算是天神，一旦走进来都有可能殒灭。

石昊确信，若非万灵图护体，他已然身死，前方的那具古尸自然外放的气息太过可怕。

他轻轻地迈步，避过这具古尸，走向洞中，睁开天眼，寻找所谓的生命之石。

古洞幽幽，一段距离之后就出现了各种岔道口，如同迷宫般。他终于知道为何下来的那么多人都回不去了。

光是这种迷宫般的通道，估计都能留下九成的人，更不要说别的危险了。

石昊想了想，始终沿着最开阔的通道走，在途中，他看到了一些尸体，全都不腐。而在此期间，他甚至看到了一些古尸在行走，脸色苍白，眼睛绿莹莹的。

这一瞬间，石昊头皮发麻，急忙避过，唯恐跟古尸遇上，这实在太恐怖了。因为他知道，在这座古洞中出现的死者，肉身到现在还没有腐朽的，一定都有天大的来头，这种强者的遗体通灵，绝对可怕。

很快，石昊发现，他走入最开阔的古洞有点错误，因为太危险了。

不过，他也明白，这应该是主路。

一只高有一丈的黑色大蜘蛛走来，行动缓慢，无声无息，带着浓烈的死亡气息，它那八条腿跟黑色的战矛般，将虚空都刺透了。

这蜘蛛明明已经死了，只有模糊的本能，却还能有如此威力!

被神秘符文的力量守护着的地面很坚硬，黑色大蜘蛛的腿落在地面上时火星四溅，发出刺耳的声音。

它茫然、无意识地前行，喷着死亡气息，跟石昊擦肩而过。只差一点，它的一条腿就扫中石昊了。

石昊心头一凛！这只蜘蛛的实力绝对超越教主级别的大人物！

不久后，他又看到一只金色的大蜘蛛，更加庞大，足有十丈长，并且在古矿中结了一张网，金色蛛丝盘绕，遮住古洞。

依旧是一只死蜘蛛，虽然通体金黄，但是那种浓烈的死亡气息还有僵硬的动作无不述说着，它殒灭很多年了。不过，这只大蜘蛛真的很强，实力不会比入口处那里看到的老道士差。

石昊越发感觉到，若非有万灵图护体，他都不能站在这个地方。

他尝试着将一件天神法器扔在地上，那是一柄骨匕。结果，那柄骨匕当即就碎掉了，在金色大蜘蛛的死亡气息下，化成粉末。可以想象，真正的天神站在它的面前也注定会是这个结果，不会有任何的意外。

这地方真是太危险了！

石昊神色阴晴不定，他看着这张金色的大网，又看向那只大蜘蛛，阵阵心悸，还好那是死物，只有混乱的意识。

这个地方很特别，虽然殒灭的都是绝代高手，但是很难真正复生，出现冥土中那样的生灵。

古矿古怪得很，应该是在压制这种逆转与变化。

石昊观察了金色大网一段时间，十分震惊，他发现了一个事实，这蛛网是那金色蜘蛛生前吐丝结成的，并不是死后所为。

这让他一阵惊悚！

有生灵可在太初古矿内生存？尽管它后来也死了。

他不禁想到了王家人所说的那些话，这古矿久远得吓人，甚至比仙古纪元还古老，在上一纪元时不知因何被人填上了，直到这一纪元才被人重新掘开。

石昊觉得脊背在冒寒气，这地方太邪门了。

他有一种猜想，在很久以前，久到世间已经无记载，比之仙古还要久远，这里曾经是一处不可思议之奇地。连当中生活的一只小蜘蛛都成长为了后世人眼中的至强者，而后由于种种原因，这里成了死地。当后世人掘开时，也就成了古矿。

石昊觉得很荒谬，他怎么会生出这样的念头，于是他用力摇了摇头，准备继续前进。

“嗯？”

忽然，他盯着蛛网，心头一动，这绝对是天材地宝中的罕有奇物，若是能采集一些带出去，肯定有大用处。

只是，这只鬼蜘蛛趴在上面，有点恐怖。

石昊尝试了一下后发现，这蛛网太坚韧了，任他百般努力，哪怕一小根都无法撕下，根本没办法带走。

结果，还惹得这只鬼蜘蛛转头，僵硬地挪动身体要过来。他一急，赶忙从蛛网下冲了过去，向古矿深处闯去。

“咚！”

就在这时，金色蜘蛛动了，可怕到石昊无法想象！分明是一具尸骸，只有些许混乱的意识，但是一旦发动起来，依旧恐怖无比。

这只金色的大蜘蛛随意一击就砸塌了虚空，那种气势给人感觉可以轻易击落日月星辰!

尽管有万灵图守护，尽管已经奔行出去很远，石昊还是觉得像是被一头太古莽牛撞在了身上。

“轰”的一声，他直接横飞了出去。

“砰！”

他结结实实撞在了古矿的石壁上，整个人都近乎变形，这个地方的岩石太坚硬了，散发着神秘的力量。

石昊的嘴角淌血，遭受了重创!

因为，就在刚才那一刻，他觉察到，这古矿中的神秘力量居然能够对抗万灵图，削弱它的防御力。

这是从未有过之事，他一直以为万灵图超凡，虽然不具有攻击力，但是防御力很强，一般来说不会被人攻破。

但是现在发生的事让石昊毛骨悚然。

他快速离开了石壁，看到有一道光芒收了进去，消失不见了。

石昊一回头，看到金色大蜘蛛向这边移来，他迅速奔行，逃离此地。

“骨头断了十几根，脏腑都受伤了。”石昊擦去嘴角的血，就刚才撞在洞壁上那一下，他居然受了这么重的伤。

真的都是死物吗?

偌大的古矿里都是这些危险的东西，让他一阵阵惊悚，总觉得像是坠入了地狱。

而且，在这地狱中没有小兵，只有大块头，而且都是昔日的至强者殒灭后化成的。

就在这时，仙雾流动，石昊快速冲了过去，即便得不到生命之石，他也要找到仙气源头，在那里修行一段时间。

因为这太重要了，对于这个世间的修行人来说，那是最可贵的道土！

“有一丝生命气息？”

石昊惊讶极了。在这死气沉沉，不时可以看到绝代高手尸骨的地方，他居然感应到了一种生命气息。

虽然不是很浓郁，但是给人很特别的感觉，十分祥和、神圣，那种生命气息像是可以让人霞举飞升，瞬息成仙。

他身上的伤都仿佛一下子好转了，要完全愈合了。

石昊面露异色，放缓脚步，凭着强大的神识仔细捕捉，而后沿着一条矿洞追了下去，想要看个究竟。

初入古矿时，他曾听到女子歌唱，难道这丝生命气息是她发出的？

石昊有点怀疑，可又觉得不太像。

就这样，他一路前行，途中遇到了重重危险，如果没有万灵图，他绝对寸步难行，根本不可能上路。

因为，有几具尸体散发出的气息，刚猛霸道，可以轻易击杀天神！

这种人物活着时得有多强大？殒灭漫长岁月了，其尸体发出的波动还能有如此威力，当真是强到无法想象。

石昊并没有放松，尽管有万灵图在身上，但是他也知道，此地十分危险，可怕的事情肯定还在后头。

在这里一个不好就会万劫不复，形神俱灭。

这一路上，充满了危险，更有很多诡异之处，比如说，他看到了无数个天兵天将，在一条古路上远去。

他尝试着靠近，结果发现根本不可能。

那条路，通向虚空中，而且是断路，那些天兵天将身穿冰冷的甲胄，踩着断路，伴着混沌气，直至消失。

“这是什么鬼地方？”石昊有点蒙了。

好在，前方的生命气息更浓郁了，且传来了药香，这让他心里一动，难道是神药？

石昊重重叹了一口气，真是不甘心啊。

这古洞长得超出石昊的想象，曲曲折折的。他在地下穿行，也不知道走了多少里，最后闻到了浓郁的香气。

他知道，这里一定有惊世神药！这种芬芳太特别了，就这样吸上一口气，就让人浑身舒畅，仿佛要飘起来了。

并且，来到这片区域后，尸骸变少了，最后更是见不到了。

又前行了数里，石昊觉得自己都仿佛要成仙了，精神饱满，体内越发的舒畅，前方光雨点点，一片朦胧。

这景象太惊人了，彩霞灿灿，让古洞都看起来宛如仙境。

“那是长生药？”

他可以肯定，这古矿中，蕴含着无尽的死亡气息，埋葬了大量的绝代高手，但也有一株不朽的仙药！

第819章 长生液

WANMEI SHIJIE

石昊加快脚步，冲了过去。

果然，他见到了一处奇景，那里有一个池子，并不是很大，当中瑞气腾腾，馨香扑鼻！

并且，他隐约间见到了一株药，有着难以言喻的灵性。

尽管弥漫着混沌气，他还是看了个大概。那植物晶莹透亮，一跃而起，居然化成一只小兽，快速逃走了！

石昊忍不住大叫一声，动用大神通，想要堵住它的去路。

可惜，这只小兽身上围绕着仙雾，如同一道流光，撕开了虚空，冲向古洞深处。

石昊心中空落落的，无比失望，那可是一株长生药啊，他居然就这么让它逃脱了。

他知道，长生药被惊扰后，再想捕捉就难了，这种东西通灵，可以飞天遁地，难以捉住。

望穿千古，有几株长生药？

这么珍稀的东西，别说一世，就是数百世也不见得能有缘见到，就更不要说采摘或者捉住它了。

据石昊了解，三千州只有一株，曾养在下界，后来被人带回上界。

当然，如果加上仙古遗迹的白龟驮仙，那就是两株了。

可见长生药有多么的稀少，一个古界只有一两株。

石昊不死心，一路追了下去，果然如猜测的那般，他一无所获。这种长生药没有战力，但若论逃跑本领，都是天下一等一的强者。

“可惜了，那是只什么样的兽？”石昊遗憾极了，连那只小兽真身都没有看个清楚，就这么被它逃走了。

在这座古矿中，他终于见到一个活着的生灵，而且还是一株仙药，他内心激动不已，可惜终究是无所得。

“唉！”

石昊重重叹了一口气，真是不甘心啊。

这太初古矿中居然有这种长生药，他却没有办法捉到。

“怎么还如此之香？”他惊讶地往回走去，看到了那个池子。

池子不过五尺见方，不大，里面的液体晶莹剔透，有丝丝混沌气溢出。此外，还有瑞光不时腾起，化成阵阵光雨，清香扑鼻。

“嗯，这池水很特别！”石昊又惊又喜，他一下子想起了什么。

当初，他曾听闻神庙的古圣子有大机缘，在仙古遗迹发现了一个混沌池，当中有神秘液体，令其肉身蜕变。

当时有人推测，那所谓的一池宝液，可能是仙药所化。

此刻石昊心有所感，一下子激动了起来。

他捧起一些池水，送入嘴里，仔细品尝，是药草的味道，馥郁芬芳，一下子让他那重伤的身体好了一些。

仔细观察，他看到了池底中有残碎的叶子，折断的茎，甚至还有根须，不过都在溶化，与这池水化作一体。

“是它！”

石昊大惊，终于明白了，这些都跟那长生药有关。

“是了，长生药涅槃，新的株体脱下一层老皮，获得新生，逃走了。”

他知道了，这是长生药在神泉中溶化后的液体，拥有惊天的神效！

世间很难寻到不朽的生灵，这长生药便是其中一种，每当大限来临，它们都可以涅槃重生。

很明显，刚才那化成小兽的仙药就是如此，它落下的叶子、蜕下的老皮等直接就成了滋补圣品。

这些东西跟古矿中的神泉融为一体，成了至宝药液！

石昊快速布下法阵，阻止气息外泄。这样一来，这个地方云雾蒸腾，香气更浓烈了。

“咕咚！”

石昊捧着晶莹的液体喝了一大口，体内的断骨、受伤的脏腑等快速愈合，确实有奇效。

这么一池子宝液，光雨点点，混沌气弥漫，绝对价值连城。

石昊认为，这比生命之石更稀有，得到这一池宝液比什么都值。

可惜，这还算不上真正的仙药，毕竟只是那株长生药蜕下的一层皮，犹如蛇蜕，也似蝉壳。

“这地方不错，有一池长生液，我可以在此修行，不急着出去！”石昊自言自语，感觉无比满足。

太初古矿虽然危险，但对此时的他来说是修行圣地。

无量天，天神书院。这里紫气腾腾，龙脉起伏，神禽展翅，瑞兽出没，是名副其实的仙家洞府。

这块区域十分广袤，一眼望不到尽头。

这里表面看起来异常祥和，但充满了竞争，且无比激烈，并不能算是一个安逸之地。

今日，有一些年轻人登门，进入天神书院，带来一则消息，引发不小的震动。

“石昊还活着，并没有死，他只身一人从三千州来到了无量天！”

消息迅速传开，引起了很多人的关注。

因为，石昊修出了三道仙气，早已被人得悉，虽然他不曾来此，但是早就被一些有心人关注了。

“他不是在三千州禁区深处的帝城古战场消失了吗？”

一些人不解，因为他们亲身经历过那件事。

当日，三大至尊百般寻觅，徘徊三日，都不曾将他寻出，都以为他发生意外，不在这世间了。

哪里料到，他居然依旧活着，还来到了无量天。

很明显，送信的人是石昊从登仙台带出来的那些英才。他们来自各大家族，现在赶到天神书院，带来石昊的消息，就是想告诉人们，元青将他发配到太初古矿，要对其不利。

“元青属于那边的人！”天神书院有高层人士低语着，目露神光。

时间紧迫，天神书院的高手立刻动身，前往太初古矿。

很快，院中各路奇才都听到了消息，一个个皆露面了。

小胖子曹雨生、太阴玉兔、长弓衍等人担忧极了，生怕石昊出了意外，希望他能活着回来。

“嘿，真是天妒英才啊，修出三道仙气者，居然被人发配到了太初古矿！”也有幸灾乐祸的人。

“这个人虽说来自积弱的三千州，但自身不简单，可惜他注定难有作为了，即便他侥幸活着回来，又能如何？”有人淡淡地冷笑道。

因为，石昊已经迟到几个月了，想必这一来一去救他，还要花上很长时间，那他注定难有出头之日了。

如果最开始不能在天神书院崛起，那么后期也就更无望了，因为最好的仙道资源等都已经被佼佼者领走用掉了。

不远处，有皇族贵女走来，也有龙行虎步的青年翘楚，头角峥嵘，皆是一代至尊，未来的成就不可限量。

“这位小姐，你是人仙后裔，神觉敏锐，看一看这个石昊能否活着回来？”有人问道。

现场很快安静下来了，因为一个长生家族的贵女来了，她刚好出关，就被人请来点评。

“他错失了先机，可惜！”这个风姿卓绝的女子说道，轻轻摇了摇头。

人们明白，她所谓的错失了先机，是指石昊晚来了几个月，无法争夺到稀世宝药、凰血池等仙道资源了。

“不错，石昊错过了时间，耗掉了自身的机缘，凰血池已经干涸，他没有办法借此蜕变了！”一位年轻至尊走来，这般说道。

“他可以慢慢追赶，只是天神书院的机缘注定与他无缘了，因为他即便赶来，也争斗不过同样修出三道仙气的其他人了。”

所有人都不看好石昊，觉得命运跟他开了个玩笑，让他错失了天神书院的大机缘。

“除非他能寻到长生药，才能跟凰血池、仙家洞府中的机缘等相比，不然的话，一切都已经注定。”

……

太初星，几名高手降临。

他们是天神书院的强者，得到消息后第一时间赶来，要救走石昊。

“元青他太过分了，不怕被镇压吗？”

“他是那边的人，之所以敢这样做肯定是有人给他打了招呼，使他不害怕任何责难。”他们议论着，很快寻到了古矿附近。

他们并未暴露身份，只是暗中走访，寻找石昊的下落。

不久后，他们了解到，石昊被王姓一族当作奴隶买下，而后送进了太初古矿中。

“哎呀，怎么会这样！”天神书院的一位强者大叫，面色发白，这次……竟来晚了。

“那可是一位奇才，就这么死去了，太可惜了，还没有等到他威震天下呢！”

来自天神书院的几位高手面色苍白，他们来晚了一步，心中震怒，连看向此地的人的目光都显得冰冷了。

几人恨不得立刻出手，直接镇压此地所有生灵。

但是，他们忍住了，因为就算血洗此地也不能改变石昊的命运了。

接下来，他们没有立刻离开，而是静等在太初古矿外，希望有奇迹发生，等着石昊出来。

可是，一天又一天，一下子就过去了大半个月，石昊仍旧踪迹全无。

事已至此，他们都心头凝重，脸色难看，一位天赋绝佳的天才就这么凋零了，这是巨大的损失。

“走！”

最后，几人离去了，回到了天神书院，告诉主事者发生了什么，以及请示是否需要出击。

消息传回天神书院后，不说高层的反应，单是各族的天才就先吃惊地热议了起来，一片嘈杂。

“一位奇才就这么殒灭了。”

“原以为他能活着回来，虽说难以崛起，会被那几人压制，但谁能想到他直接丢掉了性命！”

“属于石昊的传奇结束了吗？”这一刻，就连月婵都神色复杂，这样轻语。

第820章 书院风云

WANMEI SHIJIE

天神书院一时无法平静。

且不说那些天才人物，就连三千州来的人也很难相信，石昊就这么殒灭在太初古矿了。

白衣舞动，清丽脱俗的清漪呆立了许久，一轮明月悬在空中，她眼中带着水雾，满是伤感。

她蓦地抬头，看向不远处的月婵，道："我同意了，我们两人融合在一起，但有一点你要答应我，将来我们要击杀元青！"

月婵回头，看向她，道："你真这样决定了？"

两人不知道争斗了多少回，却始终没有融合，而眼下传来石昊的死讯，使得清漪有了这样的决断。

"我确定！"清漪说道。明月悬空，柔和的月光将她衬托得越发超凡脱俗。

她放下成见，决定让两人合为一人，只为了让修行路更顺，使实力变得更强大。

月婵闻言摇了摇头，道："来到这里，我查阅了诸多典籍，现在还不是我们融合的最好时机。为了最强，修为更高，如果我们每人都成为一代天骄女尊，那时再合在一起，谁人可敌？"

"你确定要放弃这次机会？"清漪看向她。

月婵难得地有了情绪的波动，道："你已经不洁，我恨不得杀了你，但是考虑到最强之路以及未来之变局，我勉强可以忍受。只是，我希望你在我面前少提石昊，即便将来融合在一起了，我也希望你能斩掉关于他的一部分记忆！"

清漪虽然眼中带着水雾，但还是忍不住反驳，道："我不就是你吗？我若不洁，你能算纯净圣洁的人吗？那一日……"

"闭嘴！"

两个仙子居然吵了起来，这引起了别人的注意。

"他怎么死了呢，我还真有些不信！太初古矿是什么鬼地方，是葬坑吗？他陷在那里不一定会死！"小胖子曹雨生嘟囔着。

有人嗤笑："这位道兄，你是真的不了解太初古矿啊，一般来说，进了那地方后，几乎无人可以再活着出来。只有发生意外，才能有极少数的幸运儿逃脱出来。可现在，过去这么多天了，他都没有露面，可以说，必死无疑。"

另一边，太阴玉兔低着头，满头银发发着光，她愤懑地抱着一根黄金参在啃，如同吃萝卜。

此时，她听到了那个人的嗤笑，当即瞪圆了红宝石般的大眼睛，而后将小麒麟狠狠地砸向那个人。

"咚！"

"哎哟！"那个人发出一声惨叫。他意外遭袭，觉得莫名其妙，但肉身传来的剧痛让他忍不住抱头鼠窜。

同时，还有微弱的叫声传来。小麒麟被砸了出去，美梦被惊扰，这让它泪汪汪的，此时它正无比可怜地看着太阴玉兔。

所有人都傻眼了。连小麒麟都不要了？把它当成武器砸口无遮拦者，实在让人无语。

若非在天神书院，其他人早就眼红争抢那小麒麟了。

"我哥哥不会死的！"出乎三千州修士的意料，秦昊握紧了拳头，面目狰狞地说出了这句话。

许多人私下里已经了解到，这兄弟二人间有些别扭，秦昊总想超越自己的兄长，似乎是要证明什么。

可是，此时他的反应跟大家想象中的不太一样。

"我也不愿相信石兄死了。"长弓衍对龙女说。

两人皆发出一声叹息。

"呵呵……"有人笑了，很明显，那人不是三千州的修士，他是其他古界的一位年轻至尊，只听他接着道，"进入太初古矿，还想活着回来，除非太阳从西边出来。"

"嗯，据闻这个石昊有些手段，实力不俗，可惜未能与他一战，亲手将他降伏。"另有人这样说道。

"你们在说什么！"太阴玉兔叫嚷着，一招手，又将小麒麟抱在了手里，那意思是又要砸出去。

这个动作让远处的宁川直冒冷汗。

这个小姑娘的胆子和脾气还都不小，居然敢将天神书院疼爱得不得了的小麒麟当成石头往外丢。

“石昊有什么了不得，死在太初古矿，保持一点神秘算他走运，若是来到天神书院，保证被人击杀！”暗中有人不屑地说道。

“谁？”此时，一个年轻人睁开了眸子，冷声问道。

他具有重瞳，正是石毅。

虽然他与石昊对立过，两人曾经生死激战，杀得难解难分，最后他更是差一点丧命，但此时有人轻视石昊，那便是对他战力的怀疑，于他而言，这更是一种蔑视。

“嘿，一个死人而已，有什么可谈论的！”另外有人嗤笑道。

“放马过来，我与你一战！”此时，秦昊开口了，瞪着眼睛，冲前方喊道。

“毛头小子，你还差得远，什么时候修成天神了再跳出来吧，不然的话死都不知道怎么死的！”有人很直接地说道。

就在这时，一道声音突然响起：“有什么好吵的，一个死人而已，不值得浪费口舌。要是有谁不服，可以来向我挑战。如果石昊活着回来，他若自信，可来与我一战！”

那是一个绿发人，盘坐在一块奇石之上，被混沌气围绕着，看起来极不真切，但其音如雷，震得许多人身体摇晃，几乎承受不住。

“是他！”

很多人忌惮极了，不敢面对他，因为这个人太有名了。他是古代仙人的后裔，出自长生族。在这里，他打遍各路强者，难逢对手，绝对是天神书院最强大的几个弟子之一！

“我与你一战！”三千州这边，有人喊道。

忽然，一道苍老的声音传来，道：“这里是天神书院，为修行圣地，尔等不得喧哗，与你们的身份不符！”

“允许切磋，但不允许寻衅与仇杀！”更有人厉声道。

“你们若是不服，尽可去太初古矿探险。我等正有这个打算，允许弟子外出历练，那太初古矿很诡异，你们若是不怕，可去磨炼一番。”天神书院高层有人这样说道，顿时引发了轰动。

当然，这不是强迫的，若有弟子想挑战极限，前往那里，书院会提供一些援助。

石昊未归，生死不明，天神书院却沸腾了起来。

“好啊，去看一看那太初古矿到底怎样。若有机会能得到书院的秘宝相助，我等愿进古矿探险！”有一些人非常硬气，这般回应道。

这些生灵来自九天十地，属于不同的古界，都是各自族中最强大的年轻翘楚，此时心中极为不平，很想去那里证明自己。

“真的要去太初古矿？”来自三千州的十冠王忽然开口了。

这是一个强大的人物，在这书院中他也不算高调，但是很少有人敢惹他，在修行路上，他一直走在最前列。

很快，人们意识到了事情的关键，他有一株世界树幼苗，也许可以镇压一切诡异现象，能保护他进入那个神秘的古矿。

“我缺生命之石，所以有前往的必要，若有机缘，说不定能发现并得到那种仙石。”有人说道。

不久后，一些人想要结伴而行，他们不见得非要进入太初古矿，而是要在太初古矿的外部区域寻找天材地宝。

太初古矿，洞穴深处。

那池水沸腾，流光溢彩，石昊盘坐当中，受到巨大无比的冲击。

他正在悟道与修行。

石昊先前的伤已经好了，十几根断掉的骨头也已经长好了。

这里的长生液可以滋补其血肉，温养其元神，妙处多得数都数不过来，泡在当中，万事皆可被抛开。

伴着混沌气，池水发着光，流淌着仙道气息，更有阵阵清香，沁人心脾。

这一池水功效奇大。

池中，晶莹黏稠的浆液是最本源的精华，拥有绝世的药效，无论谁见到这种浆液都会激动、震撼。

这里的一切，如今都归石昊所有。不过一旦有人攻破此地，恐怕便会易主。

十几日过去了，石昊元气鼎盛，一直在尝试蜕变。

“呼！”

石昊喷出一口气，这是先天之精气，给人一种奇异的感觉，那股气化成圣洁真龙，竟是仙气。

大道神音隆隆！

半个月后，整座池子都沸腾了。

石昊在运转骨文，调理肉身，令这里越发显得神圣。

到了最后，三道仙气齐出，一起从其天灵盖中冲起。

而且，在这个过程中又发生了惊人的变化，石昊原本就有一道仙气化形，成为大道之花悬在他的头上。可是现在，感觉又不同了，因为这大道之花得到了这一池宝液的滋养，它在吸收仙道气息！

“轰隆！”

像是有一个惊雷炸开！

石昊盘坐在宝液中，一动也不动，他头上却有奇异景象出现！一道仙气化成大道之花，当中似乎孕育着生灵。

“轰！”

数日后，一朵大道之花绽放时，当中出现了一个小人，盘坐在花瓣上，栩栩如生，宝相庄严。

第821章 修出一个怪物

WANMEI SHIJIE

事实上，这朵大道之花在此前就已经开放了，是在登仙台所得的道果。

来到这里后它又变得不一样了，经过长生液的滋养，它绽放了又凋零，凋零了又盛开，不断往复，最终结出这果实！

最后，还有了这个小人。

它睁开眸子的刹那，气冲云霄，神光万丈，如同烈火焚烧天空，大有烧尽九重天的气势。

这种异象十分惊人，就在这一刻，连太初古矿的洞口也有可怕的光芒出现，那光芒照亮了黑暗的世界。

外面的人大吃一惊，这是怎么回事？

所有人都感到很意外，站在远处看到这一幕时均觉得不可思议。

同时，所有人都忍不住发出一声叹息。在这段时间进入太初古矿的人应该都死了，但凡太初古矿出现异常现象，肯定是最危险的时刻，这种情况下，谁也逃脱不了。

“可惜了，一个修出两道仙气的绝世天才就这么丧命了，一点回来的希望都没有了！”王家的人叹息，很不甘心。

同时，他们觉得这次折损了如此强大的一个英才，非常浪费！若是能收其心，磨其志，送到小姐的身边听从差遣，那将是一个十分强大的助手。

也不知道过了多久，石昊才在古矿中睁开双眸。他抬头看向空中那朵大道之花，望着上面那盘坐着的生灵。

那生灵目光灼灼，若金灯，似烈阳，刺得他的双目都有点灼痛。

它凝视着他。

这种感觉很古怪。石昊觉得那就是自己，可是为何又有种疏离感？

石昊看着它，觉得很诡异。它被混沌气围绕着，很模糊，盘坐在他的一道仙气所化成的大道之花上，稳重、镇定、平静，看起来比他还肃穆，如同一个得道的古僧。

石昊有点无语。

这是什么情况，他修出了一个什么样的怪物？

他睁开天眼，能够看清混沌气中的那个生灵跟他很像。双方像是存在某种联系。

可是，当石昊催动骨文，祭出神识，想要掌控它时，明显觉得有些力不从心。

那朵大道之花随他而动，大道之气弥散开来，可以动摇天地，影响天地间的法则。为他而战时，必定威力十足！

只是，那大道之花上盘坐的生灵跟他真的有隔阂，并不受他控制，两者之间像是隔着一道鸿沟。

石昊蹙眉，这是他修炼出来的东西，怎么会不受他掌控呢？

仔细凝视过后，他发现，在那生灵的四周像是有时光碎片在飞舞，点点霞光荡漾开来，在混沌气中穿梭。

虽然这一景象不是很清晰，但是石昊拥有天眼，的确可以看得到。况且，这是他修炼出的东西，自然能多一层了解。

他越发不能理解，紧皱着双眉。那种感觉太奇异了，他仿佛在望着一个过去的自己，与他很近，又离他很远。

没错，就是这种感觉！石昊清醒地意识到了！

他看着那个生灵，虽然距离很近，但是对方那里时光流逝，碎片如雨，那是有什么东西在消逝，在共鸣，在遥望。

“那个生灵活在过去？”当石昊说出这几个字时，被自己吓了一跳，一时间，脸色竟有点发白。

这是怎样的一种诡异现象？

他不能理解，也无法明白！

但是，他就是有这种感觉——荒谬、可笑、不真实。

他修出了一个怪物，不属于当世，不属于未来，像是生活在过去，可又离他这么近。

他不能掌控那个生灵，那是因为他和它之间隔着一段岁月。

一时间，石昊恍惚了，究竟是什么原因导致了这一结果，他有点看不透，摸不清。

这是闭关大半个月的成就吗？

这又是怎样的一种道果？

石昊尝试了几次，看到的都是混沌气中飞舞的时光碎片，感觉到的都是浓厚的岁月气息，这太怪异了。他真的无法控制那个生灵。

但是，他又有一种感觉，这个生灵对他来说非常重要，将来会有大用！

随后，他又想到了另外两道仙气，若是也凝聚成大道之花，是否会结出道果，孕育出不同的生灵呢？

石昊思忖良久，这究竟是怎么回事？

他仔细回忆一番，发现在他所能接触到的骨书中没有任何一部记载过这种情况，修出大道之花也就罢了，怎么会真如草木般开花结果？

确切地说，花不曾落，却有了果实——未知的生灵。

石昊站起身，看着这座宝池，看着那晶莹的浆液，是这一池水造就了这一切吗？

他摇头，觉得应该不是这样。这池中虽然有长生药化成了长生液，可以养神、补身，可以熬炼一个人的形与神。但是不可能真正影响到他的道果，毕竟，这是外物。

可以说，长生液只能起到促进蜕变的作用，但不能决定他的路与方向。

“这么说来，我的这条路，我的道，本应如此。第一道仙气就应该结成一大元胎，化成一个生灵，与过去有关。”

石昊很期待，有朝一日真的动用这个道果会有怎样的作用。

“如果第二道仙气也化作大道之花，结出果实，然后再出现一个生灵的话，是否该与当世有关呢？”

石昊胡乱猜测，心中久久不能平静。

他站起身来，四下走动。闭关大半个月了，他想活动活动筋骨，看一看周围的情况。

不过，他没有走远，毕竟这太初古矿太危险了。难得有这么一块平静之地，没有什么恐怖的生物出没，令自己可以在此闭关。

“机会难得，这池宝液还有一大半呢，我应继续闭关修炼。若是第二朵大道之花也出现就好了，到时候验证一下自己的猜测对不对！”

随后，石昊又闭关了。

他要追上天神书院那些人。

因为他知道，天神书院有各种秘宝，如可让人涅槃的凰血池等，任何一种在外界都是至宝，求而不得。

他现在已经落后很多了，而今在太初古矿得见仙药池，自然不能错过，要发挥出它的最大效力。

冰冷的星空中，一艘巨大的骨船飞来，划破星际间的宁静。

这艘骨船白灿灿的，像是由玉石刻成。它避开诸多残留在这片区域的大阵残器，冲向太初星。

不久后，它降落在大地上。

“天神书院的人来了？不是刚走没多久吗？又来了一群人！”

此地的各大势力的人得悉情况后，都露出怪异的神色，对于这个新成立的道统，没有人敢轻视，全都十分敬畏。

因为这是九天十地中一群隐世强人创立的，实力不可小觑。

骨船上，走下一位又一位年轻人，他们属于不同的生灵族群，但是一个个超凡入圣，都已化成人形。

这些人都有特别的气质，或自信，或超然，或强势。各种不同的气质，代表了他们的不凡之处。

男子大多英姿勃发，女子一个个衣裙飘动，若仙子降临尘世，一看就不是凡俗中的修士。

“天神书院的英才来了，这些都来自九天十地，都是某一界的翘楚！”有人惊呼，醒过神来。

瞬息间，太初星沸腾了。

这些可都是未来的中流砥柱，未来的人间将以他们为尊，而他们，居然同时出现在这里。

他们这是要干什么？

要知道，这可不是什么善地，更不是历练的好地方！要知道，太初古矿可以吞噬一切，就连至强者进去都不一定能活着出来。

想在探索古矿后还能活着走出来完全要靠机缘，跟修为与资质无关！

“请问前辈，你们这是要做什么？”终于，有人谨慎地问道，将目光投向最后下船的两人。

那是两名老者，虽然看上去平凡，就像世间最普通的老叟，但是所有人都明白，他们负责守护这群英才，一定是绝世高手。

“书院中有部分后辈想来此历练。”一人说道，话语简洁明了。

一群人都被镇住了，看着这群英才，又看向两名绝世高手，难道他们都想进入太初古矿？这可是寻死的行为啊！

“这位前辈，我想请问一下，这个人是否真的进入太初古矿了？而后，他就再也没有出来？”这个时候，小胖子曹雨生开口了。

同时，他取出石昊的画像，展示给所有人看。

一群人蹙起眉头，而王家的人更是心中一惊。又有人打听那个后生了，看来，他真的不一般。

王家人并不惧怕，因为他们是长生家族的，不用担心谁会责难他们。

有一人点了点头，并缓缓告知了一切。

“他难道真的死在里面了？”龙女一叹，摇了摇头。

“嘿，到现在你们三千州的修士还不死心。那种人进去后怎么可能活得下来，只怕早就化成血与骨了。”

“所谓的石昊，所谓的三千州奇才，也只能在你们的三千州纵横而已，来到九天之上算得了什么，早就殒灭了。”有人幸灾乐祸，故意贬低石昊。

“那个人叫什么？石昊？还想在太初古矿搅出风云？真是不自量力！”也有人嗤笑，很明显是某一古界的翘楚，那人接着道，“他也只能在下界闹腾一番而已！”

他所说的下界，自然是九天之下的十地。

“这是你们说的？”太阴玉兔生气了，一头银色长发发着光，瞪着一双红宝石般的大眼睛，带着怒火，道，“你们不是很强吗？一会儿谁敢进太初古矿？我敢保证一定会遇上石昊，到时候，保准被他打得连你娘亲都不认识！”

第822章 九凰炉

WANMEI SHIJIE

一群人愣住了。

这个粉嫩的小姑娘拥有白瓷娃娃般的长相，清秀可爱，看起来如雕琢的美玉，没想到，说起话来杀伤力这么大。

一番话而已，就让一群人脸色铁青，眼中冒火。

结果，太阴玉兔反倒不依不饶，道："你，还有你，还有你们，是牛精转世吗？想跟我比眼睛大吗？牛眼都快瞪裂了！"

她抱着小麒麟，一副准备随时将它扔出去的架势。

可怜的小麒麟居然"喵"的一声蹿上她的肩头，死死抓住她的一缕秀发不肯放手，生怕自己又被当成石头扔出去。

两名老者额头上直冒冷汗，那可是被天神书院格外看重的小麒麟啊，居然遇上这么一个不靠谱的主人！

"我认为她说得对，你们不服的话，可以进太初古矿，也走上一遭试试看，敢吗？"小胖子曹雨生开口了。

经这两人一搅闹，顿时火药味十足，其他古界的那些人纷纷沉下脸来，特别是刚才冷言冷语的人更是不快。

当即有人点头，称会去古矿走上一遭，但依旧在嗤笑，言语之中显现出对三千州的轻视。

不同地域的修士保持着对立的态势。

太初星上的那些大势力的人见到这一幕都露出异色，天神书院的门徒不够和睦，难道要在这里角逐一番吗？

"绿陀师兄说过，为一个死人争吵没有任何意义。就算那石昊还活着又能怎么样？如果他脱困了，去书院保准会被镇压！"有一个女子开口了。

她一身紫衣，身段曼妙，面容姣好，眉心处生有一只晶莹的白玉小角，令她多了一种异样的美丽。

这是月犀族的修士，很明显，她修炼出了一道仙气，实力强大。而她所说的绿陀师兄，就是那个在天神书院声如惊雷，震得所有人都气血翻涌的绿发人，平日被混沌气笼罩着，总是在打坐修行。

“那人终究只是下界的修士而已！他们不会明白这真正的长生血脉有多么可怕！”有人不屑地撇嘴。

“这些人懂什么！所谓的三千州有仙血后裔吗？根本没有一个！永远不会懂真正的仙道世家是多么的恐怖！”一些人开口了，像是在回击太阴玉兔等人刚才的话。

“好了，不要吵了，你等可以竞争，但是不得因攀比而滋生仇视与厮杀，只能做点到为止的切磋。”两名老者中的一人开口了。他们是天神书院中的长老，法力通天，没有人敢违背他们的意志。

一场争执平息了下去，但是各大英才间有了对立的情绪，只是嘴上不再说而已。

为了一个死人这般对峙，值得吗？附近那些大势力的人都有些不解，不明白他们为何会发生这样的冲突。

“前辈，真要带这些人进古矿吗？那可不是什么好地方，葬下了太多绝代豪杰，太危险啊。”一些大势力的人带着疑问开口了。

据他们所知，那些英才尊贵得很，不容有失，来这里历练的话太危险了，若是因此殒命，实在是莫大的损失。

“各凭自愿，谁想下去探险，我等不但不阻拦，反而会提供帮助。”一位长老解释道。

很快，这个地方又沸腾了起来，因为人们得知了这一惊人的消息。同时，还传开了另外一些事，天神书院的长老带来了九凰炉，这是号称“无量天第一至宝”的法器！

所有人都不敢相信，为了进太初古矿，天神书院居然有这么大的手笔，将这件混沌至宝带来了。要知道，这可不是以人间之力能祭炼成的法器。

这东西的来历很神秘，据传很可能不属于这一纪元，它的材质很特别，看起来非常绚丽，殷红如玛瑙，上面刻着九只凤凰。

此时，一位长老取出了这个九凰炉，所有人都望着它。它看起来只有三寸高，精致而美丽，光泽莹润，轻轻一催动便有惊动九天的凤鸣声响起。

“真是那件东西？”有人惊讶地问。

这件瑰宝原本属于一个长生世家，而今暂时归天神书院，它是被该书院中数一数二的大人物亲自借来的。

“据传，这是以凤凰真骨炼成的无上宝具！”

“错了，有人说，这九凰炉的材质比凤凰真骨还厉害几分。”

一些人盯着这个小炉子，眼神火热地在议论，当然并不是贪婪到想抢，而是羡慕与敬畏。

这传说中的东西，多少世才出现一次，寻常人怎么可能见到，都是从骨书记载中查到的。只是，如果仔细看的话，就会发现这个九凰炉被击穿了，炉身有一个细小的孔。

这是一种遗憾！

相传，这是在很久以前的不朽之战中被边荒外的无敌人物击穿的！故此，而今器灵不显，不知是死去了，还是处在沉睡中。但是，这并不会影响它无量天第一至宝的地位，目前还没有法器能与之比肩。

“当年，有人持这件法器进古矿，侥幸活着回来了，如今我们以此器支持你们。”一位长老说道。

谁想进太初古矿，可联合行动，共同使用这件法器护身。

“长老就不怕法器遗失在里面吗？”有大势力的人物这样提醒。虽然法器拥有非同一般的能力，但古矿也不是一般的地方。

“放心好了，这古矿不会为难九凰炉的。”一位长老微笑道。

众人愕然，一副不明所以的样子。

“你们可知这九凰炉出自哪里？”

人们摇摇头，这涉及古代的大秘密，一般人怎么可能知道，只听说它虽然属于一个长生家族，但也应该是该家族偶然得到的。

“它原本就是从这太初古矿挖出来的。”天神书院一位长老的话石破天惊，像是炸雷一般响在人们的耳畔。这消息太惊人了。

连这无量天第一至宝都是从太初古矿中挖出来的，那么这古矿里面还葬着什么？

“这炉不会被损伤，可以自行飞出来。不过，人就不见得能被护得周全。你们敢去尝试吗？”一位长老问道。

一时间，这里安静了。

虽然早先有人嚷着要进太初古矿，但真正做决断时大家又迟疑了。

“喂，你们的勇气呢？怎么不敢去了？是不是真怕被石昊打得连娘亲都不认识？”太阴玉兔开口道。只见她鼓着腮帮子，气哼哼地看着众人。

无人理她，大家都在思量。片刻之后，有人开始报名了。

“好，我去！”

“我也下去一探！”

……

最后共有十几人报名，要进太初古矿。

但是，天神书院的两位长老不同意这么多人一起进去，万一发生意外，损失就太大了。

“一次最多五人！”

随后，第一批人选确定，那月犀族的紫衣女子还有另外四名男子一同上路。

天神书院的长老郑重地将九凰炉交给了他们，嘱咐他们一切都要小心，不得太冒失。

五人点头。

这次虽然有危险，但也意味着会有机缘降临。收益往往与风险成正比。

月犀族的紫衣女子手持九凰炉，其他四人一同加持，齐齐催动骨文，想要借助神炉的力量。

时间不长，凤鸣声响起，九只凤凰从炉壁上飞出，一时间，红霞漫天，璀璨无比。

这九只凤凰围着五人旋转，将他们护在当中，有混沌气弥散开来。这是九凰炉的威能。

只见他们一步一步走向太初古矿，靠得极近之时便一起跃了进去！

“进古矿了！”后方传来了惊呼声，大家眼睁睁地看着他们进去了。

所有人都在期待，看他们能否创造奇迹。

那古矿中静悄悄的，五人深入进去后就彻底没入了黑暗中，再也看不到了。那情形，仿佛一下子跃入怪兽的口中，被吞食掉了。

等待总是让人不安的，但人们没有任何办法，唯有沉默着在外面等候消息。

矿中红霞点点，九凰炉在轻微地摇动，九只凤凰化成光辉，形成一片场域。

正因为如此，这五人才能活得下来，因为他们遇到了同石昊一样的麻烦。

五人进去后不久，就看到了那个白发垂到地面的老道人，他虽然是死尸，但散发出的气息连天神都承受不住。

没有这无量天第一至宝守护，他们必然无力抗衡，甚至会形神俱灭。

“抵住了这里的威压，这件至宝果然名不虚传！”

“这样说来，我们可以畅通无阻地走下去，到达这里的最深处，也许能彻底洞悉太初古矿中的秘密。”

五人欣喜万分，都想借此炉踏上征程，从这里得到生命之石以及各种造化。

“不好，这九凰炉在鸣颤，跟此地有呼应，不会出什么变故吧？”有人心惊胆战地道，因为九凰炉颤动得更剧烈了。

他们脸色苍白，若是此路有问题，他们一个个必死无疑。

片刻后，九凰炉总算又稳定了，不再颤动，只发出柔和的红霞，护着五人继续前进。

“你们说，三千州那个名叫石昊的人还有可能活着吗？”一人问道。

“凭他？还想活下来？”那月犀族的紫衣女子嗤笑。

“下界之人而已，进来后能有什么出路？也就在他们那个小地方被视为神人、猛人，来到九天之上肯定化成血与骨，不可能活下来的！”另一人说道。

“真希望能寻到他衣服的一角，或者一根骨头，拿回去给那些人看一看。特别是那个太阴玉兔，让她明白一个道理，所谓的石昊，不过如此！”另外有人冷冷地道。很显然，他对太阴玉兔早先的奚落非常在意。

他们持着九凰炉，一路前进，避过诸多危险。这时，他们心里忽然生出感知，蓦地止步了。

不远处，不知道何时出现了一道身影。

此人精神饱满，肉身无瑕，正从一座宝池中站起身来。他正盯着他们，目光犀利无比。

是石昊。

他听到了他们先前的话语，自然不会带着善意与笑容。

第823章 怪物

WANMEI SHIJIE

“一个人，还活着！”

“你是谁！”

五人吓了一跳，居然在这个地方见到一个人，太出乎他们的意料了。

很快，他们就注意到了石昊身后的那个宝池，那里流光溢彩，五色的液体透亮，且带着让人迷醉的清香。

尽管石昊将宝池封住了，用阵旗等阻挡药香外泄，但这宝液毕竟是长生药所化，到了近前还是能闻到药香。

五人目光如利剑，呼吸急促，神情紧张，内心激动到极点，他们一下子就猜到了，这是真正的仙药池！

自古以来有很多传说，不死之药蜕变后，留下的老皮与根须等，若化在一方灵池中，会化成绝世仙药。

在之前，那都是传说，是神话，他们并没有真的见过，但眼下，他们竟有幸真真切切地看到了。这里有长生药的遗蜕，这真是天大的造化。

五人内心激动，热血澎湃，目光中有渴望、希冀与贪婪，恨不得立刻扑进仙药池中。这对他们来说太重要了。

天地间有几种长生药？绝对可以数得过来！放眼仙古，再到这一世，越来越少，少到几乎不可见了，寻遍九天十地都不可能找得到。

这池宝液绝对可以让人蜕变，包括换血、锻骨、内脏重生，达到脱胎换骨的层面，作用大到无法想象。

“这仙药池不会比凰血池差！这也能让人涅槃啊！”

在这巨大的惊喜面前，五人甚至忽略了石昊。

或许不算是忽视，因为在他们眼中，那已经是一个死人！

有他们在，怎么可能让这个年轻人再继续独享仙药池呢！自然要将他杀掉，他们认为这不会很难，不管他是谁。

因为，他们有九凰炉！

有它就足够了！这个看起来不过天神境的人是不可能挡得住的，如果他想反抗，那必死无疑。

“哈哈……”有人像是得了失心疯般狂笑，这简直就是意外之喜。他们认为，这是上天对他们最好的恩赐！

“有长生药生在这太初古矿中！”月犀族的紫衣女子最先回过神来，她的眼中同样写满了热切。

其他人亦心跳加快，闻言都大喜。

除了宝池中的药液外，他们知道，一定还有一株真正的长生药，就扎根在这太初古矿中的某处。

真要是能得到长生药，那就可以长生！

“白日梦醒了吗？”就在这时，前方那个人冷冷地开口了，打断了他们的遐思。很明显，他们太忘形了，很容易就让人猜到他们在想什么。

如此的冷言嘲讽让几人都沉下了脸，他们目光冰冷，心里生出了一股杀意。

本来这个人在他们眼中就已经是死人一个，眼下还敢主动挑衅，自然不需要多话，想立刻就将他镇压。

“你就是来自下界的那个人吧？”他们虽然知道石昊不简单，或者说很厉害，但依旧有一种高傲之气，所以有一人以俯视的姿态这般说道。

石昊有点诧异，就连三千州都有被人这样蔑视的一天吗？居然被称作“下界”，他还真有些不习惯。

“来到九天上，你已经感受到了不同吧。在你们那蛮荒之地，你或许还算是个人物，但是到了无量天，你敢这样招惹我等，就是自不量力了。”另一人漫不经心地说道，他的话语冷冰冰的。

很明显，他们身为九天中的无量天人，骨子里有一种傲气，觉得自己高高在上，看不起十地中的三千州。

“无量天人杰地灵，负有盛名，的确超过三千州，可如果都是你们这种货色，也不怎么样！”石昊冷淡地回敬。并且，他要出手了，像是猎豹盯着猎物般从这几人身上一一扫过，眼神带着杀气。

“可以确定了，你就是那个石昊！”

“拿下他，还跟他废什么话，让他明白，所谓的个人武力惊艳，在无量天上不过是个笑话，直接打到他永不能翻身！”这些人冷淡地说道，眼看就要动手了。

事实上，石昊已先一步动了，双目怒睁，发丝飞舞，扑杀了过去。

石昊神识超强，早已看出那个殷红色的炉子很恐怖，多半是什么了不得的至宝，欲先下手为强。

“哧！”

石昊化成一道白光，快速冲到了他们近前。他刹那间出手了，疾若闪电，猛若雷霆。

“不好！”

几人汗毛倒竖，惊悚万分。这也太快了！

要知道，他们出类拔萃，都修出了仙气，强大无比，无论是速度、战力抑或是反应等方方面面在同龄人中都少有比拟者。

可他们发现，自己跟不上那个人的速度，完全反应不过来。

“砰！”

石昊一脚踢出，化成一道龙影，如同真龙出海，带着凌厉、磅礴之气，震动此地。

太迅速了，其中一人竭尽所能对抗，但很不幸，还是避之不及。那一脚轰了过来，他大叫着向后倒下，同时口吐鲜血。

“这是？”另外四人心惊肉跳地大叫，这也太恐怖了。

让他们庆幸的是，关键时刻，那九凰炉发出神光，九只赤血凤凰飞舞在前，结成一片光幕，挡住了石昊这一击，化解了大半的力道。

不然的话，石昊这一脚绝对会要了那人的命，根本不会有任何悬念。

石昊刚才那一脚一接触那个人就被一股柔和的力量阻止了，削弱了大部分的力道。他的骨文变得暗淡。

石昊并未冒险，火速后退，因为他对那三寸高的殷红神炉异常忌惮，怕它突然复苏，爆发攻击。

他很谨慎，尽管自身很强，也没有贸然行事。

“唰！”

石昊向后移动，留下一道残影。当他稳住身体时，又站在那座宝池前了，像是从来没有移动过。

后面那几人脸色大变，这个来自下界的石昊给他们造成了极大的压力，若是没有九凰炉，他们必然危在旦夕！

“我们承认，你很强，天赋了得，但是，有时候个人再强大也改变不了什么！”在说这些话时，几人表面上依然显得很高傲，内心却很苦涩。

他们都是各自一族中最强的传人，此时却要承认自己的实力不如他人。

不过，虚荣心与骄傲不会让他们承认自己有挫败感，相反，他们要利用九凰炉镇压面前这个年轻人。

石昊神色严肃，这一瞬间，他穿上了雷帝战衣，左手持逆龙鳞，右手持万灵图，跟他们对峙。

因为直觉告诉他，那殷红的神炉不简单，可能是和小塔一样的大杀器！

“哧！”

果然，那几人动了，一同催动九凰炉，向石昊镇压而去。

九只凤凰呼啸着一飞冲天，带着大片的火光，喷吐出岩浆般的物质，带着毁灭性的气息，扑向石昊。

并且，在那火光中，有汹涌的混沌气，强大、恐怖到了极点！

石昊看到这一幕，都要窒息了，他憋闷到无法言语的程度，因为这果然是一件无上至宝，威能超乎想象。

他神色凝重地祭出了万灵图，将它掷了出去，撞向那片火光，击向九凰炉！

很难说清万灵图是一件怎样的器物，说它是经书也行，说它是宝具也没错。

洁白如玉的万灵图带着柔和的光，居然就那样冲进了九只凤凰中，与它们发生碰撞后，绽放出耀眼的光芒。

一瞬间，无数种生物出现，有仙禽，有神兽，还有各种草木……

那九只凤凰拦不住它。

“轰！”

在这一刻，万灵图跟九凰炉撞在了一起。

“当！”

响声清脆，如同两块玉石撞击在一起。其声悦耳动听，带着余音，绕耳轻鸣。

五人脸色大变，那可是九凰炉啊，与一件法器撞在一起后居然发出了轻鸣声，并且那法器竟然没有被撞成粉末！

怎么会这样？五人齐齐生出一种无力感，并感觉脊背阵阵发冷。

他们知道，自己遇上了一个怪物，不仅自身实力强大，并且身上还有一件古怪的法器，能暂时挡住九凰炉的威压。

“坏了！”月犀族的紫衣女子最先惊叫出声。

因为她惊恐地发现，那法器正好击在九凰炉的最薄弱之处。

要知道，九凰炉上是有一个小孔的。

万灵图又偏偏击中了那里……

九凰炉上的光泽一下子暗淡了不少，摇摇欲坠。九只凤凰瞬息归巢，没入宝炉之中。

“怎么会这样？”几人失声惊叫。

这也未免太巧了吧，或许，是他们太过倒霉。

同一时间，万灵图暗淡下来，各种生灵都消失了，它从半空坠落下来。

石昊自然不会错过机会，一跃而起，抓住万灵图，果断对那几人出手了。

他心中有底了。虽然他能感应到那神炉很强大，但同样感应到了它没有器灵，没什么比这更让他放心了！

“轰！”

石昊如同一头魔兽一般一下子杀到了他们近前，一掌落下。

一时间，天翻地覆。那狂霸无比的掌力令他们停滞在那里。

“噗！”

这一掌带着鲲鹏力，如同一只鲲鹏展翅，将他们覆盖住了，五人一起出手对抗，催动自身仙气，可还是大口咯血。

这样的敌人简直让他们绝望。

这到底是怎样的一个怪物？

第824章 横扫

WANMEI SHIJIE

“灵犀驭月！”月犀族的紫衣女子喝道，眉心那寸许长的晶莹玉角发出光来，顿时有一轮神月在空中浮现。

古矿幽暗，此时一轮神月突然光芒大放，显得无比璀璨，向前扩散开来。

石昊嘴角带着一丝冷淡的笑，别说是由骨文构建的一轮神月，就算是一颗真正的星星轰来，他也丝毫不惧。

“哧！”

石昊的右掌向前斩去，依旧是鲲鹏力，有种扶摇直上九万里的气魄，有着无上的攻击力，法力惊人！

“嗡！”

空气似乎都在颤动，别说是正面相抗的月犀族传人，就连其他四人也都身体摇摆，“哇”的一声又咯出大口的血。

“绽！”月犀族的紫衣女子突然大喝一声，双手结印时，紫色的袍袖炸开，与此同时，她身前的那轮神月也爆碎了。

“嗯？”石昊感觉到了异常之处，此刻，他眉心剧痛，因为神月炸开后，化成一大片光雨，将他完全淹没了。

他小觑了此女！这神月不是由单纯的法力凝聚而成的，而是蕴含着神识宝术，想暗中伤他的元神。

若是一般人一定着道了，因为那元神攻击中藏有一道仙气，使其威力倍增！

这种偷袭让人防不胜防。

石昊怎么会让月犀族女子得逞？只见他头上出现一朵大道之花，轻轻摇曳之时，花雨片片，一下子就将对方那道仙气斩得烟消云散，让那神识宝术起不到任何作用。

“你有三道仙气，有一道结成了大道之花？”

那几人绝望了，虽然听说过石昊有多么厉害，但是他们并无畏惧之心。

当他们真正见识到石昊的实力后才明白，跟这种人战斗，简直无生路可言！

不过，月犀族女子的偷袭倒也为他们争取了时间，毕竟让石昊的行动受到了一定程度的阻碍。

五人快速后退，警惕地看着石昊，想跟他对峙。

他们拼命地召唤九凰炉，想要重新催动它。可是刚才遭遇了万灵图的一击，那九凰炉竟然不动了。正因为如此，石昊才有机会仔细打量那殷红的神炉，它居然有一个小孔，等于泄漏了它自身的精气。

“这至宝好可惜啊！”石昊叹道，很难想象当年究竟是何等的力量将一个仙炉击穿，手段太可怕了。

“石昊，听说你要加入天神书院，我等与你是同门。”有一人说道，迫于石昊的强大，他惶恐不安地想拉近关系。

石昊露出轻蔑的冷笑，到了这一刻，那个人服软了，可早先何等倨傲，以为用神炉就可以镇压他。

“轰！”

这一次，石昊没有说什么，直接摆腿，如龙蛇并起，带着炫目的骨文横扫而来，发出震撼人心的轰鸣声。

这一腿的力量强大极了，它可以扫断山脉，踢碎星辰！

“不！”那个人大叫一声，祭出数种秘宝进行防御，同时有一道仙气冲起，缠向石昊的那条腿。

这等天才早已修出一道仙气，自然是一方圣地千辛万苦培养出的奇才，实力强大，师门赠送的法器更是强到不可多得。

“咔嚓！咔嚓……”

这一刻，法器不断响起爆碎的声音。

那些罕有的神秘宝物竟然都被毁掉了。

“砰！”

石昊一腿踢在了他的身上，将他的稀世甲胄打得稀巴烂，然后他就横飞了出去，身受重伤。

这等奇才居然都躲避不了，可见他与石昊的实力差距有多大。

如果没有他的那些秘宝还有关键时刻冲出的一道仙气，他这一次必死无疑。

尽管如此，他当即就失去了战斗力，整个人被强大骨文镇压，差点命丧当场。至于他的那道仙气，险些被石昊震散。

这让他们震惊万分。要知道，在此过程中，石昊还没有动用他的大道之花呢，不然的话，威力会更强大！

这么干脆利落地废掉了一个人，让其他四人脸色苍白。这个来自下等古界的修士实力实在太恐怖了。

直到此时，他们终于明白为何小胖子曹雨生、长弓衍等人这般推崇他了。

想到太阴玉兔的话，他们几人无比羞愤，这还真是遇到了石昊，很有可能被他击杀，这比被打到连娘亲都不认识更糟糕。

石昊向前逼去，剩下的四人不断后退。

他们不是一般的修士，而是旷世奇才，都已经修出了仙气，在同龄人中成就最高。眼下这势头，个个都觉得丢掉了尊严。毕竟他们这等身份的人自视甚高，现在却被一人逼得不断后退，这何其不幸，更是一种耻辱！

“拼了！”月犀族女子手捏法印，再次出手，想跟石昊决战。然而，这一次所谓的灵犀神通根本没有用，对石昊的元神起不到任何作用。

这时，石昊弹指一点，使出雷帝指。

这是他最近推演各种宝术参悟出的雷道法门。

“轰！”

天地间响起一个炸雷，简直可以将成片的山轰成齑粉。一时间，天地失色，古矿摇动，这片区域一片璀璨！

若非太初古矿中有阵纹等，恐怕早已轰然崩坍。

虽然地面、石壁等并未爆碎，但空中似乎有什么裂开了，形同蛛网，向四处扩散，可怕无比。

“咔嚓！”

月犀族女子感觉剧痛难忍，她摸了摸自己的眉心位置，而后尖叫了起来，脸色瞬间变得惨白。

因为，她的那只玉角断掉了。

是被石昊一指击碎的！

她踉跄着倒退，身体一阵虚弱，眼中充满了恨意。这个人出手太果断了，而且十分霸道，根本就没有把她当女人看。

“砰！”

石昊又点出一指，雷霆四射间，月犀族女子腾空而起，但还是发出一声惨叫，发丝根根倒竖，整个人栽了下去。

她惨叫连连，浑身焦黑，坠落在地上。无论是她的宝术还是甲胄等，都被石昊的一指破解了。

又一个人也基本被废，让余下的人更加恐惧。

石昊一句话也不说，向前逼去，动作有力，脚步声清晰可闻。

“纳命来！”有人大叫着冲了过来，要跟石昊激战。

可惜，石昊这一次更加干脆，出手猛击。

“轰！”

他打出轮回拳，自信能镇压一切敌人！

这一次，说话之人仅被此拳击中，肌体就不断衰老，过程快到让人吃惊。

接着，石昊又补了一脚，将他踹飞。他撞在石壁上，失去了行动能力。

“砰！”

石昊飞起，凌空踏出一脚，踩得虚空四分五裂，又向另外两人冲了过去。

“噗！”那两人大口咯血，根本无法抵抗。

这种战斗没有什么悬念，五人全部被镇压，瞬息之间的事。

石昊冷漠地看着几人，心中并无多大的喜悦。

毕竟，他们之间没深仇大恨，所以，他只是盯着这几人，目光冷冽，带着轻蔑之意。

“这就是所谓的无量天高手？不过如此！”石昊说道。

而后，他突然发动，如闪电般来到五人面前，将五人一顿暴打，不管当中是否有位美女。

五人羞愤无比。

此时他们的头肿得跟猪头似的，这样的遭遇，谁也扛不住。

“真是不怎么样，这也算是无量天的高手吗？我严重怀疑所谓的天神书院是不是浪得虚名，估计不太值得前往！”

石昊又一顿狠打，让几人伤势更严重了。现在他们一个个鼻青脸肿，好不凄惨。

“你以为击败我们就算是无敌了吗？如果绿陀师兄来了，抬手就可以镇压你！”有人喝道，很是不忿。

尽管如此，五人的心中仍是悲叹连连。他们想起太阴玉兔的话，这难道是应验了吗？

“嗖！”

就在这时，九凰炉动了，但是，它没有守护那五人，而是快速冲向出口，化成一道红霞向外遁去。

那五人面如死灰，无比沮丧与懊恼，今日这一战，对他们来说如同噩梦。

石昊在犹豫到底要不要杀死这五人。如果将五人杀了，估计他就没有办法进天神书院了，因为会造成不可化解的矛盾。

“嗡！”

那九凰炉即将脱离太初古矿时，猛地一震，像是在跟这座古矿传递感应，所以发生了共鸣。

随后，它冲天而上，引得外界之人一片惊呼。

也就在这个时候，石昊仿佛听到了一种大道神音，像是一部古经，尘封无尽岁月，在今日开启，开始被吟诵。

怎么回事?

石昊大惊失色!

就在古矿深处，有奇异的力量弥散开来，像是复苏了，可以跟九凰炉针锋相对。

“咦，发生什么事了？”外界的人们蹙眉，觉得又古怪又离奇。

石昊睁开天眼，隐约间听到了这些经文的名称，当即震撼不已，连身躯都发抖了。当然，他不是惧怕，而是无比激动。

“六道轮回大法，属于至尊殿堂的绝学，怎么这里也有？”

他听清了，那诵经声包罗万象，悠长不散。

此时，石昊一下子紧张了起来，有点患得患失，他究竟能否得到六道轮回这种无上天功?

同时，他也有无数的疑问，这太初古矿为何神秘到连这门天功也有？它又是何人所留？当年，它究竟埋葬了什么?

第825章 俘虏一群

WANMEI SHIJIE

外界那群人比石昊还惊讶，表情更加震撼，因为那九凰炉挣脱了太初古矿的束缚，冲出矿区，单独回来了。

此刻，它在燃烧，发出一道道嘹亮的凤鸣声，九只凤凰展翅翱翔，带着灿烂的火光，笼罩了天宇。

这神炉在轰鸣，在复苏，如同器灵再现！

“那太初古矿中像是有诵经声，你们听到了吗？”有人大声说道，难掩心中的震撼之情。

“不错，好像传来了若有若无的诵经声！”

这引发了骚动。

大家都知道此地非常神秘，葬下了太多好东西，连那至宝九凰炉都是从这里挖出来的。但是，此地迷雾重重，又有着太多的秘密，这引得人无限遐想。

现在，又传出来古经文的诵读声，谁能不吃惊呢？因此，很多人觊觎，恨不得立马进去拿到古经。

“那几位英才呢，怎么没有回来？”终于，有人清醒过来了，暂时不再关注古经，提出了这个问题。

其他人面面相觑，不禁一叹，不愧是太初古矿，难道那几人拥有九凰炉都防不了身，将命丢在里面了吗？

天神书院那两位长老脸色不是那么好看，他们借来了至宝神炉都没有用，那五名弟子还是发生了意外。

“还未死！”突然，一位长老面露异色。

在他的袍袖中有五盏铜灯，此时，灯芯火光仍在摇曳。那是魂火，并未散去。

“咦，究竟发生了什么？他们并未死去，为何九凰炉会回来？他们不见踪影，是被困住了吗？”其他人闻言，都露出了惊讶的神色。

“这诵经声该不会是因他们而起的吧？”有人这样说道。

这也许就是事实，想到这一可能，许多人的目光都变得火热了，盯着太初古矿的入口。

尤其是天神书院的那些英才，一个个跃跃欲试！

太初古矿中出的东西，每一样都是天地间的瑰宝！比如说生命之石，它可以增寿、改命，效果非同一般。比如说九凰炉，它成了无量天第一至宝！其他例子还有，总之，但凡从这里出土的神物，都不同寻常。

而今，一部古经要重见天日，怎不引人心驰神往？一些强者心旌摇曳，恨不得立刻冲进去抢夺。

“长老，我等也愿意进去，一是出手救同门，二是去夺造化、争机缘！”有人很直接地说道。

想要再进去，必然要借助九凰炉，不然的话，进去就得死。

有人开头后，其他人都心动了。因为他们知道，这经文的价值多半不在九凰炉之下，若是能得到，那是无法想象的造化。

一时间，天神书院的英才们纷纷请愿，要下太初古矿。

旁边其他势力的人也眼神热切，若非顾忌天神书院，他们早就出手抢夺九凰炉，然后进入太初古矿了。

“好吧，既然那五人的魂火还在，证明他们还活着，于情于理我们都要救他们出来。若有古经，算是你等的造化，路上小心！”一位长老同意了。

另一位长老补充道：“依然不能超过五人！”

因为，这些英才太宝贵了，不能损失在这里。他们若是能崛起，将来都会有大作用。

九凰炉在虚空中浮浮沉沉，好长时间才平静下来。

一位长老招手，将它召唤了过来，送给了刚才选出的那五人，叮嘱他们小心。

此时，石昊平静了下来，静静地聆听着大道神音，默默地体悟，仔细地思索，他在参悟。可是，这诵经声很缥缈，他并不能全部听清。不知不觉间，他向前一步一步走去，正在接近声源。

忽然，一种超越以往的恐怖感从他心头蓦地冒出！

石昊打了个冷战，一下子恢复过来，盯着前方。

那古矿漆黑无比，根本看不到任何光亮。

他止步了，虽然诵经声对他有着无限的诱惑，但是直觉告诉他，那里很危险，一个不好就会形神俱灭。

等！

他做出了这样的决断。

石昊计划先去将长生液吸收干净，强化肉身与元神，让自己涅槃，然后等到机会再去找六道轮回大法。

然而就在此时，远处传来了脚步声，并且他又感觉到了九凰炉的气息。

石昊蹙眉，又有天神书院的英才来了，直接影响到了他的修行。

“这不是月犀族的天才少女吗？怎么躺在地上了？”那五人走来，看到了地上的紫衣少女，非常吃惊地问。

他们看到她额前的独角都碎掉了，处境很是凄惨。

“嘻嘻，姐姐，你们遇到了什么麻烦？千万别告诉我，你们遇到了下界的那个石昊，被他收拾惨了！”有一个少女这样调侃。

她自然是觉得此地危险，想通过月犀族少女来了解这里的一切，她打心眼里不相信是石昊所为，她这么做，只不过是为了激月犀族少女开口。

“不对，那里还有人！”走进来的五人中，一位白发青年双眸放光，看到了角落中浑身是血的那个奇才。

“是谁干的？”早先开口的少女追问。

“石昊！”那人回应。

他完全不能动，受了重创，连仙气都被打散，短时间难以凝聚，身体虚弱无比。

地上的先进来的其他几人都一一被发现了，样子都很惨。

“哼！骗谁啊！都落到这步田地了，还想算计我们？”那少女不信，认为这是对方故意不说实话，想让他们也身陷险境，道，“就凭石昊，他也来九天上胡闹？”

“说吧，到底是怎么回事？你们是怎么受伤的？刚才有诵经声，现在为何弱了下去？”白发青年也开口了。

他们脸上都有倨傲之色，自视甚高，不太相信真是石昊所为。

地上的几人苦笑不已，说实话都无人信，这还真是悲哀。不过，他们也懒得解释了，巴不得这几人也被擒住，反正都是竞争对手。

“喂，你们倒是说话啊，究竟怎么回事？凭一个小小的石昊也能活下来，还搅出这么大的动静？”

“我看他早已死了吧！”

第二批进来的这五人都不相信是石昊所为，七嘴八舌的，言语一点也不客气。

这时，脚步声响起，虽然突兀，但沉稳而有力，这让五人都吃惊地回过头，盯着一个清秀而眼神冰冷的年轻人。

“你是谁？！”

“石昊！”

“天！真的是你，你还没死！”那少女用手抚着额头，一副很吃惊的样子。

现在，他们知道麻烦大了，地上的几人没有说谎，而他们几人则言语不善，刚才极其轻视石昊，现在怕是要出问题。

“我懒得同你们说废话，我要在此闭关，你们自己封住自己，我们就可以相安无事。”石昊很霸道地说道。

说来也奇怪，九凰炉一到太初古矿较深处时就自行熄灭了。

“你真当我们是软柿子，说让我们自封住自己我们就封住自己？”那白发青年冷哼道。

“此前，你们在背后针对我也就罢了，言语轻狂我也不追究了，但现在你们还是这么一副想大战一场的样子，我可以成全你们！”石昊说道。

他再一次出手了。只见他腾空而起，背后上百根金色柳枝冲天而起，化成金色锁链，笔直地朝着五人冲去。

这一战，那白发青年吼啸连连，动用了生平所学，施展至强宝术，结果还是被石昊的几拳打得近乎残废。

至于那少女，石昊则有所保留，一指点出，击穿其掌心，使其不能释放宝术。

这一战没有任何悬念。尽管有一人修出两道仙气，但同另外四人一样，依旧被石昊强势镇压住。

一眨眼的工夫，地上就有了十个俘虏。

石昊纠结极了，究竟该如何处置他们？击杀的话有些不妥，不杀的话又怕节外生枝。

就这样，地上又多了五人，石昊干脆把他们放在这里不管不顾。而他自己则迈步进入长生液池中，开始修行。

很快，九凰炉又一次遁走了，带着火光冲到外面。

这引得人们一阵哗然，这件宝具又一次绽放瑞霞，太初古矿中究竟发生了什么？

连续两次了，人失踪，可魂火灯并未熄灭，让人惊疑不定。

这像是陷入了一个怪圈，知道他们未死，天神书院的英才们都急了，依旧有人不死心，觉得这些人下去后是在参悟古经。

“不行，不能再有人冒险了，已经有两批人迷失在当中了！”一位长老喝道。

“小心一些是没问题的！”另一位长老这般说道。

随后，第三批人动身了！

可惜，依旧是同样的结局，那些人也消失了。

这一次，不光是天神书院的英才，就连周围的人都感觉很诡异，那太初古矿像是一座深渊，吞噬生灵，接连十几位英才都就此消失不见了。

这绝对是大事，可是他们没有任何办法。

“不行，绝对不能再放人进去了，那里太恐怖了！”天神书院的一位长老声色俱厉地说道。

事已至此，他们得收手了，不然，再有人消失的话，真的会让天神书院的高层发疯的，那可都是宝贵的英才啊！

太初古矿中，石昊看着一地的俘虏，并未下杀手，只是将他们都打倒在地。

十几人又惊又怒，居然就这么败了？

三批人中竟然没有一个人可与那年轻人大战一场。

“天神书院的人真烦，惹不起你们，我躲还不行吗？”石昊抱怨道。

而后，他上路了，将长生液池直接收进了法器中，没有浪费宝贵的资源。

“六道轮回天功，我来了！”

不管怎样说，他都要去一探。

他再也忍不住了。

他身后的十几位不能动的英才均愤懑无比，居然被人不管不顾地扔在这里，实在太丢人了。

只是，他们想要脱困，多半还得靠那个年轻人。

第826章 天功

WANMEI SHIJIE

“咚！”

远处，传来沉重的响声。

只见一只足有一丈长的黑色大蜘蛛在他们一侧爬行。

“石昊，你快回来，放我们离开！”

这是一个让人崩溃的场面，那蜘蛛已死，但是肉身不腐，而今有了模糊的意识，在这里随意爬动。

天神书院的英才进来了十五人，结果全部成为俘虏，受困于此，看到此情此景，一个个脸色煞白，他们若是这样死去，也实在太冤了。

“放心，只要你们不惹它，是不会有什么危险的！”石昊提醒他们。

“咔嚓！”

黑色大蜘蛛的八条腿黑得透亮，跟长矛似的，在地上擦出一串串火星。其中一条腿几乎接触到一个少女的脸部，吓得她花容失色，这不仅会毁容，还可能会伤及她的性命。

石昊蹙起眉头，转过身，动用柳神的法将他们全部以金色枝条缠住，而后扔到一起。随后，他又布下了一座法阵，护住了他们。

那只黑色大蜘蛛猛地睁开了金色的眼眸，像是一下子焕发了生机，冲着石昊追了过去，速度快如狂风。

石昊转身就跑。他并不是惧怕，在这太初古矿中见到的尸骸比它更恐怖的太多太多了。

“锵！”

大蜘蛛一跃而起，凶猛而迅速地扑杀过来，撞在地面时有火星迸射，连地面也嗡嗡颤动。

石昊留下一道残影，早已走进了那片黑暗之中。

那里是太初古矿中的平静之地。

也正是那片区域曾经传出诵经声，令石昊颇为心动，但又心生忐忑。

到了这里，他再次有了那种毛骨悚然的感觉，像是有一柄锋利的刀横在他的咽喉上，只要对方轻轻一用力，就可以割破他的喉咙。

这种感觉，让他浑身难受。他来到这里后，就有一种随时都会窒息的恐惧感。

在他的身后，那只黑色大蜘蛛停下了脚步，即便它早已死去，只剩下原始的本能，但还是惧怕无比。

它不敢强行通过这个地方，甚至在颤抖，最后更是瘫软了下去，跪伏在地。

石昊回头见到这一幕，不禁愕然。他终于意识到前方有多么凶险，让一只太古凶蛛都这么恐惧的地方会是善地吗？

但是，石昊仍旧选择勇往直前。

他必须要进去，只因对六道轮回天功志在必得。

那只大蜘蛛颤抖着，最后一步一步倒退回去，小心翼翼地离开了这片黑暗的区域。

石昊见到这一幕，沉默了！

太初古矿幽深无比，吹来阵阵寒气，他手持万灵图，身穿雷帝战衣，做好了最坏的打算。

他这是自保，也是要拼命！

他不会忘记至尊道场的齐道临有多么渴望得到六道轮回天功，得不到时有多遗憾，后来他偷师百家，欲创类似的法，结果天下共剿，弄得臭名昭著。

这应该是属于至尊殿堂的传承，不知道为何藏在了这里，石昊有太多的不解之处，但不管怎样，他都要拿到并带走六道轮回天功。

“难道说，无尽岁月前，甚至上一纪元也有这种天功？”石昊自言自语。因为，他曾听齐道临说过，至尊殿堂的传承跟仙古有些关联。

黑暗中，石昊感觉到了刺骨的疼痛。他不知道这是什么地方，走在这里，身体像是被无形的利剑劈斩！

这一瞬间，他的肌肤在渗血，许多地方变得殷红。

太初古矿越来越黑了，石昊如同走在通向地狱的道路上。也不知道过了多久，他的步子始终没有停下，可是还未到终点，而他身上更加刺痛了。

随着时间的推移，他身上的雷帝战衣在发光，起到了防护的作用，不然的话，他很怀疑自己的身体会解体。

突然，前方亮起一双绿色的眸子，向他这边望来。

就在那道路上，有一只百丈高的古狮，威严地蹲在那里，俯视着他，眸子绿得吓人，如同鬼火。

这依旧是一具尸骸，不过看样子它已经有一些灵智了，像是能听懂石昊的语言。

这么可怕的一具古狮尸骸，究竟是何年月留下的？

“嗷……”

就在这一刻，它发出了一声咆哮，震得太初古矿微微摇动！

仅此一瞬间，石昊便大口咯血，雷帝战衣发着亮光，万灵图化出各种生灵冲了出去，跟这古狮对抗。

太初古矿外，所有人都心惊肉跳。因为从矿洞深处传来兽吼声震得外界地动山摇，山体龟裂，他们不明所以，所以觉得无比震撼。

“天啊，发生了什么，难道说所谓的太初古矿其实是一处凶兽巢穴，早晚会有恐怖的东西冲出来？”

“这里到底有什么？”就连天神书院的两位长老也都神色大变，他们的修为超越教主，都是恐怖级别的生灵，可现在也感到心悸。

没有人比他们更明白这里多么的不同寻常，太初古矿内藏有太多的秘密，只因为，它太古老了。

而现在有人在破坏，好像是想让里面的秘密重见天日，这会带来怎样的劫难？

“太初古矿葬下了太多东西，也许……不能显露啊！”他们低语，露出忧色。

连九凰炉都能被埋在当中，可以想象此地有多么可怕。最深处究竟又有些什么？无人知晓。

太初古矿中，石昊口鼻赤红，七窍流血。骤然遭遇这种狮吼，别说是他，就是更强的生灵都会爆碎。

庆幸的是，他穿着雷帝战衣，手中还持着万灵图，才勉强避过这一劫。

那百丈高的古狮瞪着石昊，盯着他手中的万灵图，最后消失在黑暗中。

“厉害，它不能深层次地思考，只能发出短暂的意识，但若是放出去的话，会成一方祸害！”石昊擦干净嘴角的血，继续前行。

他从地上捡到几根狮毛，居然比铁棍还要结实，稍微用力便发光，铿锵作响。

若是有人看到这一幕，一定会倒吸一口凉气。石昊的肉身与力道何其可怕，结果居然无法轻松地将狮毛捏成齑粉。

他再次前行，就这样过了这处重要的关卡，越来越接近早先传出诵经声的地方。这个时候，他的身体更难受了，如被刀砍。

这是什么地方？石昊有点茫然了。

他越走道路越宽阔，仿佛真的进了地狱中。

在这巨大的黑色深洞中，远处，有几只生灵路过，皆有碧绿的眼睛，看起来实力极其强大。

石昊有点惊悚。

那是什么生物？

有的像龙，有一只疑似朱雀，当然，它们都是尸骸，没有生气，且不久后就消失了。

还好，一路上有惊无险。

在这空旷的古洞中一路向前，他还能回去吗？他问自己。但是，他还必须得前进。

此时，周围有些规则如同利刃斩来，石昊身上迸发出点点火星，身体各部位剧痛不已，这证明他在经历着噩梦般的攻击。

这还是雷帝战衣、万灵图守护的结果，若是没有它们，天知道状况会有多么糟糕。

终于，到了！

石昊瞠目结舌，原以为会看到一个陈列着古经书的很璀璨的地方，可完全不是那么一回事。

在他眼前的，不是什么矿洞，也不是什么净土，而是一座宏大的建筑，那里无比压抑，漆黑一片。

一座漆黑的古建筑，这意味着什么？

石昊走近了，觉得非常不可思议，他就这样静静看着。

这是什么年代建造的？太初古矿中怎么会有这种东西呢？

真的埋葬了惊天大秘密吗？石昊十分不解，他思忖再三，觉得也许是自己多想了。

不久后，他保持精神高度集中，向前缓缓走去。

他就要进去了。

“轰！”

石昊推开了大门，踏入那黑色的宫殿中，立马如同置身于森罗殿内，恐怖的气息疯狂地向他冲击过来。

与此同时，石昊仰头横飞了出去，撞在石壁上。他觉得，浑身的骨头都要断掉了。

这究竟是一个什么样的地方？是一群什么样的生灵建造的？怎么会如此诡异？

石昊艰难地爬起来，盯着前方，此时，他的口与鼻都在往外流血。

“哧！”

无形的气息逼近了，狂暴无比的压力如同成片的星辰向他砸来。

石昊悚然心惊。这个地方终究如同一道可怕的难关，若非万灵图等守护着，他刚才多半殒命了。

他咬着牙，强行向前迈步。

他终于进去了，踏入了这座黑色的古殿中，这里一片模糊。

这个地方却又这么孤寂，会让人心悸而又恐惧，当真是磨砺真身的地方，杀气太过慑人。

石昊身体左右摇动，在这里，他承受了太大的威压，差点就要解体！

他继续向里面走去，艰难地移动脚步，压力大到不可想象，身体简直要炸开了，时不时被压制得跪伏在地上，差点长眠不起。

现在，石昊看到了，那是六道身影！他们站在那里，每一个人都有一种特别的姿势，像是在修行，又像是在结印。

这是一些什么人？

他们任何一个都让人感觉恐怖极了，这里涌动的所有让人窒息的气息都是他们带来的。

“六道身影，六道轮回？”石昊开口道。

在这里，他越发难以站稳了，整个人摇摇晃晃的。

第827章 六大强者

WANMEI SHIJIE

黑色的殿宇中，屹立着六道身影，一个个高大无比，巍峨如山，给人极强的压迫感。

石昊目光紧紧地盯着他们，此时他的压力很大，如同汪洋中经受着暴风骤雨下的一叶小舟，随时都会被打翻，击碎！

“六道轮回天功？”他盯着那六人，看着他们的姿势，体悟他们的神韵。

这真的是那种无上传承吗？

一刹那，石昊完全沉浸其中，不可自拔。

殿宇广阔且空旷，没有其他器物，只有这六道身影。

细看就可以发觉，他们都给人一股难以言喻的冷厉感觉，那是道的体现，更是某种规则的释放，似乎可以抹杀世间的一切。

对于一个武痴来说，这六道身影无疑是宝藏，是天书，是至高的传承！

石昊自从踏进这座古殿就忘记了其他的事，全身心投入了进来。他盯着他们，仔细地揣摩与参悟。

只是这种天功太艰难晦涩了，让人心神欲裂，难以悟透，连石昊的元神都差点暗淡下去。

不知道过了多久，他感觉到了一阵凉意，这让他从这种近乎走火入魔的状态中摆脱了出来，他意外地发现，自己嘴角在不断地流血。

石昊清醒了。

此时，他神色凝重。就在刚才，他居然险些因参悟这种天功而在这里殒命！

“是的，只有起手式，只有六道身影，并无经文，我这样胡乱修炼，真的会把自己推进深渊！”石昊警觉地提醒自己。

他的眼神恢复了以往的清澈，不再急躁，让自己完全冷静了下来。

如今诵经声不再响起，没有真正的传承，只靠这六种姿势他是难以悟透这天功的，要知道，这天功博大精深， 玄奥无比。

当石昊彻底平静下来，恢复了一颗平常心，以最冷静的状态审视着这里的一切，寻找着自己所需要的法门。

六道身影，从青年到中年，再到老年，每一个都有盖世的英雄气，这是他们的共同之处。

而且，这不是塑像，而是六个人形生灵，漫长岁月过去了，他们的血肉还在，肉身不腐，依旧有一股磅礴之气自他们肉身中冲出。

这股气息太强烈了！石昊怀疑，他们的体内还有无尽的精血，还有海量的神力，不然断不会有如此威压。

六人自然外放的气息足以让一位天神瞬间爆碎，就是教主在这里也承受不住，太过恐怖。

石昊默默思量着，若非他手持万灵图，根本就没有办法进来，刚才他推开门的瞬间就会被击碎了。

这到底是六个怎样的生灵？他一时难以想象！

他们如果还活着，绝对都是人间无敌的盖世高手。而此地，竟然一下子就出现了六位！

石昊默默地打量着他们。他发现，这六人的服饰不同，应该是不同时代的人，不然的话，同一世不可能出现六位这种级别的高手。

而且，毫无疑问的是，这样的强者绝对都是各自时代的主角，万众瞩目，风姿卓绝。他们的气韵太过超凡，虽死而不倒，双目依旧炯炯有神，如同神石在发光，睥睨天下，有着无与伦比的气魄！

石昊暗暗惊叹，漫长岁月中出现一个这样的生灵便足以惊天动地，乱了乾坤！

他一个一个地打量，一个少年，英姿勃发，双目锋芒毕露，如同一条真龙转世，有一种击破九重天的气概，似乎拥有无所不能的实力。

一个中年人，身材魁伟，黑发如墨，气宇轩昂，俯视九重天，有种气吞山河，人间尽在掌握的感觉。

一名老者，腰杆笔直，白发如雪，额头饱满，闪着智慧的光芒，有一种洞悉世间一切，看淡往生轮回般的气韵。

……

六个人，六位盖世高手，六位绝代天骄，只要出现一人就足以让这天地颤动。

时光如梭，他们早已殒命多年，神魂不复存在。

但是，他们仅留躯壳仍足以镇压世间！他有一种感觉，这些人强到离谱，实力不会比仙道中人弱半分！

然而，石昊又心生感叹，这么强大的人都要死去，试问世上还有谁能不死？

“他们是长生者吗？是仙道中的绝顶人物吗？”石昊自语。

这六个人给他极大的震撼，因为他们都是万古以来少有的生灵！

“会不会是六位大帝呢？”石昊心中忽然生出这样的念头。

自古以来一族中不可超越的强者才有资格称为大帝，这六人有如此气魄，绝对有这种身份，只是不知本体是什么，不明白他们究竟属于哪一族。

“以六位大帝的遗体演示天功，这是何等的气魄？”石昊倒吸了一口凉气。

如果真是这样的话，就太难以置信了。因为，要凑齐这六大高手的遗体的难度有多高可想而知，恐怕要经历漫长的岁月才能找到一具吧。

“怎么没有诵经声了？”石昊露出疑色。

早先他以万灵图跟九凰炉碰撞时，还能听到这个方位传来诵经的声音，那个时候他心有所感，想要悟道。

可如今他寻到这里反倒没有了诵经声，他想悟道，想要参悟六道轮回天功，偏又困难重重。

没有真正的经文，他贸然参悟的话，弄不好就会走火入魔，最终落得形神皆损的下场。

“这六人当年是怎么死的？”他左右思忖。

石昊带着疑问，顶着强大的压力，艰难地迈动脚步。此时，他体内的血液来回冲击，骨骼噼啪作响，很明显，他承受了巨大的痛苦。

六位无上强者在此，任何生灵闯进来都会有粉身碎骨的危险！

雷帝战衣发着光，万灵图闪烁着奇异的骨文，总算让他好受了不少，不然的话，他的身体恐怕会“噗”的一声爆碎开来。

此时，他有了惊人的发现。他看见那个少年后脑部位有一个箭孔，那里还有半支漆黑如墨的残箭！

石昊觉得身体冰冷，这黑色的断箭光是看一眼就像能将人的魂魄吸进去，诡异又可怕。

“他竟然是这样死的，被人以箭射入后脑，刺穿了元神！”

随后，他看到了第二道身影，那个中年人，在其眉心位置有蛛丝般的裂痕，虽然伤口已愈合，但是石昊知道，那里曾被击穿过。甚至连额骨都有粉碎的可能，不过后来在其肉身本能的作用下又愈合了。

“好惨烈的大战，这等强大的人物都会战死，太残酷了。”石昊自言自语。

即便是这样的无上人物都会被击杀，那是怎样的一个乱世？

石昊觉得，这种人应该是领袖，是一个时代的领军人物才对，结果却落得这么悲惨的下场，被人无情击杀。

“他们究竟是哪一年代的人物？”石昊盯着他们，想从服饰上辨别出年代来，可是，他失望了，因为无法考证。

只有一种服饰，他觉得应该属于仙古纪元末期，因为他梦回仙古时曾经见到过。

至于其他几人，他无法看出其年代。

有一人的服饰竟是以奇石打磨成片，以仙金为绳，穿在一起制成的甲胄，非常原始。

石昊眼神火热，但是心情格外沉重。他有种直觉，这是绝世甲胄，若是穿在人身上，肯定拥有惊人的防御力。

不说其他，单是以仙金为绳线就足以说明问题。

“上一个纪元，甚至更古老的时期，就已经有六道轮回天功了吗？”石昊思忖着。

或许还有一种可能，这六大生灵虽然是古人，但被后人发现后摆成六种起手式，演化无上大法。

“这个人！”忽然，石昊注意到了第六个人。

那人的眉心有点特别，虽然死了一个纪元那么久了，但是眉心偶尔有亮光一闪而过。

“罪血印记？”石昊震惊道。

这是罪血一脉的祖先吗？其眉心就是那种符号！

第828章 六道轮回

WANMEI SHIJIE

那种符号跟他的一样，很怪异，还拥有惊人的威力！

当然，现在那个人的眉心已然不再璀璨，毕竟死去多年，但还能偶尔闪烁，闪现出一团团符文。

“我的祖先？”石昊的心难以平静了。这个猜测令他很吃惊，这六大强者中竟有一个罪血人。

当然，所谓罪血，石昊是不承认的，那只是三千州部分人的说法，事实上石昊坚信那是一种荣耀，而且是至高无上的荣耀。

他清楚地记得，边荒有七王，守卫边陲，功高盖世，旷古烁今。

而这里的六人显然都是绝代高手，其中拥有这种血脉的人能在六人中占据一席之地，自然更进一步说明了问题。

“他是怎么死的？”石昊想知道。

他绕着此人转了一圈，心头涌起滔天巨浪，因为他感觉到了一股沧桑，还有一种血淋淋的气息。

从表面看，这个人身上并没有伤口，然而，当石昊睁开天眼，发现他体内骨折筋断，实在是伤得太严重了。

特别是其头骨，更是有无数裂痕，天灵盖曾经碎过。

石昊倒吸了一口凉气，当年这个人究竟经历过怎样的一场战斗，为何处境如此凄惨。

随后，石昊通过天眼进一步观察，有了不少新发现。在此人的身体里，有很多断掉的箭头、折断的矛锋、碎掉的剑尖等。

石昊目瞪口呆。

一瞬间而已，他仿佛听到了震天的喊杀声，似乎看到了一幅画面，那是一片古战场，高手如云，战况激烈。

一位绝代高手被围攻，他纵横冲杀，无奈不断被人截住去路。

他的身上插满了兵器，鲜血淋淋，却不妥协，不断还击，直到流尽最后一滴血。

而在他的身后，有一座古老而残破的城，像是随时都会被对手铲平。

但是，由于他浴血搏杀，此城最终保存了下来。它依旧在冷风中，孤独而凄凉地矗立着。

石昊震惊万分，他一眼就认出来了，那是边荒！

当年，他在黑色古船上的祭坛上也见到过一幅画面，画面中的城池跟这个一模一样！

居然是它。

“难道说，这个人是镇守边荒的七大王者之一？”石昊震惊万分，盯着这具古尸，内心澎湃，情绪激动，一时难以自抑。

他也不知道是悲还是喜，好不容易且足够幸运见到了传说中的人，却只是一具尸体。

不用细想，石昊也知道，这个强者当年参加的那一战有多么惨烈，日月星辰崩碎，成片坠落下来，他以一己之力对抗群敌，并且将对手击退了。

可是，最后此人还是战死了。

毕竟对面阵营仙气浓郁，至宝纷舞，实力强到无法想象的顶级高手实在太多了。

看了许久，石昊对着这具古尸施了一个大礼，他忍不住一阵轻叹，那么强大的人杰也还是逝去了。

他在猜测，边荒七大王者究竟是何年月的人，如今还剩下几个？

这个人怎么会来到太初古矿，是有人将他安葬在此地的吗？

这些都是未知的，一时间难以猜测。

石昊收拾情绪，让自己平静下来，不再考虑这些，而是开始琢磨如何悟道，怎么才能获得六道轮回天功。

这是至尊殿堂的传承，曾经威震天下，他必须要得到！

可是，任他催动骨文多次尝试，这个地方依旧平静如常，早先的诵经声也并未再出现。

“或许，那件东西能引发诵经声？”石昊说道。

他想到了一张兽皮古卷。

当然，它并不是实体的，而是由精神意志烙印所化。

当年一战，他在虚神界得到了这张兽皮，上面不仅有一株草的剑意，还封印着一个小小的空间，里面记载有六道等几个字。

后来，待石昊修为足够时，曾经打开兽皮，想要一观究竟。

可是，他失望了。

因为，在那封印的兽皮中只有一些残缺的文字。

他猜测，那是六道轮回天功的残篇！

只是，那残篇太零碎了，根本无法修炼，石昊只能作罢。

现在石昊想到此物后，开始一笔又一笔地在虚空中刻写字符，想要重现六道轮回天功。

果然，这里有了异常反应。

当他在这里刻下那些残缺的记载符文时，这座黑色的古殿开始发出轰鸣之声，同时发出巨大的波动。

这种声音震得石昊气血翻涌，身体像要炸开一般。

整座古殿都跟着发出了嗡鸣，而后六大强者身上发着光，如涟漪般向外扩散，化作诵经声。

“嗯，真的管用！”石昊惊喜万分。

他很激动，一种古法将要打开了。

可是，很快他又蹙起了眉头。这诵经声虽然洪大，但是很难理解，而且声音有些模糊。

这让石昊大吃一惊，又觉得万分遗憾。

怎么会这样？

因为，他仅能听到部分经文，其他都很不清晰。此时，虽然只有一种大道在轰鸣，但几乎要将人的肉身与精神震碎。

石昊叹气，他带来的残缺经文不能真正引出无上古经！

他真的很不甘心。

能寻到这个地方很不容易，如果没有万灵图等，他肯定已经殒命了，结果却依旧无所获。

此时，外界众人都很吃惊，议论纷纷。

因为模糊的诵经声又响起来了，天神书院的一群英才等羡慕极了，在他们看来，一定是不世天书要现身了。

可惜，这一切与他们无关。

而其他大势力等也眼热，只是不敢进太初古矿，所以根本没有办法得到。

“有什么了不起的，绿陀师兄等人哪一个没掌握无上天功，是真正的无敌法，便是太初古矿出土的经文也不见得可与之相比！”

“没错，这个世间不缺经文，这所谓的古经不见得就能与当世的几种最可怕的功法相比呢。”

“不错，世间有几种功法不曾失传，即便这里有古经出土，也不见得能比得上！”

外界的一群天才在低声讨论。他们出身不凡，自然知道很多隐秘，特别是功法，他们了解得更多。

据他们所知，几位绝世天才都掌握有古老的天功。

太初古矿中，石昊头疼万分。

最后，他神色阴晴不定，盯着那位“罪血祖先”。

他咬了咬牙，道：“只能冒险一试了！”

下一刻，他眉心发光。

他在催动“罪血”，在运转最强大的血气，显化了眉心那里的符号，将其烙印在虚空中。

一瞬间，神芒破空，使得这里无比璀璨。

他想用这个符文印记跟那位“罪血祖先”眉心的符文共鸣，从而寻找契机。

“轰！”

尽管那位“罪血祖先”死去了，但额头上的印记还在，这个时候果然跟着复苏了，在那里嗡鸣。

强大的波动传出，排山倒海般，铺天盖地地席卷了整座古殿。

“罪血祖先”尸身的眉心变得极其璀璨，一个古老的符文显化而出。

一人一尸相对，两个符文像是一下子遇到了亲人，在那里共鸣，发出隆隆的声音。

“唰！”

“罪血祖先”眉心的符文化成水波，倾泻而下，笼罩了此地。

此地一下子变得绚烂无比。

接着，那个符文分化成好多个，一个接一个，如同光雨飘舞，将“罪血祖先”的尸身淹没了。

那个字看起来神圣而又超凡，到处都是那个符文！

石昊被一种奇异的力量吸引了，仿佛就要跟“罪血祖先”融合了。

“轰！”

山崩海啸，比这还要恐怖。

石昊的眉心发出一道光，仿佛跟“罪血祖先”的那个符文连在了一起……一切都变了！

刹那间，如同百世轮回，又若朝霞初绽！

一时间，色彩斑斓，神音飘荡。

石昊双耳嗡嗡作响，如同黄钟大吕在这里响起，道法天成，冲进他的神识中，振聋发聩。

这是无上奥义。

此时，石昊通过与“罪血祖先”的感应，听到了诵经声。

这一次，诵经声在他耳中是如此清晰，如此真实，他竟能全部听清。

这让他如痴如醉。

六道轮回天功，正在被破解，被一个年轻人独自聆听！

第829章 悟法

WANMEI SHIJIE

经文如歌，柔和地飘了过来，光雨点点，仿佛要落进石昊的灵魂中。

石昊如痴如醉。他终于得偿心愿，在这里听到了六道轮回歌，这是至高无上的经文，此刻在他的心中回荡。

他全身心地投入进去了，钻研每一句，明悟每一段，任何一篇经文都会思忖良久，仔细地体悟。

他的眉心在发光，一个神秘的印记出现在那里，发着光，跟“罪血祖先”共鸣。双方释放出万道神光和彩霞。

一股强大的气息在弥漫，这是相同血脉的人在沟通！

可惜，“罪血祖先”早已逝去，不能留下什么，任石昊如何努力，也无法搜索到他的精神残念等。

石昊抛开了一切无谓的想法，只专注于六道轮回经文，默默地揣摩其最本质的奥义。

不得不说，这门天功博大精深，即便石昊是一位修道奇才，有天纵之资，此刻也不断地皱眉，百思不得其解。

有时候，他不得不强行记住经文。

毕竟有些地方实在是太晦涩了，短时间内他根本不可能悟通，唯有将其记住，待来日再悟。

石昊越是参悟，越发觉得繁复难测，奥妙无穷，仿佛掌握它就可以驾驭诸天星辰与宇宙万物。

他被难住了。

这就是六道轮回天功，初级阶段而已，就已经让石昊头痛万分了。

随着诵经之音的回响，天功在向后期演化，他仿佛看到了万物兴衰，宇宙更迭，一个纪元又一个纪元快速逝去。

这种景象让石昊惶恐。

这究竟是怎样的一种力量，连天地都在衰败、循环往复吗？

原来，没有什么是不朽的，这世间的一切，终究会有到尽头之时！

那么，如何规避，如何逃脱，唯有轮回吗？

当理解到这一步，石昊觉得脊背发寒，灵魂发冷。这与他的认知大不相同，他原本的想法也不是这样。

这世间真的存在轮回吗？他不相信。

可是现在，他接触到的这种传说中的天功分明与他的观念相冲，这还能继续修炼吗？

一时间，他不知道怎么办了。

石昊蹙眉，有点迷茫，有点失神。这样下去可不是办法，如果他错过了这样的机缘，下次再遇到就不知道是什么时候了。

“必须得修炼！管它相不相冲，就让我看一看到底有何玄奥之处！就算跟我的观念有不符之处，我也要看一看它的真义！”

石昊做出了这样的决定。

他的双眼再次发出不一样的光芒，这一刻，激发了他的斗志，他将参悟当成了某种战斗。

战斗不止，一探究竟。

经文声不绝于耳，石昊双眸变得越发明亮了，他站在这里，聆听大道的本源之音，参悟这种无上大法。

此时，他感觉不到时间的流逝，一切都仿佛凝固了。

他如同一座石像，跟这天地共存，同那古代呼应，仿佛存于人间千百世了。

到了后来，时光仿佛混乱了。而石昊也有了一种奇异的感觉，他在渐渐复苏，又像是悟道了，一刹那，他仿佛经历了万古，看尽人世一切，领略了光阴的沉浮。恍惚间，他又像是才得到六道轮回天功，在从头开始领悟。

他的这种感觉很奇异，也很矛盾。

此时此刻，他一会儿觉得自己从古代走来，看不真切眼前的一切，一会儿又觉得自己才出生片刻，正在遥望未来。

他像是迷失了，竟有些忘记了自我。

直到很久后，石昊猛然一震，张嘴喷出一大口鲜血，这时，他才从这种奇妙的状态中解脱出来！

“好厉害！”石昊惊叹。

这就是六道轮回天功吗？

这并不是结束，仅是开始。越是参悟，石昊越觉得这法门博大精深，难怪会被称为“天功”！

自古以来，被称为“天功”的可不多，而且有一些道统传承是自己加的天功名号，实际并不够格。

石昊静下心来，准备在这太初古矿修行，一直到参悟透彻为止。

石昊双手结印，他开始模仿那六大强者。因为他们每一个人都展示了一种姿势，玄而又玄，不可揣度。

早先因为石昊没有得到经文，所以参悟他们的起手式时头疼欲裂，根本无法理解其中真义。

但是现在，石昊懂了，像是顿悟了一般。他对六大强者的身体进行仔细的观察，认真明悟其中蕴含的无上奥义。

“这只是起手式啊！”石昊叹道。

六种起手式就这么厉害，让他越看越沉迷，不能自拔。

“轰！”

第一起手式，石昊已经完成。一瞬间，天崩地裂，仿佛出现了一个浩大的灵秀世界，就在他的眼前。

这很诡异，让石昊当即吓了一跳。

因为道心不稳，起手式随后便散开了，那场景自然就消失了。

“这不是驾驭宝术的大法吗？怎么会出现这种场景？”他一阵狐疑。

他深吸了一口气，让自己平静下来，然后，他再次结印，施展第一种起手式。

“轰！”

虚空果然又一次崩开，仿佛在开辟一方世界！

那里山川明秀，仙雾弥漫，一片圣洁。

“这个起手式很特别，充满了天道气息，所谓的六道轮回，难道就是这样吗？”石昊若有所悟。

很快，他放弃了这一起手式，改换另一人的法印。

下一刻，天地剧震，阴风怒号，黑雾滚滚，一派阴森之象，仿佛地狱降临在人间，让这里化成了恐怖之地。

这一式石昊也懂了，这是鬼道！

石昊笑了。

所谓的六道轮回天功仅仅是指这样的六道吗？他嘴角露出一丝淡笑。有了这样的认知，他并不会过多敬畏这六道轮回天功了。

随后，他尝试驾驭宝术来使出这六种大神通，发现像是欠缺些什么。

“嗯？我的领悟有错吗？”石昊露出不解之色。

难不成那所谓的六道并不是指那样简单的天道、鬼道等吗？

它另有所指？

他神色凝重，重新参悟起手式，并且这一次很认真地从头到尾将六大强者的起手式都悟了个遍。

“还好只是起手式，可以迅速领悟！”石昊自言自语。

自从聆听到无上经文后，他两相印证，可以参悟个究竟。

六大强者的起手式蕴含着无上的大道奥义，虽然很复杂，但石昊还是施展了出来。

突然，石昊一惊。

“咦？还有另类的解答！”

当他稍微变动时，那六种起手式居然显现出了完全不一样的力量。

一瞬间，地、火、风、水……六种道法，六种演绎，被展示了出来。

“怎么会这样？”

此六道非彼六道，跟早先的领悟完全不同了。

这也是一种六道轮回吗？

随后，石昊再次参悟，观摩六种起手式，并一一施展，然后又仔细钻研，终于，有了新的体验与成果。

这次完全不同了，石昊仿佛看到了一位至尊强者在天地中凋零，血肉精魂化成沃土。

这再次证明了，无论多伟大的存在也有走向生命终点的一天。

但是，那位至尊强者所化成的沃土很快又被一株大树吸收，一些养分供给翠绿的叶子，开始了新的生命，开始了新的轮回。

那叶子被一只生灵吃下，成为它的一部分，之后这只生灵历经漫长岁月，再次成长为一位无上至尊。

在此期间，那些生命物质可以称得上命途多舛。

石昊恍惚了。

他一阵沉默，这也算是六道轮回吗？

他再次仔细地钻研此法，此时又有了新的体验与发现。原来，六道轮回不局限于一种形式，它多元多样。

直到此时，他才明白前人的典籍多么重要。这跟他过去的想法很不一样！

他终于明白了，所谓的六道轮回，跟他的观念不见得相冲，这六道轮回有各种体现，每一种不同的体现都很惊艳。

接下来，石昊全身心地投入了进去！

难怪需要以六大强者的尸身来演化那种法门，因为这世间没有比这更适合的方式了，因为这种功法太玄奥，一般的人根本施展不出。普通修士只要摆出这种姿势，自身就要遭到重创。

随后，石昊修成了六大起手式，动作非常流畅。可以预想它的威力究竟有多么的强！

当石昊悟透了这六种起手式后，实力超越往昔，可以称得上超凡入圣。

他练成了！

第830章 灭度

WANMEI SHIJIE

石昊身随心动，在这黑色而空旷的古殿中展动躯体，如同一条蛮龙在腾挪，一瞬间化出六种形态。

六大起手式，他快速完成了！

这一刻，风雨雷电、域外星辰，仿佛都降临了，除此之外还有各种古生物，以及山川万物都同时浮现了。

这是天功初成、起手式施展后的异象！

石昊有一种强烈的直觉，这天功有了不得的威力，超乎他的想象，当然，还有很多神秘之处等着他来挖掘，说不定会慢慢绽放出意料之外的威势。

但是，眼下掌握的这些已经足够了，他现在处在圣祭境，运转六大起手式足矣！

一切只待水到渠成的那一天。

若修道有成，接下来自身的境界有所提升，天功的相应特征与威势就会完全展现出来。

推开黑色的殿门，石昊最后回头看了一眼六大强者，然后，他走了出去。

此地诵出的所有经文都烙印在他的心中了，只是不知道是否完整，但是他希望这是一部一点也不残缺的天功。

一只十丈高的赤红色蝎子正在远处爬动，带着死亡气息，而那蝎子的尾巴有寒光闪动，让人心悸。

那蝎子尾巴甩动时，周围虚空扭曲、塌陷。

太初古矿，有着太多的不解之谜，而这肯定是一只至强者级别的天蝎，石昊一阵沉默，这里太危险了，随便见到一个生灵都这样的不同寻常。

他究竟来到了一个怎样的环境，这里又葬下了多少秘密？

“嗷……”

一声兽吼传来，惊天动地，连太初古矿都险些崩开！

一只百丈高的古狮从空旷的通道中走了出来，向着另一个方向而去，身上有污血，鬃毛浓密而慑人。

不知道这只狮子存世多少年了，它不是太古时期的，就是上一纪元的，但是肉身依旧很强大。

石昊一凛。他早先见到过这只古狮，身上并没有污血，显而易见，不久前它一定与什么生灵战斗过。

这令石昊焦躁。太初古矿不是完全死寂的，地下有不为人知的争斗。

这地方跟他想象中很不一样，该不会诞生了什么不得了的生灵吧？

而且，这么多的古尸每一个生前都是巨头，不乏盖世高手，他们都是如何死去的？他们的尸骸是被人带进来的，还是说，本身就殒命于此？

石昊默默思量，难道说这太初古矿真的有仙王长眠，在万物土中等待着复苏，而今有了迹象？

很明显，这个地方甚是古怪，秘密甚多。

连九凰炉这种至宝都是被随意埋在土中的，这有点匪夷所思。

“呜呜……”

突然，石昊听到了号角声。沉闷、压抑、哀凉，让人很不舒服。

而后，他看到了一些古尸，一个个披着黑色金属甲胄，面容冰冷而阴森。

虚空模糊、塌陷，现出一条诡异的通道，不知通向何方。那些古尸先后踏了上去，无声无息地向着某一地赶去。

“这是昔日的场景再现吗？”石昊有点发呆，不敢相信这是眼下真实发生的事。

他睁开了天眼，结果虚空中生出雷电，“轰”的一声向他这里劈来。这是不允许他插手此事吗？

石昊离开黑色的殿宇后，那种如刀锋般的压迫感消失了。他在太初古矿中游荡，想要寻找更多的机缘。

只是，最深处有灰雾弥漫，非常神秘！他看不穿，也望不透。

他觉得，那里像是盘坐着至高无上的人，没有人可以临近。

隐约间，他有了面对来自未来的那只三足两耳圆鼎般的感觉，有点熟悉，有些怪异。

“难道鼎的主人，或者与之有关的人盘坐在里面？”石昊这样揣测。

最终，他也没有进去，因为自知实力差得太远。就算他有万灵图在手，也不敢乱闯，不然的话，多半会有杀身大祸。

早在进入太初古矿时，他就发现，古洞深处有神秘的力量足以对抗万灵图。

“那就不勉强了吧。”石昊说道。

他寻了一个幽静之地，再次闭关，开始修行。

他也知道，外面很多人都在关注这太初古矿内的动静，除了各大势力，天神书院的两位长老也来了，现在出去有些不方便。

与其出去面对那些麻烦，他还不如在这里悟道。

首先，他巩固了一遍六道轮回天功，将六大起手式练得炉火纯青，配合经文后，被他演绎到极致。

随后，他安心思索，以此天功来统驭诸多宝术。

数日后，石昊不再练功，而是取出了一池宝液，当中有长生药的遗蜕，如叶片、根须等。

这一池宝液，价值连城！最起码，在这一世几乎寻不到了，跟稍微稀释的真龙血、凰血等区别不大，都是瑰宝。

石昊了解到了天神书院最强的英才们进入凰血池后，就曾连声叹息，认为自己错失了一桩大机缘，而现在，他有了补救的机会。

古洞深邃，光线昏暗，但很清静。

石昊能看得出，在无尽岁月前，的确有人在这里挖矿，留下了凿刻的斑驳痕迹。

只是不知道为何，最后这里竟成为人间最可怕之地。

“咦？”

忽然，他在一个角落里发现了几幅模糊的石刻。

他凑近一看，像是一组记载古史的画面。

第一组画面中，有人选址、开采仙金。

这是一处绝世古矿，很快就有收获了。要知道，仙金是让真仙、长生者等都眼热的材料，世间难寻，可以铸成无上兵器。

第二组画面中，记述了一些诡异之事，先后有强者在这里的矿洞中莫名其妙地死去。

那些人无病无伤，但死得很离奇，殒命前像是跟什么人对抗过，有挣扎过的痕迹，但还是无伤而终。

第三组画面中，人们依旧在采矿，最后像是挖出了什么东西，引起了极大的恐慌，就连那些族中的至强者都在飞速倒退。

可惜，画面被破坏了，那些人挖出了什么，不得而知。

后面的石刻就更可怕了，天地中的至强者，甚至有长生者离奇死去，在恐怖的气氛中殒灭。

最后一组画面则是，人们填了太初古矿，将它封印，再也不敢靠近，等于是将它永久废弃了。

石昊愕然！

“都说这太初古矿的年代有可能比仙古还要久远，这可能是真的！”石昊蹙眉，忍不住自言自语。

按照石刻上的记载，这太初古矿是在上一纪元被填上的，那个时候，他们挖出了恐怖的东西。

由此类推，那个恐怖的东西的年代应该更久远。

“真是可怕啊！”石昊揉了揉太阳穴。

他看着这座昏暗的太初古矿，有点头疼，也有点发蒙，连仙古的那些大人物都对此地如避蛇蝎，别人就更要警醒了。

石昊琢磨了很长时间，最后抛开了一切，一心一意想着如何提升，如何让自身发生蜕变。

他浸在长生液中，体会着自身逐渐蜕变的过程。

这长生液有奇效！

石昊进入这座太初古矿后，又来到黑色殿宇。他曾数次吐血，多处受伤，暗伤尤为多，那是无敌力量导致的，一般灵草等根本无法治愈，需要时间来休养。

可是眼下，他体内的暗伤快速消失。

他全力运转骨文，动用原始真解，借此药池炼体、修元神。

一瞬间，白雾蒸腾，那是长生液内蕴含的仙道气息，快速将石昊包裹住了。

“砰！”

他身上的衣服炸开了，化成灰烬。

接着彩霞迸发出来，瑞光万道，让石昊的肌肤晶莹而灿烂。

“还不够！还需要催动气血沸腾，如此才能真正蜕变！”石昊自言自语。

他动用法力，用尽道行，催动全身血液，使其达到近乎燃烧的状态，令自身肌体处在蜕变的边缘。

“轰！”

数日后，一池子长生液都被蒸到沸腾，化成雾气，在这个地方弥漫开来。

接着，石昊的肌肤表面出现了数不清的金色旋涡，疯狂地吞噬着周围的仙道气息，也吞噬了那些雾霭。

这一炉药液的精华彻底被吸收、炼化得干干净净。

与此同时，石昊全身开裂，骨骼崩断，内脏暗淡，他像是要解体了，整个人都像是快要寂灭、不复存在了。

欲新生，先灭度。

想要蜕变，便要从那最本源开始，这样才能涅槃。

“轰！”

像是一道惊雷划过，随后光芒闪耀，昏暗中，石昊那裂开的肌体剧烈地颤抖，通过龟裂的缝隙向外喷出神光。

他知道，他正在蜕变，实现涅槃。

第831章 新生

WANMEI SHIJIE

这是一个很诡异的画面——石昊身体龟裂，但还未破碎。不过，从那裂缝中，不断冲出成片的神光！

蜕变很激烈，就像是在最短的时间内脱胎换骨，这才是真正的涅槃。

若是时间漫长，那就不是涅槃，而是慢慢修行了。

“咔嚓！”

石昊体内的骨骼进一步断裂，并发出如同爆竹般清脆的声音，炸得他双耳嗡嗡作响。

可以说这是等同于炼狱般的折磨，一般的人绝对会在第一时间昏厥过去，因为实在剧痛难忍。

不过，石昊在坚持，在咬牙忍耐，他要看清每一步的蜕变，真正了解涅槃到底是怎样进行的。

这对他的修行有莫大的好处。

当他还是小修士的时候也曾蜕变过，但随着修为增加，越来越难了，而这涅槃的过程也不同了。

到了现在，释放人体潜能的位置全变了，石昊需要借涅槃寻出那些位置，并考虑以后如何将它们进一步开启！

“噗！”

他的五脏裂开了，继而变得粉碎，化成了五股先天精气，演化为五行。

这就是涅槃的过程，痛苦得无法想象！

眼睁睁地看着五脏破碎，试问还有谁能坚持得下去！

石昊满身冷汗，身体微微颤抖。但也正是在这个时候，他盯着化成五行精气的五脏，有了某种触动。

但是，他也备受启发，来日自己若开创与众不同的修炼体系，若想超越所有前贤，眼前所见是否就是一条路呢？

“咔嚓！”

四肢的骨头断裂，让石昊难以承受，仿佛就要跟这个世界失去联系了。

“啊！”

他一声轻吼，脊背挺得笔直，努力让自己打起精神。

此时，仿佛有一条浑身发光的真龙在他背后腾起，但紧接着，传来“咔”的一声，依旧有骨头折断了。

石昊冷汗长流。

他百骨尽断，体内正在发生剧变。

这是真骨碎裂，而后重塑！

过程非常痛苦，但是又值得期待。

不久后，石昊的身体变得焦黑，皮肤干枯。那是因为，他在换血，在换皮！

简直让人难以置信！他的毛孔向外喷涌黑色的血液，还夹杂着一些碎骨渣子，这种蜕变太激烈了。

一般的进化，哪里会到这种程度！

这简直像是在拿斧头砍，生生劈出一个新的身体。对于正常的人来说，负荷太大，受损也太严重了。

但是，石昊体魄强健，虽然剧痛难忍，但他还是忍了下来，而且他真切地看到了自身的变化，也感受到了巨大的好处。

血液鲜红，有着一层璀璨的光泽。

这血仿佛拥有了灵性。

在他的脏腑碎掉之后，精气与血肉开始凝聚、重塑。在骨头断掉之后，骨髓变得如太阳一般璀璨，它们万分活跃，帮助他长出新的骨骼！

这个过程是再塑，也是新生，是名副其实的涅槃再生。

这造就了一个全新的他。

当然，这并不是全部。还有一种更危险的变化正在到来！

他的头骨在龟裂，头部骨骼闪烁发光，也在重塑。那早已脱光发丝的头上又开始长头发了！

“轰！”

他脑袋剧痛，在天灵盖内，有一个拳头高的金色小人在挣扎，在痛苦地嘶吼。那是石昊的元神。

它也在变化着，身上龟裂，不断脱落下一块又一块碎片，释放出了更为璀璨的光华。

这个过程，有些像神卵孵化，蛋壳碎落在地，一个更强劲的生命出世了。

随后，他的元神表面裂开了，绽放出耀眼的金光，出现了一个更为璀璨的金色小人。

现在的石昊，不仅肉身涅槃，就连元神也涅槃了，都变得更加强大！

他体内的骨骼噼啪作响，血液的流速还在加快。五脏更迭，元神蜕变，所有这些都在快速进行着，这就是涅槃的过程。

石昊呼吸的过程中，先天精气喷吐出来，这让他感受到了自身超越以往的强大之处。

早先他的肉身就已经天下罕见，而今更加不凡，最起码在他这个境界，古往今来寻不出几人能与之比肩。

这是一次新生！

一个强大的石昊出现了！

他的皮肤淌着血，或许，可以说是排血，将老血换掉。

他的骨头重塑后，不断地律动着，像是在被千锤百炼，让新生的骨质更加坚硬。

他的感知在得到了全方位的提升后，如今神觉更加惊人。

而此时，他的元神涅槃也接近尾声。

忽然，石昊听到了脚步声。

有人在接近！

他选择的地方已经很僻静了，结果还是有人寻到此地。看来，情况有些不妙。

“咦，这里有一个人，浑身是黑血，他受了重伤！”一个青年说道。

另一年轻女子则蹙眉，目射神光，紧接着露出凝重之色，道：“错了，他在脱胎换骨，实现了一次涅槃。”

“什么？”其他人闻言，都心惊肉跳。

他们足有十几人，有男有女，都很年轻，最重要的是，都非常强大。

因为每一个人都有仙气绕体，异常惊人，这样一群人走在一起，足以让任何一股大势力震撼。

他们潜能无尽，成就不可限量，代表了未来。

谁都知道，只要给他们时间，他们一定可以崛起，将来必定会成为九天十地中的超级强者。

石昊一看就知道，他们来自天神书院，也只有那个地方才能集中起九天十地最惊艳的一批天才。

事实上，的确如此。

他们是天神书院的学生。

原本他们每次下来时不得超过五人，以防全军覆没，带来严重的损失。

只是这几日石昊在闭关，有五人下来了，有九凰炉的庇护，又正好避过了石昊，所以没有遇到危险，他们搜寻未果，就平安退了回去。

这样一来，导致后来其他天才也要进太初古矿一探究竟，人也渐渐多了起来，远远超过五人。

事实上，他们下来后只在安全的区域内寻找早先消失的同伴，至于太初古矿深处，他们不敢靠近，因为一股莫名的气息让他们浑身战栗。

当时，石昊正在面临不寻常的考验，黑色殿宇中六大强者的气息实在恐怖，让他大口咯血，整个人横飞出去。

“他能涅槃是因为池子里的药液，这池子不次于我们书院的凰血池啊！”有人惊叫，终于洞悉了那里的秘密。

可是，那池子快干涸了。

那个池中的年轻人熬炼己身已经将药液用掉了。

“他在这里涅槃了，得到了这么大的造化，可惜啊，我等竟错过了！”有人捶胸顿足，遗憾无比。

“问问他是否见到了我们的同门师兄弟，我觉得此人很是古怪，趁他现在还在蜕变，先拿下他！”有人阴冷地道。

涅槃若是被打断，极其容易出现大问题，重则走火入魔或者死亡，轻则遭受重创。

“哧！”

有几人当场就出手了，想先拿下石昊。

他们犯了同样的错误，如同前面几批人一样，觉得有九凰炉在手，可以为所欲为，同阶人根本不可能反抗得了。

可是，他们完全错了！

方才石昊涅槃接近尾声，现在正好结束，他直接站起身，而且手持万灵图，他出手了！

“轰！”

石昊伸展躯体，施展出六道轮回天功的起手式，不断结印，六式同现，光芒照亮了太初古矿，引得这里剧烈轰鸣起来。

“不好，这个家伙太狂野了，施展了什么秘法，快镇压他！”

“咦，九凰炉怎么失效了？”

现场一片嘈杂，彻底大乱。

石昊以六道轮回天功驾驭六种宝术，同时施展之时，霎时间迸发出万道彩虹，涌动起浓烈的混沌气。

此刻的他太强大了！

这些人虽然都是出类拔萃之辈，但都被打得飞了出去，一个个身受重伤，嘴角溢血。

“六道轮回……天功再现人间？”一个美丽的女子擦净嘴角的血，艰难而震惊地说出这样的话。

“真的是……六道轮回天功，至尊殿堂又要复苏了吗？”另外有人声音发颤地说。

第832章 书院天才

WANMEI SHIJIE

一个人就击败了他们所有人!

这些人心中难免苦涩，同时，也无比震撼，能将一式古天功施展到这一步，也算是异人了，在同代中还有这样的人吗?

这是怎样的一个人?

仅一式古天功便挫败了他们的信念，让一群天之骄子脸色灰暗，不甘而又无奈，生出一股股的无力感。

要知道，这些都不是凡人，是选进天神书院的天才，都至少修出了一道仙气。而且，他们足足十多人啊!这是何其庞大与惊艳的阵容，但是他们集体败了，若是传出去，定然会引发轩然大波。

这个人太了不得了!

“多半能和绿陀比肩。”有一名少女喃喃自语。在她眼中，绿陀是最强战神，将别人与之并列提及就算是侮辱，可是现在，她生出了这样的念头。

“绿陀有这种实力，因为他也掌握了一种古天功。”另一个白衣青年轻叹道。他内心酸楚，显得很失落。

他也算是一位高手了，在自己那片古界就算不独占鳌头，也处在最强的那一列人里了，而今却被一个年轻人直接轰翻在地。

“可与最强的那几人媲美!”其他人也轻叹。

他是谁?这是许多人的疑问。他们盯着石昊看个不停，觉得非常纳闷，如此强大的修为，为何没有进入天神书院?

“他是石昊，被放逐在此地，但进入太初古矿后他并未死去!”

“是他，被元青擒了下来，说要压制他十年，所以送进此地!”

因为有人听到过一些小道消息，知道石昊被流放到此地的内幕。

一些人闻言恍然大悟，但他们一下子呆住了，此人是石昊，一个来自三千州的年轻人，那里不是一直代表着蛮荒与落后吗?

当日，没有人认为石昊被送进太初古矿后还能活下来，毕竟他消失很久了，现在他们不这样想了。

石昊看着他们，倒也没有下杀手。因为一旦走漏消息的话，那将会后患无穷，因为这里每一个人的身后都有一个强大的族群。

当然，最主要的原因是，他并非一个嗜杀的人，且边荒将乱，未来会有大战，没必要将潜力最强的一批人葬送在这里。

虽然石昊不杀，但不代表他会放过他们。他走上前去，开始搜身，将他们身上的各种珍稀之物都没收了，免得他们用来不务正业。

“咦，这是什么，一小罐神血？”石昊惊讶极了。他在一个青年身上发现一个玉罐，当中有鲜红透亮的血，如火焰般在跳动，在燃烧。

凰血！

很快，他便想到了这一可能，因为他早就听说天神书院有一个凰血池，里面有凤凰涅槃时所留的一池血。

很明显，这个人不似绿陀等人那般有手段，但他就算没机缘进入池中洗礼，也得到了一小罐凰血。

“很好，谢谢！”石昊笑了，向他表达谢意。

“不，你不能拿走！”那人双眼发红，发出近乎撕心裂肺的声音。

“在你向我出手时，这罐血就已经是我的了，甚至连你都是我的。”石昊不以为然地说道。

十几人中有半数是女子，她们闻言脸色一白，这家伙连人都不放过吗?

随后，石昊将他扒拉到了一边，不再理会他了，然后大模大样地将玉罐塞进了自己的怀中，结果让那人一脸痛苦之色，差点昏厥过去。

“美女，你身上有什么，非要我来搜吗？”石昊将一位红发少女拎了起来，盯着她上下打量。

“我什么都没有！”这红发女子很干脆，瞪着一双美丽的眼睛，看着他，不想屈服。

“那我自己搜。”石昊说道，上下摸索，结果惹来一阵尖叫，最后还是被他取走一对瓶罐。

“不错，竟有数十颗半神果！”石昊心满意足，又换了一个目标。

“小子，我警告你，别碰我！”人多了，自然什么性格的都有，其中一个青年恶狠狠地盯着石昊，不肯屈服，还以这样的态度相威胁。

对于这样的人，石昊很干脆，一阵拳头过去，将此人揍成一个“猪头”，而后动手搜身。

就这样，石昊不管是男还是女，一个都没有放过，将一群年轻翘楚收拾了一遍，有的人并未遭罪，因为很配合。

不过有一些英才则鼻青脸肿，被打了个半死，又狼狈又凄惨。

其中，有两名很漂亮的女子也在此列，她们被揍了一顿只是因为态度很凶悍。那两名少女恨得咬牙切齿，这是名副其实的“辣手摧花”。

“再敢瞪我，一会儿将你屁股拍成八瓣！”石昊威胁道。

“可耻！”

“可恨啊！”

两名少女脸色通红，气愤极了。这家伙太过分了，根本不懂得怜香惜玉，这样漂亮的姑娘都被大揍了一顿。

这两人恨得牙痒痒，很想扑上去咬死石昊！

要知道，她们来头很不小，一般的人修出一道仙气已经算是稀有奇才了，这样的人一个古界寥寥无几。而她们两人都修出了两道仙气，长得又美，平日间，无论她们走到哪里都得到众星捧月般的待遇，备受瞩目。

可是今日，那人竟然无视她们的美貌，对她们大打出手。

“你还是人吗？”一个少女愤愤不平地道。最让她羞愤的是，还被威胁打屁股，实在是让人无语。

“啪！”

事实上，威胁已经变成了事实，她的屁股真挨了一顿打。

因为，石昊对她藏着掖着的态度很是不满，直接出手，最后没收了她们身上的珍稀之物。

到了最后，十几人身上的宝贝被没收得干干净净！

“石昊，你不觉得这样很过分吗？你终究是要进天神书院的，不久后我们会相见，可你现在……在做什么！”有人忍不住这样大声提醒他，希望他可以掂量一下。

他们相信，石昊不敢杀他们，不然的话那也太丧心病狂了，他也没办法交代。

“我也该走了。”石昊说道，在这太初古矿中，他待的时间太长了。

虽然这太初古矿还有很多隐秘之地，肯定藏着大机缘，但是他不想久留了，因为这里充满了未知与危险，再下去，结局难料。

“不久后我就会去天神书院，可是诸位都认识我了，让我怎么好意思去呢？”石昊说道。

“你想怎样？”一个青年问道，露出戒备之色。

而一个少女更是吓得花容失色，脸上一阵发白。

“放心，我不是一个心狠手辣之辈，不会要你们的性命。”石昊说道，露出一副憨厚的样子。

这些人深知这家伙不好惹，一个个都用怀疑的目光看着他，但不敢随意乱叫了。

“要不我们商量下，你们自己抹除在太初古矿中的记忆？”石昊问道。

“不行，你不要欺人太甚！”有人怒道。

“咚！”

就在这时，石昊出手了。他直接抡着一根白骨棒敲在那人的后脑勺上，骨棒配合骨文，堪称重击。

此人翻了下白眼，而后再也没有动作了，彻底昏厥了过去。

石昊不客气地抹除这个人神魂中的部分印记。

其他人都脸色大变，因为这样做很危险，一个不好就会形神俱灭。

“我们自己选择忘记！”有人大叫。

很快，这里鸡飞狗跳，被石昊搅得一团糟。

不管是真配合他，还是自己解决的，总之，这里清静了，因为一群人都被放倒了，陷入昏迷中。

“希望等我进入天神书院时，我们彼此不认识！”石昊说道。

很显然，这是不可能的，因为今日之事他自己就记得比较清楚，一时半会儿也忘不了。

而这些人也都不是平常人，虽然被抹除了在太初古矿中的记忆，短时间内记忆模糊，但说不定来日会慢慢复苏。

第833章 恐怖人物

WANMEI SHIJIE

很快，石昊又来到了一处布有阵旗的地方，当中还有十五人，正是早先被制住的那群英才。

从某种意义上来说，石昊将天神书院的英才得罪惨了，前后加起来超过三十人被他修理过。

“我想知道，元青为何要压制我十年！”他早先就已经询问过另一批人，现在要从这群人身上进一步求证。

可惜，并未出现意外的答案，这些人的说法大同小异。

“据说，是长生世家当中的风族请求元青压制你的。”有人回应道。

当然，这仅是小道消息，而且近来才有传闻，谁都不知道真假。

石昊皱眉，他自问没有得罪过这个家族，跟他们也从来没有交集，不知道该族为何要让元青压制他十年。

“该族可有弟子在天神书院？”他进一步问道。

“有，风行天，三道仙气绕体，在这个年龄段其修为震古烁今，是九天十地间最强奇才之一！”有人答道。

“风行天！”石昊念出这三个字，并将其记在心中。

随后，他看着这些人，道：“诸位，是你们赎罪的时候了！”

毫无疑问，又一场洗劫开始了，将这些人身上的各种珍稀之物搜刮干净后，他又开始抹除他们的相关记忆。

直到最后，他心满意足地躲进太初古矿深处。

石昊开始琢磨如何跟天神书院的长老们碰头，是这样冲出去，还是等他们进来呢？

就在他思虑之际，变故发生了。

黑暗中，一双又一双碧绿的眼睛亮起，如同饿狼一般，让人毛骨悚然。

石昊瞬间汗毛竖起，转身就走。

然而，他发现出口那里的绿色眸子更多，而且向他围过来。

这情况很糟糕。

石昊脸色一变，没有办法，只能向里冲去。

“嗷……”

兽吼声传出，震动天地，整座太初古矿都在摇动。

外界的一群人都听到了，这莫名的兽吼声让他们有种不祥的感觉。

天神书院的两位长老面色阴沉，九凰炉已经飞回，可是那些弟子却不曾归来。

“到底发生了什么事，他们的魂灯都还亮着，说明没有一个人死去，为何就没有一个人回来？”

两人无奈，有种深深的疲倦感，若是这么多英才都出现意外，那损失太大了，他们可承受不起。

事实上，这几日他们见有些英才进入太初古矿后又都平安归来，便放松了警惕，不承想这次一下子走失了十几人！加上先前的十五人，回去后根本无法交代。

“没有办法了，我进去看看！”一位长老说道。

因为，他听到了兽吼声，太初古矿中似乎出了乱子，再这样耽搁下去，说不定天神书院的弟子们真的会发生危险。

“让我去吧！”另一位长老说完就抓住了九凰炉，快速冲向太初古矿。

他们两人不可能一同进去，得留下一人接应，也是为了避免都进去后全部陷在那里。

原本只是一次历练，结果却发生了这样的事，让他们头疼又自责，都有点后悔带队来到这太初古矿了。

那位长老化成一道虚影，手托着拳头高的九凰炉，快速没入太初古矿，消失不见。

地面上，一片哗然，天神书院的大人物都进入太初古矿了，这可不是小事，他能平安回来吗?

不得不说，九凰炉本来就非同一般，在这等大人物手中，神威远胜之前被书院的那些学生手持时。

“这是什么？”他刚一下来，就看到了一双又一双碧绿的眼睛，在盯着同一个方位，像是在追击着什么。

古兽，死尸古兽，从未见到过，但是无比强大!

天神书院的长老神色凝重，心里不安，但他还是手持九凰炉，向前快速冲去，因为他感应到了一些弟子的气息。

很快，他看到了一堆人被困在法阵中，全都不能动。

“还好，没有性命之忧！”

这些弟子的状态很糟糕，他们眼中一片茫然，似乎忘记了曾经发生过什么。

很快，这位长老又在另一座法阵中寻到了十几人，这下所有弟子都找到了，这让他惊喜万分。

不过，当他看到那些古兽时，心情又变得沉重了。

那些生灵带着死亡的气息，却极度强大，让人生畏。

“那些古兽在追击什么？”天神书院的长老面露疑惑之色，他想跟下去，看个究竟。

“哧！”

这位长老虽然年岁不小，但是动如脱兔，矫捷若大鹏展翅击天，速度非常快。

可是，当他追下去时，隔着很远就忍不住颤抖起来，因为，他看到了一道身影。

自从他道成以来，修为达到了此生最高峰，还没有遇到过这种情况，居然让他灵魂发颤，整个人都要跪伏下去。

他的实力何其恐怖，不说横扫天下各教，但也不会因此而瑟瑟发抖才对。

哪怕此刻他托着九凰炉，依旧不能减少这种天生的惧意。

终于，他看清了那道身影，那个人回过头来，露出了真容。

天神书院的这位长老如遭雷击，整个人头皮发麻，白发根根竖起，无比震惊。

那是一个表情呆滞的人，一双眸子空洞无比，没有一点神采。

天神书院的长老见过这个人！

“真的……是他吗？”他浑身颤抖，内心生出一股极大的恐惧。

很少有人能认出这不是当世人，但对于长老与部分顶级强者来说并不十分陌生。因为在这九天十地中，有一些古老的神庙中供奉着这个人的金身塑像，他属于上一个纪元的无上强者！

他若不强，那些古老的神庙中何以供奉着他的法身！

被那空洞的眸子扫了一眼后，天神书院的长老从头凉到脚，在这一刻，他竟有了窒息的感觉。

这种感觉糟糕透顶，他的灵魂都要离体了。

那是怎样的一个人，即便带着死亡气息，依旧有这样可怕的力量。

天神书院的长老想都不想，直接遁走，哪怕他托着九凰炉，也生不出一丝侥幸的念头。

那身影看着他离去的方向，依旧神情呆滞，停了片刻后才向前迈步走去。

石昊自然感应到了巨大的危机，濒临死亡让他有种可怕的通灵感应，他知道某些自己也无法战胜的生灵正在接近。

最终，石昊实在没有别的办法了，只得躲进了那座黑色的古殿中，跟摆出六道轮回起手式的六个强者站在一起，手持万灵图，静静等待。

远处传来兽吼声，都是古兽，实力强大，将这里围住。

同时，石昊感觉到了那股死亡气息，这简直就是死神来了，看中谁，就直接点走。

石昊不动，等这些生灵离去。

他能感觉到，只要踏出去，那个人翻手就可镇杀他，若是真的出手杀他，那就麻烦大了。

说也奇怪，那个人只一眼就吓退了天神书院的长老，现在却很踌躇，没有推开殿门，不曾进去。

他有些焦躁，像是在考虑，到底要不要进入这黑色殿宇。

石昊紧张极了，这到底是什么人，为何给他的感觉好比不朽生灵降世?

片刻后，那种压抑的感觉消失了，兽吼也听不见了，石昊推开黑色大门，发现那个人走了。

“他忌惮这古殿？”石昊惊疑不定。

黑色的古殿是何人所留，居然让那个人有种本能的顾忌，不敢轻易进来。

再有，那个人是尸体通灵吗？该不会是一位无上的仙王吧!

石昊觉得脊背生寒，刚才那种感觉太不好了，令他生出无力感，不能对抗，只能被动等待。

“嗯，我得提升实力了，现在就去天神书院！”他做出这样的决定。

当离开三千州，见识到了元青等人的实力，又在太初古矿中遇到危机，他深刻感觉到，天神仅仅是起步，还有更远的路要去走!

石昊在寂静中等待，当他确定没有危险后快速冲出矿洞，从出口攀了上去。

第834章 偷渡

WANMEI SHIJIE

在这地下古矿中待了很多天，现在见到起伏的山峦，明亮的天光，恍若一梦。

地下世界很新奇，充满诡异，分明是一座废弃的古矿，却掩藏着无尽秘密。

疑似仙王的尸体，还有遗迹——黑色殿堂等，诸多隐秘之处，让人难以猜测。

事实上，石昊越琢磨越觉得这里非同一般，连九凰炉这样的东西都随便葬在土中，天知道最深处还埋着什么宝物。

可惜这次没有找到生命之石。

来去匆匆，他并没有见到这种奇石，也许曾经遇到了，但是被忽略了。

这个地方太危险，有那样强大的一具不朽的尸体，应该已经通灵了，险些将他堵在黑色殿宇中，所以他无论如何也不能待下去了。

地上的空气并不是很清新，甚至可以说是混浊、炙热的，因为这里没有植被，烈阳一炙烤，自然便显得较为恶劣。

石昊出来后，动用缩地成寸大神通，没入土层中，快速离开了这片区域，没有引起其他人的注意。

因为，这个地方刚发生惊退了天神书院长老的事，其他大势力自然不敢在此围堵。不过远处还是留守了很多人。

当然，最为重要的人物都撤离了，乘坐星域战船进入了宇宙中，也算是暂时避开风险。

太初古矿有着太多的秘密，任何人都不敢大意，就是真正的至尊来了，多半也忌惮不已，不敢贸然进去。

这颗星球很大，面积广阔，石昊蛰居了下来，筹谋离开此地。

指望飞回无量天，难度太大了，因为现在已经进入宇宙，这颗星球远离那片古界，真要他自己横渡，不知道何年何月才能成功。

况且，在路途上，有诸多残器，阵纹无穷，这块星域曾经是古战场，可谓荆棘险途，难以横穿。

“只能等了！”石昊握紧拳头，反正已经耽搁了这么久，也不差再等几天了。

总的来说，这次太初古矿之行有惊无险，他最大的收获便是那门古天功，这可能将会是他在天神书院立足的根本。

因为，据他所知，那几位最强奇才，都拥有古天功。

当然，得到长生液，令自己实现了一次大涅槃，也是巨大的收获，如今的他不论是肉身强度还是精神力都激增了一大截。

也正是因为如此，他才能跟那些人站到同一起跑线上。不然的话，那些最负盛名的英才都经历过凰血池洗礼，他很难追上他们。

“天神书院真是一个好地方，连凰血池都有，太厉害了，我都有些迫不及待要进去了。”石昊说道。

同时他也一叹，在太初古矿居然发现了一株真正的长生药，可惜没有捉住，那个生灵太迅速了。

这让他非常遗憾，九天十地中也寻不到几株了，而这里就有一株，拥有它便可长生不死。

“连它什么样子都没有看清，是史籍中所记载的哪一株仙药就更不知道了。”

当然，他也怀疑，那株长生药是死后的仙王化成的。

因为，在骨书上有这样的记载：有无上仙王殒灭，化成长生药，永存世间。

“真是神秘啊，长生仙药、黑色古殿、九凰炉等，那里藏着太多的秘密。”

一连数日，石昊在这块区域徘徊，眺望那些大势力的基地，还是没有大型战船起飞，也无人员离开。

他需要一个机会，借助那些人的战船离开。

只能等待了，这很需要耐心，时间对于石昊来说有点漫长，也有些煎熬，毕竟他已经打定主意离去。

他不想在这里浪费时间，因为任何一点时光对他都很重要，不然的话，别人也不会要压制他十年了。

凭着感觉，他猜测天神书院中一定有一桩天大的机缘，而且只有少数几人才能获得，不然竞争对手不至于如此针对他。

可以说，这样压制他，有些卑鄙，也让他愤怒。

只是不知道那些小道消息是否为真，指使元青压制自己的究竟是不是长生家族中的风族呢？

还没有进入天神书院，他就已经有了一些潜在的强大敌手，比如说那个绿陀，再比如说风族的风行天，还有长生家族王家的小姐或许也是一个劲敌。

想到王家，他不禁摸了摸头上的金刚琢，这东西很牢固，依旧箍在他的额头上，没有办法取下来。

凭他现在的实力，这件锃亮的金属法器不见得能禁锢他。

但是，想取下来有点麻烦，他没有把握。因为他曾想用大罗仙剑将其斩开，结果发现金刚琢上骨文密布，竟有要炸开的迹象。

这东西居然想与他同归于尽!

石昊没敢再轻举妄动，毕竟金刚琢离他的元神太近了，一个不好，就可能伤到元神。

不过，他也觉得自己有把握不受其控制，可以无视它的存在，只是要取下来很麻烦。

金刚琢银光闪动，戴在石昊头上让他多了一些妖异的气质。

他将头发放了下来，尽量遮挡住这件法器，使它不至于那么显眼，但这样一来他有点像个苦行头陀了。

“不管了，以后找王家的人取下，真若是逼我出手，就去天神书院擒下他们家的小姐！”石昊咕哝。

他很不满，被人戴上一个钢圈，很是不自在。

等了很多日，太初星终于迎来了骚动，远处有一艘蓝色的大船降落，一下子围上去很多人，等候大船打开。

石昊一阵激动，也冲了过去，混在人群中。

这是一艘奴隶船，给这里运来了八九万修士，用来开采太初古矿周围的山地，各大势力的人自然迫不及待地上去交易了。

石昊躲在人群中，看到一群又一群奴隶被赶下来，又看到船上的修士走了下来，踏上这颗星球。

他准备找机会混进去。

大船停了两日，这期间这里很热闹，一片嘈杂，有一些大势力的人要借这艘大船回去，这很正常。

平日间，往来的战船都会卖个面子，顺道载这里的人回去。

石昊迎来了机会，跟着混上了战船。

人很多，船上乱哄哄的。

石昊趁乱上了船，当然一些身份太低的人回去是要付出高昂代价的，还好他洗劫了天神书院的那一群英才。

上去后，他不得已送出一些稀有的天材地宝，这样才能顺利过关。

在这种情况下，这些奴隶船主都会睁一只眼闭一只眼，因为他们见得多了。时常会有一些犯了事的世家子弟被发配到这里，而后又想办法逃回去。

故此，石昊还算顺利。

当然，他先用七十二变改变了容貌，避免了一些潜在的危机。

大船起航，呜呜作响，它化成一道蓝光，划破了天际，迅速没入黑暗的星空中。

“嗯，不太对，我方才似感觉到了金刚琢的一丝气息，进入那战船了！”王家的一位中年人出现，抬头仰望消失的战船。

随后，一位老者也带着狐疑冲了过来，望着漆黑的夜空，一阵惊疑不定。

“不至于吧，那个年轻人应该死在太初古矿了，还能死而复生不成？”中年人说道。

在他看来，不但天神书院的诸多英才都遭受挫折，而且该书院的长老都逃了回来，深入太初古矿很多天的石昊怎么可能还活着！

“可惜了，若是将他送到小姐的身边，绝对是一个很强的仆人，毕竟已经修出了两道仙气，就这么死掉，太浪费了。”老者叹道，深感遗憾。

大船横渡星空，不断穿越空间裂缝，在跃进式前行，速度非常快。

不然的话，指望修士自己飞行，很容易迷失在这冰冷与黑暗的宇宙中。

终于近了，大家看到那块古大陆了，他们回到了无量天。

“这次我一定要进天神书院，一定要崛起！”石昊自语，目光坚毅。

第835章 天神书院

WANMEI SHIJIE

古大陆浩瀚，总共有九重天，而这里便是其中的一重天，是神话中常出现的地方。这里被称作无量天，高高在上，俯瞰星宇。

一眼望去，根本看不到边际，诸多星辰密布，跟这块古大陆比起来，犹如一颗又一颗沙子。

每一片区域都有固定的一颗太阳，它们清晨升起，傍晚落下。

很明显，太阳不止一颗。

“都是古金乌的尸体所化！”石昊叹道。

他知道，其中一些古金乌生前实力强大无比，当中有超越人类极限的存在。可惜，它们已经死了，连尸体都化成了太阳。

当石昊离开战船不久，一艘紫色的大船横渡虚空，进入这片古大陆，追上了蓝色战船。

“道兄请留步！”

这也是一艘奴隶船，从太初星赶来，一路风驰电掣，追上了蓝色战船。

“何事？”蓝色战船停了下来，其主人问道。

“我们从太初古矿而来，我族一名很重要的奴仆逃走了……”王家的一名老者追了下来。

石昊并不知道这些，他早已借助地上的一座古传送阵，离开了这片区域。

“天神书院！”

他这个时候只有一个目标，赶到那个地方，尽快了结心愿。

自从离开三千州，他并不算顺利，耽搁了太长时间，现在他必须要在最短的时间内赶到那儿。

他去过边荒那一端，登上过不朽山，见到那边的生灵早已行动了起来，正在备战！

时间紧迫，如果他不能尽早崛起登顶巅峰，大战一旦爆发，即便他拥有天才之资也无用。

“距离也太远了！”

石昊有点发呆。他实在是无法想象，这块大陆也太浩瀚了，这无量天比三千州还要大很多倍。

九天，高高在上，比十地更加广袤！

就像三千州相当于下界八域，这九天与十地相比虽然没有那么夸张，但也超出很多倍。

石昊有点头疼，沿途只能去那些巨城里花费高昂费用借助超级传送阵前行，毕竟路途太远，指望飞渡有点不太现实。

石昊借助一座又一座传送阵，走过一座又一座古城，朝着一个方向不断前行。

终于在耗时半个月，付出了很多的稀有天材地宝后，他接近了目的地，来到了天神书院所在的区域。

星辰海，属于神话之地。

关于此地，有着太多的传说。

据闻，当年大战时，有大能一剑斩断天穹，大星坠落无数，直接将这个地方给淹没了，光华无尽，远远看去，宛若一片星辰的海洋。

事后，这块区域成为废土，因为天上落下的星辰太多了，将此地砸毁。

若非这里足够浩瀚，且布满大阵，这块区域肯定要被砸穿，被毁得彻彻底底。

便是如此，这里也彻底大变样，原本的平原变成了山地，因为陨星无数，尽管有的砸进了土层中，但还有大量在地表。

陨星堆积成山脉！

而且，这些山脉高耸入云，磅礴的气息似乎压着这个世界。

当然，依旧是大阵造成了这种奇景，不然的话，怎么会遗留这么多星辰呢。

后来，又有大能炼化了一番，使所有陨星真正化成了山脉，而植物也再次生长了出来。

这块区域，便被命名为“星辰海”。

除却星辰外，还有一些至宝碎片葬在此地，更有无上强者的血与骨也跟着埋葬，让这里越发显得神圣不凡。

并且，还有几处仙家洞府被无尽的星辰淹没，埋在了地下。

这么多年过去，星辰海早已焕发生机，并且许多地方有仙道气息冲起，越发的神圣祥和。

而天神书院所选的地址，则是最祥瑞之地。

据传，它所在的山脉之下，有上一纪元的仙家洞府正等待着开掘。平日间，整座书院都会有淡淡仙气出现，真的是神异而超凡。

很明显，这是最理想的修行之地，足以让各大古教为了争抢它而打破头。

只有在此地修建天神书院，其他各教才能平和共处，不再舍命争夺。

星辰海很大，比得上三千州中的十州之地！来到这里后，只要稍微一打听，几乎所有人都知道天神书院在哪里，一点也不用担心迷失方向。

因为，这段时间有很多人赶向那里，希望能被选中进入书院之中。

石昊在路上就遇到了不少年轻才俊，细问之下才发现他们全部跟他抱着一样的目的——要进天神书院。

这让他愕然，天神书院的弟子选拔不是早就结束了吗？怎么还有这么多人赶去？

进入星辰海深处临近天神书院后，路上见到的人更多了，有些人骑着白色古神象，有的人坐在龙纹雀身上……很多都是超级大势力的弟子！

终于，他到了！

前方，大山巍峨，紫气滔滔，瑞光澎湃，一看就知道是人间少有的净土。

那山势起伏，如同上万条真龙蛰伏！

“这里的山脉都是由星辰所化，灵气十足，神级物质密布。”有人说道。

刚来到院门外，石昊就震惊了，这人也未免太多了吧。

天空中有各种神禽，载着一些公子还有小姐，个个都是人间才俊，而且都在修道路上有了一定的成绩。

可以说，在场各位都是高手，放眼望去没有一个是凡庸之辈。

地上更是有许多凶兽，拉着古战车，同样载着各族的翘楚，有一域最强者的子嗣，也有皇朝的公主。

这些人身份不凡，来头甚大。

人太多了，一眼望去，无边无沿，无论是空中还是地面抑或是山峰上都挤满了生灵。

石昊有点眼晕，这竞争未免太残酷了。

院门内圣洁无比，很广阔，一眼望不到尽头，他只能望见最外围的一些胜景。那一座又一座的巨山上，琼楼玉宇，神瀑垂落，仙光耀眼，瑞气缭绕，好不惊人。

那些山上更是有圣药飘香，流光溢彩。

甚至，还能看到神药自行在山地中奔跑。

巨湖当中养着古神蛟，被当作观赏性的鱼虫，不时喷吐水花、电光。

石昊只是匆匆看了几眼，就不得不叹，真是大手笔！

“怎么有这么多人来此，该院弟子的选拔不是早就结束了吗？”石昊忍不住问旁边的人。

这一问，其他人顿时对他翻白眼。

只有一人不解，反问道：“你过来这里难道不是想成为追随者吗？”

一句话就让石昊大吃一惊。

很快，他详细询问了一下，才了解到了真实情况，顿时有点发傻。

天神书院选拔弟子早已结束了，而今各教的翘楚、初代等来此，所争夺的不是成为弟子的机会，而是成为核心弟子的追随者。

每过一段时间，天神书院内的一些弟子就会选些仆从、侍女、追随者等。

这些人远道而来，只为了一个能够进入天神书院的机会而已，并不在意是以哪种身份进入。

石昊真的有点不能理解，当中可是有一族的年轻至强者啊，有强大族类的继承人，还有古国的公主等。

凭这些生灵的身份，以及他们的超凡道行，还至于如此吗？

“你有所不知，进入天神书院，成为那些核心弟子的追随者后，如果你足够强，是有机会成为正式弟子的！”有人解释。

“就为了这么一个机会，连一族小姐都要先去做侍女，一族的年轻至强者都要先去做仆从？”石昊问道。

“做任何事都要付出代价，更何况是要进天神书院，接受史上最强传承！”一位美丽的女子叹道。

“史上最强传承？”石昊惊异地问。

旁边的人不怎么理会石昊了，因为他们发现，这个人什么都不知道，活脱脱一个无知者。

第836章 弃徒

WANMEI SHIJIE

石昊摸了摸鼻子，借以来掩饰尴尬。

面前巍峨的山岳都是由星辰化成的，这么长的光阴过去，它们释放的天地精气使这里俨然成了最珍稀的净土。

天神书院内，各种山岳数不过来，据传每一位真传弟子都拥有成片的灵土，且非常广阔。

此时，站在院门外的众人看到了琼楼玉宇、流瀑飞泉、可奔行的神药以及蒸腾的仙气，心动不已。

“怎么还不出来，我等已经等候多时了。”有人抱怨道。

这些人当中不乏一族的最强俊杰、一国的公主，他们不仅道行精深，实力强大，身份也很了不得。

自然也有人像石昊一般，认为去争做追随者与身份不符，心中有些抵触。

平日间，他们都是人上人，只要出行，都如众星捧月般被族人等守护、宠着。他们来到这里后却只能规矩地等着，待天神书院来选人。

“唉，想我一族继承人，来这里却只能成为其他人的追随者，真的有点不甘！”有一位看起来身份尊贵的锦袍青年叹道。

“小声点，如果不愿意可自行离去，这样道出，徒增麻烦。”有人劝道。

“想一想那几位古皇朝的天之骄女，她们如果被选中也仅是追随者，甚至是侍女，身份岂不是更尴尬？”

有人不甘，碍于长辈的严厉告诫而来，所以有些情绪。

但大多数人很是希望成为天神书院弟子的追随者，进而获得该书院的真传资格，修炼最强传承。

严格来说，书院中的弟子每一个都是超凡入圣的人物，不说都修出了仙气也差不多了。而且，这些人原本就身份超绝，都是各教与最强族类培养出来的年轻至尊，未来的成就不可想象。所以，一族的翘楚、古国的公主等虽然心有不甘，但来到这里仔细想想后又都释然了。因为，那些人不说修炼资质，单以身份来论都不会在现场这些人之下。

“希望长生世家的传人能选中我！”一名少年握着拳头，这般希冀地说道。

顿时就有人笑了，道：“你该不会指望长生世家的某位小姐看上你这个毛头小子吧？”

其他人闻言皆笑，令那少年顿时满脸通红。

长生世家，那是祖上出过仙的家族，单以道行来论，哪怕过去了漫长岁月，实力依旧恐怖，足以镇住世人。

就连那些古国、圣地、超绝族类等面对长生世家也得客客气气，礼敬有加。

谁也不知道真正的长生者曾留下什么东西，料想一旦用出来，多半会石破天惊，斩杀至尊，灭国覆教。

“说起长生世家，有几位小姐当然惊天耀世，真希望被她们选中啊，哪怕成为仆从我也乐意！”有一个桃花眼、略显轻浮的男子说道。

他一脸的笑容，满头紫发，眼中光芒闪烁，看起来实力不凡。

其他人嗤笑着摇头，即便选中成为仆从又如何，长生世家的小姐跟他们属于不同世界的生灵，差距太大了。

“还是现实一点吧，别想太多。”有人笑呵呵地提醒，让他别口无遮拦，免得惹来大祸。

“你们说，王家小姐与宁家小姐相比，谁厉害？”有人在谈论。

尽管知道这样讨论长生世家的传人有些不太好，甚至很危险，有人还是忍不住说出来。

“你是在比她们的容貌，还是修为？”

“都比！”

“应该是王家的小姐更惊艳吧，听人说，她修出了三道仙气，这样的资质可以睥睨九天十地。”

“不好比较，几个长生世家的传人都很神秘，我等都不了解。”

……

院门外，人越来越多，嘈杂无比。

地上，各种凶兽嘶吼着，半空中神禽展翅，羽翼灿烂，挤满了天空。

也不知道究竟来了多少天才，只是为了成为别人的追随者，可以说竞争激烈。

突然，一阵大乱，地上所有凶兽都不安地对天而啸，挣扎着在山地间嘶鸣，想要逃离这里。

天空中的各种神禽也都扑打着翅膀，焦躁无比地望向一个方位，都想飞走。

一头六翼古兽飞来，它不是很大，只有数丈长，但是有着山岳般的气势，压得人透不过气来。

这头古兽，马身、蛟龙头，有点像麒麟，但肯定不是。它通体紫光闪烁，鳞甲森森，长者六只赤红色朱雀翅。

它无比神骏，如同至尊的坐骑到来，让那些凶兽神禽等都有些害怕。

“六翼古兽，果然不凡，简直要压制所有坐骑了。”有人感叹。

“可惜，它的身体没有化成真正的麒麟，羽翼也不曾化成无瑕的朱雀翅，不然的话，就真的是一头至尊坐骑了。”另有人轻语。

在那古兽上，有一个男子，赤发如血，火红一片。

他英气逼人，一看就非池中物，特别是体外还有一道仙气缭绕，证明了他的超绝与非凡。

“是他，又来了！”

“每个月都来一次，可惜，依旧没被选中。”

石昊听着他们的议论，非常吃惊，这个人想加入天神书院，居然被拒绝了。

“说来也怪他自己，原本天神书院都已经选中了他当弟子，结果报到时，他没有及时赶来，数十日后才现身。结果被书院取消了资格。”

当石昊听到这些话时，顿时有点发呆，因为他更过分，直到今日才赶来，晚了足足好几个月。

六翼古兽上的赤发年轻人在传音。他很执拗，也很倔强，想要进入天神书院，所以在这里挑战。

“真的可惜了，每个月里面的核心弟子选仆从、追随者时他都来，想要闯进书院，并跟人挑战。”

这个人不是要做仆从，而是挑战真正的书院弟子，希冀自己被选中，成为核心弟子。

无奈，天神书院为了杀鸡吓猴，一直不收他入门。

“有必要这样绝吗？这可是一个好苗子，就这么放弃了？”连石昊都有点为此人打抱不平。当然，他这也是担心自己，这样闯过去，如果被人赶出来，那是多么糟糕透顶的一件事。

有人说，天神书院是故意的，总得培养一些另类的学生，即便不让他入书院，但他得到的多半也不会少。

六翼古兽咆哮之时，声音震动乾坤，连那片虚空都裂开了。坐骑就这么强大，可想其主人实力如何。

“何人喧哗？”院门内终于有人露面了。

院门内一下子出现了数名年轻人，有人冷笑道：“赵刚，你又来了，自己不珍惜，现在已经晚矣，还是离开吧！”

很明显，这几人都是天神书院的弟子。他们释放出了仙气，上前阻挡六翼古兽上的赵刚。

这一战不可避免。

赵刚很强，六翼古兽也极其不凡，可是在那几人面前，他还是吃了大亏，毕竟那几人是一起出手的。

“唉，果然又败了，赵刚这是何苦呢？每个月都来此一战，还是不能被收入该书院。”有人感叹道。

六翼古兽咆哮着负伤远遁，载着赵刚，从这里消失了。

虚空震动，一个青衣女子出现了。她手持一柄玉剑，剑芒如虹，哧哧声不绝于耳，一个人大战那几位各书院的弟子。

石昊很惊讶，这个女子修出了两道仙气，实力超绝，一番激战后，就将那联手的几人都击败了！

“孟云，也是因为一些原因没能及时赶到天神书院报到，也被挡在了外面，结果她很不忿，经常来此寻衅！”有人说道。

当石昊听到这一消息，脸色很是难看，他觉得自己遇上麻烦了。

连这等惊艳的女子都被拒绝了，天神书院未免太严苛了，而他想进去的话多半会有麻烦。

“这样的人多吗？”石昊问道。

“自然不多，因为一些事而耽误报到的只有那么几位，超期太严重的才被拒绝入内，只有三四人成了弃徒。”有人说道。

“弃徒？”石昊愕然，脸色凝重，难道说他也是当中的一员，注定会被拒绝？

“也有人说，书院是故意的，是在磨砺那几人，其实并未放弃。”有人补充。

“可这也太伤人心了，弃徒总归不是那么好听。而且，缺少书院的各种资源，会耽搁他们的修行。”另有人感叹，根本不信这种说法。

第837章 绝艳

WANMEI SHIJIE

“砰！”

孟云出重手了，将再次围上前去的几人击退，其中一人更是大口咯血，负了很重的伤。

终于，院门内传来咳嗽声，又有一些人出现了，其中有强大的修士，浑身散发出惊人的气息。

“孟云，你这是何苦呢？”有人开口。

这次来了不少人，分成几股势力，其中一批人中有一个年轻男子，绿发披散，盘坐在那里一动不动。

在其周围，有很多人站在两旁，将他衬托得越发超凡入圣。

“绿陀，他出现了！”有人惊呼，这引起院门外一片嘈杂声，很多人眼神热切地望着他。

绿陀，那个强大的男子一动不动地盘坐道台上，凌空而悬，在其周围都是该书院的精英，簇拥着他。

这个人是一个传奇，从未败过，虽然看起来很俊美，但是说话时声如雷音，足能将修出仙气者活活震死。

就更不要说他其他的真正大神通了，这个人不可小觑！

他掌握有真正的古天功，在同龄人中几近无敌，勇冠九天十地，如今他的真身出现了。

孟云脸色大变，就此退走！

在绿陀面前，即便修出两道仙气的孟云也没有一点战意，转身就走。

而这个时候，院门大开，出现了很多人，其他负有盛名的人物也来了。

“核心弟子等都出来了，要选拔追随者了！”有人惊呼。

现场顿时一阵大乱。一群人涌上前去，冲向绿陀等，都希望自己有惊艳的表现，好从众人中脱颖而出。

石昊看得一阵无言，仅是争夺这种名额的场面就已如此热烈，可见当初选拔真传弟子时竞争有多么激烈了。

他轻轻一叹，觉得此行坎坷了，天神书院居然拒绝了数位潜力极大的门徒，而他也是迟到者，该不会也遭否定吧？

石昊蹙眉，一阵思忖。

他觉得凭他的天资与实力可以进去，天神书院没有理由拒绝，可是每当想到元青想压制他十年，将他流放到太初古矿时，他心中就很不舒服。

有人在针对他，且有极大的话语权。

石昊目光闪烁，露出一丝冷意。

“风族的年轻至尊！”就在此时，有人大声呼喊。

这个地方再次轰动。

又有一些人来了，一个很年轻的男子走在中央，被许多高手围绕着，散发着混沌气。

风行天！

风族多少世以来才出现的最强修道奇才，号称可以与始祖比肩，不弱于当年的长生者年轻时代的存在！他的威名传遍九天，是最强奇才之一！

石昊只看了一眼而已，就知道此人极其强大，内蕴恐怖神力，绝对是一个了不得的人物。

与此同时，风行天有所感应，面露疑色，朝这个方向看了一眼。

“呀，快看，邀月公主也来了！”

一群男修士兴奋不已，朝着一个方向涌去，所有人的目光都火热无比，像是在看着一块稀世珍宝。

邀月公主是谁？石昊不知道，跟着转头，看向那里。

一个女子，莲步款款，踏着“月光”而至，这是白天，在她身上却笼罩着如水般的月光，圣洁无比。

她身着轻纱，面庞美丽，完美无瑕，如梦似幻，星眸眨动时令人沉醉。

石昊一惊，这个女子不说其他，单是精神力就绝对惊人，可以傲视同代人。她那眸子开合间，有丝丝缕缕精神力都要化成实质了。

当然，这些唯有天眼才能看到，其他肉眼凡胎看不见这种强大的精神力。

果然，那个女子心有所感，觉得有一股强大的精神力不弱于她，她不禁回眸看，向这个方向寻觅。

石昊敛去了气息，默默看着，这天神书院果然卧虎藏龙，是一个惊人的地方，会聚了九天十地的最强英才。

"邀月公主来自一个古国，亦属于一个古老的长生世家！"有人低语，道出那个女子的身份。

其他人一叹，果然来头极大。

这个世间，长生者开创的家族与皇朝绝对是顶级的势力，世间没有多少可以与之比肩者。

很明显，邀月公主在天神书院拥有极高的人气，不光是外面的这些修士，就是学院的那些真传弟子等都目光热切地看着她。

随后，气氛越发热烈了，因为核心弟子纷纷出现，此地再也不能宁静了。

"你来！"绿陀指向一位女子。

那女子美丽而端庄，身段修长，走起路来婀娜多姿，非常出众。

这引发了一群人惊呼，因为这是一位皇女，来自一个很有名的古国，名气极大。

顿时，有人起哄，现场一片嘈杂。

这位皇女先是惊讶，而后落落大方地向前走去，来到了绿陀的身畔，成为他的追随者。

"不会成为侍妾吧？"有人怪叫道。

这个地方更加喧闹了，很多人都一起向前望去，盯着那里。

只是，随着绿陀一声冷哼，所有起哄的声音都消失了，那片区域逐渐平静了下去。

那一声冷哼仿佛一道惊雷般响在人们的心头，震得许多人双耳剧痛，身体摇晃，差点一头栽倒。

"咦，邀月公主也在选人，她需要两名仆从，还需要一头古兽拉车！"

消息传出后，一群人蜂拥而去，竭尽所能地表现自己。

"天啊，那不是白宏吗？白虎族一代翘楚，可以说是一方年轻至尊，居然甘愿去拉车！"

"这太过分了，他怎么做出了这种选择！"

这个地方一片哗然，许多人都不敢相信地盯着前方。

白宏，一个英姿勃发的青年，白衣儒雅，血统高贵，当初差点就被选为天神书院的弟子，只是出了一点意外而落选了。

现在，他笑容和煦，猛地跃起，化出本体。

一头威猛的白虎现身，甘愿做邀月公主的拉车神兽。这绝对是一则爆炸性的消息，想不让人议论都不行。

“疯了，绝对是疯了！”

“白宏这是要做什么，不顾身份自甘堕落吗？要化成坐骑为人拉车？”

邀月公主成为万众瞩目的焦点，有不少年轻才俊甘愿如此，足以说明她的魅力。

直到不远处的风行天走来，要选追随者，人们才转移了注意力。

一些美丽的女子，还有一些自负强大的青年向他那里涌去，希望能被选中。

现场忽然安静了下来。

但很快另一个方位也沸腾了。

“王曦小姐来了，也要选追随者！”

消息如炸雷般传来了，让这个地方一阵骚动，院门外各方修士都一起向那里望去，露出希冀之色，希望被她选中。

“长生世家王家的璀璨明珠，修出三道仙气，实力强大无比，绝艳天下！”

当这种惊呼声传来时，石昊知道她是谁了，他头上的金刚琢就是她的族人在太初古矿给他戴上的，就是为了收服他来给此女当仆从。

“真的很美丽，国色天香！”许多人惊叹，有点迷醉。

修为到了他们这个境界，一般来说，美色等很难真正蛊惑心神了，除非太过妖艳，或被其精神所控制。

很明显，这个少女无论是容貌、身材，还是精神气质，在九天十地都是数一数二的！

此前邀月公主出行时，就引发轰动，万众瞩目，当长生世家王家的小姐出现后，同样如此，成为最炫目的焦点。

她的确是在认真地挑选仆从，眸子带着惊人的光彩从众人身上一一扫过，但并未立刻表态。

突然，她看到了石昊，顿时一怔，双眸中的神光一闪而没，径直朝他走来！

第838章 王曦仙子

WANMEI SHIJIE

王曦，美艳不可方物，瓜子脸莹白如羊脂玉，黛眉弯弯，眸若黑玛瑙，鼻子挺翘，红唇点点，贝齿晶莹，一头秀发光滑如绸缎。

她身段挺秀，走来时若一株神莲摇曳，分外动人。

一群人静静地看着她靠近，这样一个国色天香的丽人真如同是从那画卷中走出的仙子。

爱美之心人皆有之，更何况是这样一个风姿无双的女子，自然引发瞩目，周围的议论声都停止了，每一个人都静静地看着她。

石昊不想多事，所以尽可能让自己表现得跟其他人一样，以十分火热的目光看着她。

但是，他还是失败了。因为，这个青春美丽的女子就是冲着他来的。

作为王家的明珠，号称族内有史以来天赋最高的女子，王曦的灵觉敏锐得可怕。

隔着很远时，她就觉得这个年轻人不一般，让她有种异样的感觉，当走近后，她立刻就明白了其原因。

这个年轻人的头上有一个金刚琢！

它散发着极其微弱的气息，这气息只有她这一族的人才能觉察得到，因为这是仿制王家至宝而祭成的法器。

王家的祖器金刚琢，震动九天，谁人不知。

这个年轻人头上的金刚琢所用的材质是顶级的，不是一般人能用上的，王曦一看就知道这少年来历不凡，不然族人绝不会这样挥霍。

“蕴含了一粒仙金啊！”王曦感叹，从某种意义上来说，那年轻人头上的金刚琢价值惊人。

可是，这样一件法器只是为了收服与禁锢他而已。

“是族中的长老让你来的吗？”王曦暗中传音，很柔和也很动听，若天籁在人心头回荡。

她知道族人正在为她物色合适的仆从，曾说要选择最好的，如今族人以这种金刚琢束缚此人，说明了眼前之人必有他超凡之处。

石昊一阵无语，他真的不想被人这样盯着看，尤其还惹得一群人瞩目，他只想很平静地走进天神书院。

但是现在看来，情况有些变化。

他并不回答，只是扫了一眼王曦，就看向了别处。

王曦笑了，令人惊艳。明眸善睐、鲜艳红唇、洁白牙齿，一时间晃得许多人神情恍惚，尽管那笑容很矜持，但依旧让附近的修士心脏剧烈跳动。

就连一边的女子也发出一阵叹息，王曦之美太过超凡，让人自惭形秽。

“有个性。”王曦说道。她的眸子更加明亮了，露出一丝意味难明之意。

石昊诧异地挑了挑眉毛，平静地看着她，他分明感觉到了对方的一种挑衅，还有一种嗤笑。这女子很另类。

王曦的确有一点意外，她觉得这个男子敢这样不回应她，不外乎以下几种可能。

一是想吸引她的注意，故意做作。二是心中不服，不甘愿被她驱使。还有一种可能就是，他本就如此，那就意味着，对方觉得自己足以和她平等相处。

究竟是族人送来的仆从，还是逃跑的俘虏恰巧到了这里，抑或不惜费尽心机以惊人天价购得金刚琢将自己束缚并故意来到她面前?

王曦生于长生世家，自然心思不凡，瞬间就闪现出这么多的念头与猜测。

她微微一笑，不管是哪种情况她都无所谓，反正左右都只是收为仆从，供她使唤而已。

如果这个人目的不纯，反倒有意思了，她尽可去戏弄他，看他以各种姿态表演。

“就是你了。”王曦微笑道。这个决定让许多修士大吃一惊。

在场的生灵都明白，这意味着王曦选中了石昊，要将他带进天神书院。

紧接着，现场有杀气腾起，很多生灵都面色不善地盯着石昊，眼神中有嫉妒也有愤懑，更有不甘。

他们很失落，大家都是为了这种资格而来，结果，他们无缘，却被眼前这人占了名额，尤其是被这种天姿国色的丽人选中，在许多青年强者看来，是最好的机会。

事实上，石昊一点也不欣喜，自己被王家的人戴上金刚琢的这一笔账，他早就想算一算了。不过眼下也不好发作，毕竟情况复杂，他并不愿意多生事端。

当然，要他就这样答应对方，那更是不可能的，他自身修出了三道仙气，凭什么要去做其他人的仆从？

如果反过来倒是差不多，在三千州时他就发过类似的“宏愿”，虽说那只是半开玩笑的话。

“喂，王曦仙子在同你说话呢。”有人提醒石昊。

那是一个年轻男子，英俊潇洒，站在王曦身后。很明显，这是王曦以前收的追随者。除他之外，还有一个少女，姿色出众，实力超绝，也站在王曦的身后。

“我不想跟你走。”石昊直截了当地开口了。

这句话一出，这个地方陷入一片安静，所有人都震惊了，以为自己听错了，居然有人回绝了王曦仙子的邀请？这实在太令人难以置信了。

要知道，在场不知道有多少生灵想得到这个机会呢，尤其是那些青年男子，更是个个目光热烈，希望能相伴在绝代佳人的身畔。

这个少年却这样拒绝了，实在是让人愕然与不解。

王曦面露玩味之色，但这种表情一闪而过，她明眸闪动，思忖此人为何要拒绝。这是故意装清高，有意表现吗？还是说，他是真心拒绝呢？

无论从哪一方面说，她都不允许别人拒绝自己。等把他收在身边，再慢慢折腾他，看他如何表演。

故此，她笑了，再次发出邀请，脸上的笑容很甜。

很多人都是一惊，没想到王家的仙子这般随和，还有那甜甜的一笑，更是令许多人都心旌摇曳。

石昊再次拒绝了。

这次，所有人都瞠目结舌，这家伙是故意的吗？想吸引仙子注意？

一群人咬牙切齿，都觉得此人欠打！

“哧！”

远处，有人嗤笑，他们是天神书院的弟子，他们看到了这一幕，都露出不屑的神色。

“这个人太狂妄了，他以为自己是谁？他觉得这样就能加深印象，引起王曦仙子的兴趣吗？真是太幼稚了！”

“这种废物，都没有资格进天神书院，远不如我等，还想玩欲擒故纵的把戏？不自量力！凭他也想吸引王曦仙子关注？”

天神书院许多弟子摇头，幸灾乐祸地耻笑石昊。

偏偏王曦再次和颜悦色地对石昊发出邀请，这让院门外的人嫉妒，也让天神书院内的弟子面露异色，他们觉得石昊要倒霉了。

“王曦这是要收拾他吧，先将他收为仆从，等他进了书院，一定会好好折磨他。”

“这家伙要倒霉了，居然敢对王曦仙子欲擒故纵，太低级了！”

书院内那些修出了仙气的英才都轻蔑地笑出了声，即便是他们都觉得王曦皎若明月，高攀不起，而这石昊竟然敢有非分之想。

“我自己有资格成为正式弟子，根本就没有打算通过你进入书院。”这次石昊更直接。

王曦闻言，面露异色，她的确有点惊讶，道：“是吗？那让我来试试看。”

她出手了，袍袖一展，空灵若仙，逼近石昊，发出一股洁白的雾霭，笼罩石昊，要将他压制住。

石昊表面上岿然不动，任雾霭遮体，暗中却催动两道仙气，将之抵住。

别人看不到，王曦却感应到了，这个人居然修成了两道仙气，这大大出乎她的意料！

她十分吃惊，这个人的确有资格进入天神书院，算是一个难得的高手。

这次她笑得更灿烂了，兴趣十足地暗中传音，想换个地方跟他详细谈一谈。

“不必了！”石昊不想节外生枝。

“你天赋不错，但是很可惜，天神书院真的不再收徒了。有些被选中的人因为错过报到时间，都被取消了资格。甚至，听闻一个名为石昊的少年，修出了三道仙气，因意外不曾来此，院内都有人建议，不再接受。”王曦暗中传音道。

这让石昊心中一惊，暗中握了握拳头，居然得到了这样一则消息，他很愤懑。

但是他表面上很平静，没有任何表示。

石昊心念转动，想到了很多，他想一走了之，不再理会这所谓的天神书院，如果非要他放下尊严才能加入，他宁可放弃。

“咦？”远处出现骚动，很多人抬头，就是天神书院的弟子也都很吃惊。

一个人横空而过，带着一个少年径直进入天神书院，散发着强大的气息！

“元青！”

石昊目光一冷，他竟然看到了元青，那个想压制他十年的人，他的大仇人。

很快，有人低语，透露出一则消息，元青送来一位后人，有可能会加入天神书院。

石昊内心非常愤怒，如果表现出来的话，他的脸色一定会非常难看，元青居然可以直接送一位后辈进天神书院！

他立时明白了，上一次有人让元青出手，压制他十年，涉及一些复杂的人与势力，这是利益交换吗？

很明显，这书院中有人态度暧昧，不然元青何以敢带一位弟子前来！

石昊心中怒火汹涌，这天神书院不入也罢！

“元青你可知罪？”忽然，天神书院深处传出这样的声音，如雷霆轰鸣。

“元青，你先离去吧。”然而，另有一道声音响起。

第839章 入书院

WANMEI SHIJIE

院门内，矗立着一座又一座高山，流光溢彩，瑞气腾腾，真的如同仙家洞府般。

这个时候，元青像是受到了某种力量的冲击，一身道袍鼓荡开来，猎猎作响，随后他发出万丈金光，应该是在拼命对抗。

“好了，元青你先回来。”书院深处传来苍老的声音，召唤他过去。远远望去，那里有神岛悬在半空中，被混沌气笼罩着。

听声音，应该是早先偏袒元青的那个人。

赤霞一闪，元青从原地消失。

院门外，所有人都清晰地见到了这一幕，都惊讶极了，居然发生了这样的事。有部分人是知道元青的，因为此人赫赫有名，实力非常强大，在无量天中算是一个了不得的人物。更有人知晓他前阵子做过的事，传言他帮风族压制下界奇才石昊十年，这可是违背书院宗旨的事。

一般的人谁敢做？可是他做了，而且很镇定，将石昊放逐到太初古矿，至今一去不返，生死不明。

事实上，到了这一步还有谁认为石昊活着？被逼进太初古矿，这么多天过去了，必死无疑。

从某一方面来说，元青的底气与强势令人敬畏。他就是这么霸道，将一个潜力巨大的少年活活逼死。而事后，他并未为此付出代价，依旧独尊一方。

可在眼下，谁都不愿多说什么，怕惹恼了元青。

石昊静默，没有出声。

“元青压制了一位奇才，倒也了得，看情况不见得会受到严厉的责罚。”王曦说道，她的双眸瞟来瞟去，在人群中寻觅。这顿时让附近的人精神十足，挺起胸膛，表现自己。

不多时，书院中传来破空之声，元青又出现了。他的脸色有些苍白，但是并未受到镇压与责罚，他就这样出来了。而且他所带来的那个少年被留下了，并未被赶出来。

石昊怒气冲冲，居然是这样一个结果！

元青出手对付他，导致他失踪，大家都在传他已然身亡，可元青不曾受到严惩，而且带来的少年还被收进书院中。

这前后一对比，反差太大了。

石昊这个受害者还在院门外呢，结果这个行凶者却将后人辈送进书院，占了一个宝贵的名额。而且，据说书院中有一种声音，称迟到者都将被拒绝在门外，这意味着石昊都可能会进不去了。

对于他来说，这简直是一个笑话，很讽刺。

石昊很想一走了之，这天神书院他不加入了，根本没有必要，在这里感觉很憋屈，令他无法忍受。

只是，当他听到人们的议论，了解到刚才被送进去的少年是元青最宠爱的后辈时，他又止步了。

既然有仇，他就要有所行动。如果他暂时杀不了元青与幕后指使的人，那就收拾那些人的后辈。

反正这些人想压制他十年就是在为他们的后辈铺路，那就击碎他们的希望。

他不一定非要加入天神书院，但可以在这里停留一段时间。如果能得到这里的仙道资源，那也不错。

“好吧，我退一步，邀请你来论道，而不是追随者，你看如何？”在石昊不说话时，王曦这样开口了。

她竟退后了一步。众人吃惊极了，不禁一片哗然，这条件未免太宽松了吧，居然平等对待，不要求对方成为追随者，更不是仆从。

王曦，作为负有盛名的仙子，出生在长生世家，是真仙的后代，身份十分尊贵，可现在居然放低姿态，这样邀请一个年轻人，着实让大家大感意外。

许多火热的目光扫来，对石昊抱着极大的敌意。不光是院门外的这些人，就是天神书院的正式弟子也感到诧异，很是嫉妒。

因为王曦圣洁高贵，名气太大了，最重要的是国色天香，拥有仙姿，是许多人心中的绝代女子。

“这个蠢小子，进入书院的资格都没有，连仙气都修不出来，凭什么啊？”

一群人不甘心，书院中的正式弟子都有一些人目露寒光。

“就他这种资质也配跟王曦小姐谈法论道，那些大道真经他听得懂吗？”有人冷言冷语，带着轻蔑之色。

当然，更多的是嫉妒。他们实在想不通，一个连正式入门资格都没有的人凭什么能入王曦法眼。

“呵呵……”有一人笑了，摇头道，“你们真是执拗，换个角度看，一切便能了然。”

“为什么这样？”有人向他请教。

“这个人天赋不行，王曦小姐只是想将他留在身边，慢慢收拾而已。贵为长生世家的小姐，岂容他人拒绝。你们等着看吧，会有好戏看的。”那人微笑道。

经他这样一说，其他人恍然大悟，纷纷点头，觉得自己琢磨出了其中的味道。故此，院门内的正式弟子的心态瞬间平和了，目光中没有了杀意，只剩下同情的意味，他们觉得此人很可悲。

院门外，石昊略微思索，然后就答应了。

“天啊，真是不公，你看他还一副勉为其难的样子，太可耻了，实在是做作，装得过分！”另一处的不忿之声很快响起。但很快院门内的那种说法传来，让外面的人也想通了，露出异色，盯着石昊。

石昊听到他们的议论声，不禁抬头看向王曦。王家的小姐真想折磨他？

王曦露出淡笑，意味难明。

石昊看着她，想了又想，也许对方是因他头上的金刚琢，也许是因为他的拒绝，但不管怎样说，对他还是有些好奇的，无论如何也不会放任他离去，想收为追随者。

不就是战斗吗？也许是另类的战斗，他没什么可怕的，不怕她能折腾出什么花样来。于是石昊说道：“走吧。”

这让王曦身后的那个英姿勃发的年轻男子连连蹙眉。到底谁是主人，谁是仆从？这位的姿态未免有点高。

王曦身后那个少女，她也有点好奇，觉得有热闹可看了，这个少年如果加入进来，一定会有很多事发生。

至于其他人则很无语，此时用“嫉妒羡慕恨”已经不足以形容他们的心情了。

“我再选两名追随者。”王曦说道，声音柔和，很是动听。事实上她一向如此，哪怕冷淡时，声音也是温和的。

附近的人激动，居然还有机会。

很快，王曦就点出了一男一女，各方面都出类拔萃，而且他们早已达到了天神境，除了没有修出仙气外，这两位初代足以傲视同辈人。

“好了吧？”石昊问道。

这让王曦都有点无语了，这家伙居然跟她摆谱，要平起平坐吗？她说的只是客气话而已，他就当真了！

“好了！”王曦点头，有点冷淡地道，因为很少有人会这样催促她。

一株又一株古松枝干遒劲，生长在天神书院的院门两侧，有些枝叶都快伏到地上了。

这些古树，每一株都有数万年了，但奇怪的是没有成精，依旧是树体。

有人说，因为曾经的大战，有一些古代强者在这里洒下了血液，压制了这些古树，使它们无法产生精魂。

“王曦妹妹，你选了两位追随者，还邀请了一位道友？”远处传来轻笑声。

邀月公主出现了，她被月光笼罩，绝世美丽，肌肤若温润的象牙，脸上带着甜美的笑容。

她看向石昊，笑了起来，又对王曦道：“改天我也邀请这位道友去论道。”

“好啊。”王曦点头。

很明显，同为长生世家的小姐，两人一直在竞争，即便是对方选中一位追随者，另一人也要比较一番。

随后，石昊又看到了绿陀。这个人很可怕，只是朝这边淡淡地扫了一眼，就如同雷霆轰来一般，虚空震动！

石昊并不在意，很从容地看向远处的风行天，那是风族最强的传承者，如果真的是该族对他做手脚，石昊不介意在书院中跟风行天来个生死大对决。

尽管都在传这个人很可怕，九天间难以寻到同阶对手，但是石昊无惧。

大山一座接着一座，有的通体漆黑，有的散发着赤红色的光芒，有的紫气蒸腾，各不相同，但有一点是一样的，都蕴含着浓郁的天地精华。

这是最理想的修炼圣地！

石昊没有想到，他竟会以这种方式进入天神书院。

风云将因此而起。

第840章 清曦幽林

WANMEI SHIJIE

清曦幽林是王曦所在的洞府。这里山林幽幽，霞光点点，宁静而祥和，是少有的道土。初看之下，此地有点荒芜，因为漫山遍野都是草木，不仔细看还以为是遍地蒿草呢。

很多古药生长在林地和山石缝隙中，伴着蒸腾的瑞气，显得神秘而圣洁。

天神书院占地非常广阔，里面的灵山数不胜数。每一位弟子都有一处专属于自己的道土。像王曦这种修出了三道仙气的绝世天才，更是坐拥十倍于他人的道土。

在这块区域内有十座大山，每一座都高耸入云，或泛出莹莹青光，或弥漫着龙气，或紫气东来……气象万千。

清曦幽林就在这十座神岳之间，被十道地下神脉滋养着，于平凡中孕育着精华。

石昊一路来到这里，颇受瞩目。因为王曦拥有超凡的地位，她选中的人自然会引人关注。幸好石昊在来之前就改变了容貌，不然肯定会被人认出。

一路上他遇到了好几个三千州的人。如果让元青知道他在此地现身，多半会引火上身，造成不必要的麻烦。

石昊决定暂时不接触故人，免得节外生枝。

清曦幽林中有几座茅屋，看起来简单而朴素，与自然风光完美地融合在一起。

而不远处还有一座洞府，是从山体上开凿而成的。它散发着幽光，并伴着丝丝混沌气，一看就是修行圣土。

石昊和另外两名被选中的年轻人都被带进洞府中。走入洞府内，他顿时感觉到了迎面而来的天地精华，浓郁得如同水波一般。

这是十座神岳接连神脉滋养此地的结果。

洞府内色彩斑斓，霞光如水。仙气从石壁中和地下不断涌出。不用去刻意修行，这些本源精华就会没入人的身体。

“你们可以在这里修行。”王曦道。她深色平静，并未露出笑容，依旧给人很温和的感觉。

除却早先跟在她身边的一男一女和石昊外，她这次又选了一对男女。这两人闻言大喜，知道在这样的宝地修行起来一定会事半功倍。

他们没有想到王曦这么大方，允许他们在这里修行，而非在洞府外结庐。

忽然，一位道童驾着祥云来到此地，禀报王曦，书院中一位长老找她有事。

“陈诺，你先带他们熟悉一下附近的环境。我去长老那里走一趟。”王曦在离去前这样吩咐道。

陈诺就是那个一直站在王曦身后的男子。他是以前被选中的追随者，实力极其强悍，早已达到天神顶峰。他仅修行数十载，便能有这等修为，这在九天之上也非常惊人了。只可惜他没有修出仙气，不然前途不可限量。

当然，他也不是没有机会。因为所有大教都有秘法，存有一次鱼跃化龙的机会。这个机会非常重要，若是他把握得好，也许会超越早先爆发的绝世天才。

因此陈诺一直在等待，从未感到低落。他坚信自己早晚有一天能与至尊强者平起平坐。

王曦之所以选中他，把他收在身边，正是看中了他的潜力。

陈诺对此看得很明白，所以更有了一股动力，还有一种火热的期待。

王曦离去后，陈诺带着石昊他们在十座神岳间走动，熟悉周围的环境。不得不说，这片区域非常广袤。

任何一座大山都占地极广，笼罩着朦胧的雾霭，散发出一缕缕霞光。

“我们虽然可以在那洞府中修行，但也有自己真正落脚的地方。每人可以选择一座神岳。”陈诺说着，指了指周围的十座大山。

这十座大山有通体乌黑的，有紫光莹莹的，还有赤霞滔天的，全都神异非凡。

陈诺与另外一名女子早已入门，各占据了两座神岳。

按照这两人所说，虽然王曦允许他们去洞府中，但他们平日最好还是在自己的神岳上修行，尽量不要去打扰王曦。

是，人还是有自知之明比较好。

毕竟有些天神书院的正式弟子也不过拥有一座神岳而已。

看到一同来到这里的两人都已经选好了神岳，石昊也不想让陈诺他们为难。虽然他不是王曦的追随者，但也不好做得太出格。

“为什么这里的飞禽走兽不是很多？”石昊张望了一下，疑惑地问道。

“那里多一些。”陈诺旁边的少女苏兰朝着另一个方向指了指。她当初跟陈诺一起被选中，也早已临近天神巅峰境，实力不俗。

如果排除仙气这一因素，陈诺与苏兰不比那些正式弟子差。

石昊腾空而起，见到那里有一些凶兽出没，还有一些神禽展翅飞翔。那座神岳占地面积是最大的。

“这里的野味可以吃吧？”石昊问道。

苏兰和陈诺闻言愣了一下，一阵无语。至于跟石昊一同进来的那一男一女，则怔怔地看着他。

“可以，但有些是储备坐骑……”陈诺这样说道。

石昊打断了陈诺的话：“我知道了。”

那四人面面相觑，心中涌起一股不祥的感觉，看看石昊，又看看那片山地。

“回头我请你们吃红焖银天蜈。”石昊道。他看到了一些丈许长的银色蜈蚣。

四人一起摇头，感叹石昊的口味太重了。

“那就红焖金翅大鹏吧。”石昊又盯上了一只在天空中盘旋的金色神鸟。

“别，那不是我们这块区域的，别乱吃。到时候其他英才找上门来就不好了，那多半是他们的坐骑。”

这几个人着实被石昊吓了一跳，心想：这人太不让人省心了，怎么一进来就好这一口啊？

“算了，我等会儿下寒潭捉条蛟龙，再去石崖上逮一只青鸾算了，随便熬一锅。”石昊说道。

苏兰听闻，差点惊出一个趔趄。王曦这次究竟请来了一个什么样的妖孽啊？

“那青鸾体内有真凰血，王曦仙子有时会用它代步。”陈诺面无表情地说道。

“真无趣！”石昊摇头说道。

很快，选好各自的神岳后，他们回到了山体内的洞府。这是十脉源头，有地下神脉涌来的仙道本源气息。他们要在这里等王曦，她回来后肯定有些吩咐。

“你们不要拘谨，可以在这洞府中寻一处宝地先行打坐。”苏兰让他们不要紧张。

当然，她这话是对另外一男一女说的，绝非对石昊。因为这家伙一进来后就不停溜达呢，根本不在意什么。

陈诺的脸色不太好看。若非石昊身份有点特殊，他早就开口斥责了。此时，他与苏兰都睁一只眼闭一只眼。

“他怎么消失了？”半个时辰后，陈诺和苏兰惊呼道。

他们从打坐中醒过来时，不见了石昊的踪影，也感应不到他的气息。

另外两人也挺无语的，心想：这人也太随意了，自己走丢了吗？

“不好！他该不会进小姐的休憩之地了吧？”陈诺腾地站起身来。

苏兰也是一惊，快速向一个方向走去。

这洞府中有些地方自然不是他们能踏足的，是王曦独自一人修行的小天地，需要禀报才能进去。

“这家伙是法阵大师吗？他真的能破开这封印之门走进去？”

他们来到洞府深处，有点吃惊。

石门已被开启，内部大道神光流转，神圣无比。

事实上，石昊并不是破阵进去的，而是动用自身的仙气推开了石门。

“你……好大的胆子，竟敢上小姐的床！”陈诺大叫一声，脸色铁青，双目闪动着寒光，看着里面的人。

苏兰傻傻地看着石昊，真不知道该说什么好。

“休得胡言乱语，这不就是一块奇石吗？”石昊睁开眼睛，觉得浑身舒畅。

这是一间石室，正中间有一块丈许长的石头，晶莹透亮。石昊盘坐在上面，居然可以与这天地融合在一起，很快陷入悟道境。

“这是小姐的床，从来没有其他人上去过！这是从王家带来的！”苏兰说道。

“哦，我以为这只是一座悟道台呢，原来这么讲究。”石昊起身，走下石台。

“你居然做出这种事，上了小姐的床，这事没完！”陈诺怒道。

“误会一场而已。”石昊说道。

就在这时，洞府外传来了惊呼声：“有人上了王曦仙子的床？”

“喂，别乱传话！”石昊警觉地轻叱一声。

这时，陈诺与苏兰也觉得不对，快速冲了出去。

“天啊，有人上了王曦的床。”外面有一个女子大声说道。她的声音传向远空，唯恐别人不知。

“这女人是谁？”石昊问道。

“她既是邀月公主的闺密，也是一位实力强大的正式弟子。”苏兰说道。

因为邀月公主与王曦一直处于竞争关系，现在邀月公主的这位好友这样传话，自然是有意为之。

“什么？是谁？谁上了王曦仙子的床？”远处传来回应。

洞府出口那里的几个人知道麻烦大了。这事传出后，王曦会是什么反应？

第841章 风波

WANMEI SHIJIE

清曦幽林，林木繁茂，薄雾弥漫，烟霞灿烂。

那女子的声音传得格外悠远。

要知道，这个地方是天神书院，所有人的听觉都格外敏锐，怎会听不到？

即便这个地方很大，山地广阔，但远处还是有人听到了她的声音，瞬间愣住。

这是幻觉吗？我究竟听到了什么？这是每个人心中的疑问。

上了王曦的床，还有比这更震撼人心的消息吗？可谓石破天惊！

王家的这位小姐修出了三道仙气，高不可攀。她丰姿绝世，高高在上，是许多奇才眼中的女神。

现在居然传出这样一则消息，令人难以置信。

“这个疯女人！”苏兰跺跺脚，恨恨道。她知道坏了，对方绝对是故意误导众人。

不管别人相信与否，这种事传出去，都会败坏王家小姐的名声。这让陈诺和苏兰有点慌乱。

“戚琳小姐，您这样做不觉得过分吗？”苏兰开口质问道。

“我只是在陈述一个事实，难道不是真的吗？我亲耳听到的。”戚琳在远处笑道。

在苏兰和陈诺看来，那笑容很虚假，非常可恶，但他们只是正式弟子的追随者，不是戚琳的对手。

“邀月公主如果知道，也不见得认可您的这种做法。”苏兰尽量放缓语气说道。

戚琳笑了笑，如踏波仙子破空而去，从这片区域消失了。

她一走了之，但是这个地方不再平静了。第一时间就有书院中的正式弟子赶来，询问情况。

“发生了什么？刚才戚琳说的是真的吗？”

四五名青年男子冲来，目光炽热地盯着陈诺他们几个人，大声询问。

“当然是假的，那女人的话你也相信？”石昊说道，想快刀斩乱麻，解决此事。他可不想莫名其妙就被卷入流言蜚语中。

刚才那个女人故意散布流言，尽管不是冲着他来的，主要是针对王曦，但他不想成为那污浊的陪衬。

“你来说！戚琳说的是真的吗？”就在这时，其中一名青年大喝，盯住了被王曦新收来的那名少女追随者。他的双目中出现诡异的光芒，摄人心魄。

他在施展一种大神通，可以控制人的心神，让被询问的人道出心底的话。

“是，他上了王曦仙子的床。”那个女子双目呆滞，面无表情地指向石昊。

“什么？”那几名青年男子惊叫，实在无法相信。刚才他们不过是随意试探，结果还真揭开了这样一个看似荒谬的“真相”。

长生世家王家有史以来最惊艳的女子，居然发生了这种事。他们无法接受。

真的是活见鬼！

他们张了张嘴，不知道说什么好。

“这个家伙上了王曦小姐的床？”有一人觉得太可笑了。

这样一个蝼蚁有什么资格获得长生世家的仙子的青睐？这很可笑。

“不是这样的！”苏兰赶紧解释。这种事情要是传出去，只会越描越黑。

然而刚才那个男子的声音很高，震动这片山地，让一些正在赶来的人都听到了。

“扑通！”

不远处，有人难以接受这件事，直接从半空中坠落到了山间。

闻讯赶来的人一个个表情呆滞，失魂落魄。

这消息……太吓人了，简直荒谬至极。

“我不相信！”有人大叫道。

“怎么样？我都说了这是真的，刚才你们也听到了。”远方的戚琳说道。

“根本不是那么回事。”陈诺赶紧解释，向附近的这些人道明情况。

只是这个消息早已传出去很远，掀起了轩然大波。

陈诺、苏兰的解释，让现场的人神色缓和了一些。他们长出了一口气，不过看向石昊时，眼神依旧有点冷厉。

可惜远处的人不明情况，谣言依旧在扩散。

“这是假的，我们已经听到解释了。”清曦幽林前，一些年轻俊杰不停地解释，但被推波助澜的人无视了。消息迅速蔓延。

不久后，有人说这是闹剧，但也有一部分人信誓旦旦，称这确实是真相。

一时间这里乱哄哄的，连天神书院的正式弟子都前来求证。

“一个仆从而已，也敢乱语，诋毁王曦小姐的名声！癞蛤蟆想吃天鹅肉。”

“不对哦，事情是真实的，没有谁胡说。”

……

消息越传越离谱……

“那个仆从在哪里？我要教训他！”

“嘘，此人并不是仆从，而是王曦仙子请来的道友。”

“难怪，一般的人怎么上得了王曦仙子的床！”

很明显，有人唯恐天下不乱，故意散播谣言，混淆视听。

陈诺、苏兰要疯了。

这简直是无妄之灾！

“都说了，这是假的，你们怎么还不相信？故意泼脏水是吧？等我家小姐回来，肯定会一一登门拜访的！”苏兰气愤地说道。

“喂，那少年，你倒是清闲，一副事不关己的样子。说一下到底是怎么回事！”有人开始挑石昊的刺。

石昊扫了他们一眼，知道这些人是故意找茬，无论他说什么，都会被揪着折腾。所以他直接无视了这些人。

“嘿，脾气倒是不小。不管怎么说，你的胆子不小嘛，上了王曦的床，哈哈……”有人大笑道。

“蠢货！”石昊吐出这两个字，简洁而有力地反驳。

现场的气氛顿时变冷，杀气弥漫。

苏兰感觉头皮一阵发麻。

那可是一群修出仙气的人，个个实力强大，万一一言不合闹起来，谁能镇住场子？

她觉得王曦小姐将石昊这个家伙带来，真是一个错误的决定，要惹出大麻烦。

“一个废物也敢跟我等叫板，不知死活的东西！”有人冷冷道。

正在这时，空中忽然洒下点点霞光，散发出圣洁的气息。

王曦衣袂飘舞，降落在幽林中。

她听到了这个消息，知道发生了什么，此时看着石昊，眼神怪怪的。

这家伙如此折腾，一来就惹出了这样的风波，让她无语。

王曦自然很尴尬，刚得到消息时，真的很想揍石昊一顿，而且要狠狠地折磨他。不过在回来的路上，她终于平静了一些。

让人惊讶的是，王曦只是深呼吸了一下，没有说什么，就看向了石昊。

“王曦仙子，这个人诋毁你的清白，得除掉啊。”

“就是！刚才我们也证实了，他真的做了那样的事。”有人附和道。

石昊冷眼旁观，感觉到了一股恶意。这些明面上的家伙还好说，暗中操作的人更可恨。一件小事而已，他们非要闹大。

“你们这样的废物，再不知进退的话，休怪我不客气！”石昊霸道地说道。

那些人瞬间哑口无言，继而哈哈大笑起来。

“你连进入天神书院的资格都没有，也敢在我们面前大言不惭？”

“真是呆得可爱，傻得可怜，竟敢说出这种话！”

王曦一声不吭，在那里看着。

石昊问王曦：“在这里教训他们，没问题吧？”

第842章 极品

WANMEI SHIJIE

这群人面面相觑，觉得这家伙也太做作了，这种话也好意思说出口！

一个连天神书院都进不了的人，也敢这么张扬！他凭什么啊？

“天神书院内，正式弟子不允许自相残杀。”王曦很平静地回应道。

石昊点了点头，表示理解，道：“我不是正式弟子，这么说来应该不用遵守这个规定。”

别说其他人，就连王曦都无语了。她是想告诉这家伙，不能在这里开杀戒，结果却被理解成了这个意思。

当然，她有理由相信，这个家伙在故意卖萌。

其他人一个个脸色阴沉，冷笑连连，实在是被石昊气坏了。

在他们眼中，石昊就是个废物，连仙气都没有修出来。

“蠢货，你都没有资格进入书院，凭什么跟我等叫嚣？”

“你以为这样做可以大出风头吗？你要知道后果。到时候你会付出巨大的代价，甚至丢掉性命！”

“我来收拾他！一点规矩都没有，得让他明白一些事理，长些教训。”一个人说着，向前走来。

“太古魔熊的后代，能吃吗？”石昊盯着来人，看出了其本体，这样问王曦。

所有人都愣住了。

这头魔熊先是发呆，而后发怒。

这家伙竟然想吃它，太招人恨了！

许多人笑了起来，觉得石昊有点另类，但也有不少人面色冰冷，坐等石昊败亡。

“真不能杀。”王曦暗中对石昊说道，摇了摇头。只有她知道，石昊这家伙并不简单，可能拥有两道仙气。

“那真是没意思。那熊掌可真是肥实啊，光看着不能吃，浪费可耻。”石昊表示很遗憾。

那头魔熊此时只想骂脏话。一个废物居然这样嚣张，是将它当成一头寻常狗熊了吗？

他是真不知道还是装的？面对一头修出仙气的魔熊，他也敢这么放肆，还真是初生牛犊不怕虎。

魔熊觉得自己心中发闷，憋得难受，对着那少年龇牙咧嘴，恨不得立刻将他打倒在地。

“我杀了你！”魔熊向前扑去。

石昊一闪身，躲避过去，道：“又不能吃你，没意思！”

所有人都不知道说什么好了。这家伙自信心爆棚了吧，敢跟正式弟子叫板，还这么骄傲自大！

魔熊再次逼近，身体发出紫光。

魔熊虽然是人形，却散发出了一股野兽的气息，狂野、霸道、凶戾。

“这个地方谁是管事儿的？赶紧将这头疯熊带走。”石昊说道。

“你这个懦夫，怕了吗？不敢接受挑战吗？”旁边有人奚落道。

“拍你们这样的苍蝇，有什么值得期待的？”石昊回应道。

这顿时犯了众怒。早先针对石昊的那些人，一个个脸色铁青，散发出杀意。

石昊不理会他们，转过身径直走进王曦的洞府。

那里霞光澎湃，混沌气弥漫，是这片区域的净土。

王曦斜视他，心想：这家伙真是不见外，自来熟。洞府的主人在此，他却自行先跑进去了，一点都不客气。

“你……给我回来！”魔熊叫道。它虽然很生气，但不敢踏入王曦的洞府。因为那是禁地。对于他们来说，王曦是可以同绿陀比肩的强者。

“凭什么你让我回去我就回去？跟你战斗有什么好处？战胜你根本没有什么成就感，浪费时间。”石昊的话让人接受不了。

无论怎么看，他都没有资格跟修出仙气的人相比，但他还这么狂妄，一再嘲笑魔熊。

“跟你战斗，你还想勒索啊？”魔熊脸色阴沉地道。

“如果你有令我满意的宝物，呈上来，我就跟你一战，不然一边待着去。”石昊说道。

魔熊这下可气坏了。这家伙居然还讲条件，要报酬，是可忍孰不可忍！

“我这里有两件天神秘宝。”魔熊说道。

“我的拳头能轰断天神秘宝，要它们何用？你不是修出仙气的家伙嘛，怎么这么穷？你没有天材地宝吗？”石昊说道。

魔熊很想一巴掌扇在他的脸上，打他一个满脸开花。

这人实在是欠揍!

“你们也这么穷吗？身上就没有真凰血、九转仙丹、古天功秘籍？”石昊问道。

事已至此，人们已经明白，这家伙一切都是故意的。太可耻了!

“我这里有一炉紫府液！”

紫府液是天地精华，很难寻到，传闻有妙用。

石昊依旧撇撇嘴，道：“如今我已经是圣祭境的修士，这紫府液虽然珍贵，但对我用处不大。”

“紫府液分很多种，我的是高阶的。”魔熊说道。

说话间，它取出一个丹炉，里面流光溢彩，甚是璀璨。这个丹炉中居然是满满的紫府液，而且这些紫府液有点特别，散发着阵阵五色雾气。

“紫府仙雾？”石昊吃惊地道。

古籍中记载，一些珍贵的紫府液蕴含着仙气，绝对是世间罕有。

魔熊的紫府液虽然不凡，但还不曾达到传说中那个等级，终究是差了一些。

“好吧，就是它了。既然你诚心将紫府液送给我，我就勉为其难收下。”石昊点头说道，一副很自得的样子。

说完，石昊直接冲出了洞府，主动向着魔熊冲去。

“这样冒失，纯粹是找死啊！”

“毛毛躁躁，成不了气候。”

一些人议论着，有点瞧不起石昊。

但是石昊真的太快了，抬手间就发出一片符文，一副要施展大法的样子。

“砰！”

一个照面而已，魔熊就险些咯血，但它强行忍住了，不想让人知晓。不然它还有什么面子?

所有人都大吃一惊。

这个少年是何许人也，这样也没有资格进入天神书院吗?

“他居然能跟魔熊一战，使魔熊负伤！”一些人惊叫道。

“轰！”

魔熊展开手臂，依旧没有化出本体。

此时魔熊释放的能量十分强大，如汪洋大海一般狂涌而出。

这个时候魔熊动用了一道仙气。

只因为，魔熊真的怒了。

石昊避过了那道快速袭来的仙气，没有被禁锢住。

这是一个很奇异的画面。两人交锋，看似轻描淡写，可是力道惊人，且在瞬息间完成。

太快了！

“哧！”

突然，石昊十指齐动，迅猛地躲避那道仙气，仿佛要从这个虚空中消失！

“砰！”

石昊以极快的速度绕着魔熊转圈，然后抓住时机击中其躯体，让它横飞出数十丈远，“轰隆”一声砸在地上，大口咯血。

众人瞬间愣住！

这还有天理吗？一个不曾修出仙气的人，居然击败了太古魔熊！

就连王曦都觉得难以置信。石昊只是徒手搏杀，不曾动用仙道之力，就这么击败了一位书院的正式弟子。这战斗力太惊人了！

“他竟然击败了拥有仙气的人……”有人喃喃自语道。

这对于众人来说，简直不可思议！

无数道目光落在了石昊身上。众人都在想，达到天神境时会有一次鱼跃化龙的机会，这家伙到时多半要一冲而起。

“这紫府液是我的了。”石昊说罢，直接将丹炉收走。

“还有人要跟我比试吗？”他提醒道。

“有！”有人喝道。

“拿天材地宝来，不然我没时间！”石昊很干脆地说道。

下一刻，这个地方又寂静了。

这家伙到底是一个潜力惊人的奇才，还是一个少有的极品？众人都拿不准。

王曦叹了一口气，知道这个家伙注定要扬名此地了。

第843章 收凰血

WANMEI SHIJIE

石昊转身进入王曦的洞府，找了一块干净的青石坐下，开始检查自己的战利品——紫府液。

这东西弥漫着五色雾，虽然还不是仙气，但绝对不一般。

“可惜啊，不是仙气。”他对此有点不满意。

众人撇撇嘴，觉得他太贪了。真正孕育出仙气的紫府液不会比长生药差，自古以来只出现过数次而已。

“我来与你一战！”一只银色穿山甲出现，化出本体。

“少废话，先拿出神圣宝物来，不然我没时间陪你玩闹。”石昊大大咧咧地说道，丝毫不给对方留情面。

在正式弟子眼中，没有修出仙气的人终究是“下品”。尽管刚才石昊胜了，但在许多人看来实属侥幸。

石昊这样的态度引得许多人不快。

他只是他们眼中的仆从，现在居然这样狂妄自大，爬到了他们头上，令很多人接受不了。

王曦不会这样认为。只有她知道这个年轻人多么不凡。他绝非“下品”，因为他修出了两道仙气！

而且，她刚才仔细感应过，确定石昊并没有暗中动用仙气，确实是在不动用仙道气息的情况下战胜了对手。

“我这里有一件准教主级法器！”银色穿山甲咬牙说道。

“小心一点！”旁边有人提醒它。

众人尽管不服气，但是不得不承认石昊很可怕。他以无仙气之体战胜运用仙气者，称得上惊天耀世！

“别说准教主级法器，就是真品也不行。我只要神药、凰血等，没有的话请自行后退。”石昊说道。

这样的语气和姿态着实让那些人恨得牙根都痒痒。

“我这里有一点凰血，和你战！”说着，穿山甲从怀中掏出一个拳头大的水晶球。水晶球内封印着一团殷红的血。

在天神书院中，只有绿陀、风行天、王曦等少数人有资格进入凰血池，沐浴凰血。其他人除非有惊人的表现，或立下功劳，才能得到少许凰血。

“来吧！”石昊哈哈大笑，双眼发光。他身上也有一点凰血，是在太初古矿镇压一群英才时缴获的。

他打算继续收集，到时候也沐浴一次凰血，洗礼肉身，实现大涅槃。

“接招！”银色穿山甲喝道。它口中吐出一道仙气，快速笼罩全身，向前冲去。

“这是铁头功吗？”石昊揶揄道，将穿山甲一族的天赋神术称为凡俗界的普通功法。

“轰！”虚空炸开。

那只穿山甲太快了，只见它身子一摆，如同一条蛟龙般狂野而强劲，一下子就到了石昊近前，要将石昊刺穿。

石昊立刻侧身横移。

穿山甲在一冲而过的同时，控制银白色尾巴“啪”的一声甩了过来。虚空裂缝蔓延，且发出轰鸣声。

一种莫名的法则出现，笼罩向石昊，要将他禁锢在此地。

“轰！”

刹那间，石昊浑身发光，挣脱束缚。他如同猛兽般，举手投足间都有一种压迫性的力量，单手劈向穿山甲的长尾。

“啪！”

响声清脆，他的手掌与穿山甲的尾巴撞在一起，溅起火星。符文与规则不停碰撞，震动虚空。

众人看到这个景象，脸色大变。

穿山甲以肉身强大闻名于世，如今还动用仙气，逼对方硬撼，结果还是奈何不了对方。

“这家伙有点可怕啊，走的是最强体修之路吗？”有人这般猜测道，深感忌惮。

石昊居然可以硬撼动用仙气的穿山甲肉身，实在是可怕。

穿山甲发出一声嘶吼，浑身爆发出刺目的银光。它的躯体如同一个陀螺般旋转起来，横扫向石昊。

穿山甲化为一个杀戮魔神，虚空都被震碎了。

在这种境地中，石昊就算动用仙气对抗它，都要吃亏。因为穿山甲已经将自己最强大的领域展开了。

虚空如同一幅画卷，被粗暴地扯烂，石昊困在了里面。

“锵！”

让人惊愕的事情发生了。石昊双手捏拳印，不断击在那团银光上，如同在打铁，而后迈开诡异的步法，围绕着穿山甲进行攻击。

“他能硬撼穿山甲的最强领域？”

“不对，他的攻击有讲究，每一次都能击在穿山甲最薄弱的部位！”

众人都大吃一惊。石昊居然可以看透穿山甲的所有手段，并且看透它体内的骨文运转路线！

太精准了！那种击打有效地瓦解了穿山甲的狂暴攻击，让它体内的力量溃散，不能迅速凝聚。

石昊没有动用绝世宝术，只以最简单的手法攻击穿山甲，便让它疼痛，一身法力被限制。这实在是太惊人了。最重要的是，他在徒手化解仙气！

意识到这一点，众人倒吸一口凉气。这家伙的战斗力太强了，既能洞悉穿山甲的一切手段，又能以出神入化的战斗技巧一一破解。

“砰！”

石昊连下重手，将穿山甲打得横飞出去。

穿山甲惨叫一声，以一缕仙气护体，坠落在地，遭受了重创。

“谢谢，我真的很需要这些凰血。”石昊轻巧地落在地上，捡起那个封印着宝血的水晶球，一点也看不出战斗时的狂野。

“还有人要比试吗？”石昊看向众人，露出憨厚的笑容，“先说好了，从现在开始我只收凰血，别的天材地宝都不要了。”

听闻这话，众人恨得想冲过去将他按在地上暴打，然后将他镇压进后山的幽冥井中，压制他一百年。

自然有人不信邪，再次出手，结果石昊又得到一团凰血，心满意足。

终于没人敢出手了……

这时王曦释放出了可怕的威压。这些人噤若寒蝉，不敢在这里久留，纷纷离去。

当然，这件事肯定没完，这只是个开始。

王曦名震九天，修出了三道仙气，所以别人不敢惹她，但是对她招揽的那名追随者，确切地说是她请来的所谓道友实在是气不过。

这件事传开后，不断有人前来挑战。

早先那些人不敌石昊，不代表书院中没有高手。事实上，很多高手都在闭关。此时有人打算去请他们出山。

“不用请出拥有两道仙气的人，只需让冉龙、魔鸠等人出手，凭一道仙气也足以镇压他！”

他们提到的一些人在闭关，难以参战，但是依旧有一些人被请来，点名要挑战石昊，着实闹得沸沸扬扬。

石昊态度很坚决，对方不带凰血来，他便不出战，气得一群人脸色铁青。为了能与他一战，他们还不得不去借凰血。

当然，他们也有要求——石昊若是败了，也需交出手中的凰血或者紫府液。

结果这些人一败再败，连尝败果。

就在短短两日间，石昊又赢了六团凰血，让那些人心痛不已，无比沮丧。

“太可恨了！我们连王曦的一个仆从都比不过吗？”有人脸色难看地说道。

他们都是一族翘楚，号称一域最强的年轻高手，结果进入天神书院后被绿陀、邀月公主、王曦等人压着也就罢了，现在连王曦的一个追随者都比不上，实在是深受打击。很多人都生出一股挫败感。

得了近十团凰血、一炉紫府液的石昊感觉心满意足，准备再想办法赢一些天材地宝，然后就闭关修行。

石昊来到这里后，随遇而安，一点都不见外，至今都在王曦的洞府中修行，毫不客气。

这让陈诺、苏兰都很无语，也很不满。他们平日都在各自的神岳上修行，不会轻易踏足这座洞府。而这个家伙一点自觉都没有。

“你的实力不错，抓紧提升修为，过段时间跟我一起去征战。”王曦对石昊说道。

石昊根本没心思跟她去征战，敷衍地聊了两句，结果却一下子来了精神。

“仙家战场？”他吃惊地喊道。

“你是说，绿陀、风行天等高手也会带人去？”石昊心思一动，在考虑是否要去那里大干一场。

第844章 大力支持

WANMEI SHIJIE

仙家战场上曾经有真仙激战，即便过去了一个纪元，也充满了神奇的谜题。

那里甚至还有神秘生灵出没！

这么多年来，每年都会有大批修士前往仙家战场，去探索那片古地。

“那里有仙道经文，还有诡异生灵，有时候很平静，有时候又极度危险。”这是王曦对仙家战场的形容。

那是一片曾被封印的遗地，有很多未解之谜，无论是强者还是一般人进去，都可能获得属于自己的机缘。

当然，危险也很多！

石昊对此很感兴趣，问了很多问题。在知道那里居然有奇异的生灵后，他更加详细地了解了一番。

“那些生灵很古怪，好像不属于九天十地。”王曦说道。

“不属于我们这一边，难道是彼岸来客？”石昊惊讶地问道。

“我想……那个地方很可能如同边荒一般，同另外一个世界相连！”王曦说道。

那个地方有一些虚空裂痕，尽管没发现什么异常，但还是让人怀疑。那里肯定不简单。

“有趣！”石昊点头道。

“你抓紧时间修行，过段时间我们就要上路了。”王曦说着，看了一眼石昊头上的金刚琢。虽然石昊是她请回来的道友，但有那件法器束缚，她总觉得这个年轻人也算是她的追随者。

“你这里有什么经文或者修炼手札吗？”石昊问道。

他早已知道，进入大神书院后，天之骄子们可以得到不少修炼秘典，其中不乏仙道经文。

“书院中有仙道经文，但我还没有机会接触。”王曦道。

毫无疑问，她的话很有诱惑性。

石昊为何而来？自然是为了修行。此时听了王曦的话，他自然动心。

“想要获得仙道经文，需要有战绩和贡献，要完成书院下达的各种任务。这也算对我等的考验吧。”王曦进一步解释道。

石昊点点头，进一步了解到，前往仙家战场也算对这些天才的一种严苛考验，表现最佳的人将收获最多。

王曦很重视这次历练。她是书院弟子中的最强者之一，自然不会放过这次大放异彩的机会。

“到时候你要将仙道经文给我看一看。我可以帮你阻挡其他人！”石昊不加掩饰地笑着说道，眼中闪动着精光。

他的确想在仙家战场中大干一场。如果确定是风族指使元青害他，他不介意在那战场中除掉风行天。

此外，元青的那个后辈也是他的目标。

想到这里，石昊心头有些火热。他终于要跟天神书院的绝世英才们比试一番了，他要看一看这些人究竟有多强。

当然，进入那片古战场后，他肯定会碰到十冠王、谪仙、宁川这样的老对手。

而邀月公主、绿陀这样的奇才，也注定会出手。这等人物必将在那里绽放璀璨的光辉。

“我这里有一些经书，是从书院中借来的，虽非仙道经文，但里面有先贤的感悟，也很珍贵。你可以拿去看。”王曦说道。

她手上有一些秘典，都是孤本，看完后需要立刻归还。此时她大方地把这些书借给了石昊。

石昊接过这些刻在骨块和玉石上的书，立时知道了它们的珍贵。因为它们是传经者亲手所刻，保留着最原始的真义。

这不是拓本，有最纯粹的精华，蕴含着残碎的精神印记。

石昊立刻研究起来，很认真，也很着迷。其中，一本书讲的是凝结法印与天地的关系，另一本书讲的是如何滋养元神，还有一本古书记载的是古代各种经典大战。

这些都是前人的智慧结晶。他从头诵读一遍，不断点头，仿佛体会到了前人的心境。

“咦，这本书不错，讲的是如何创法，让人备受启迪。”石昊持着一块残玉，看得很慢，很认真。

这本玉石书中有两种文字，一种是原著文，属于仙古时期；还有一种是骨文，属于当世，是后人添上去的。

他从头看到尾，心被触动。因为早在过去便有人倡导，人类必须要摸索出新的修炼体系，更加强大，才能抗衡敌人，避免像仙古纪元一样毁灭。

石昊看了很久，轻叹道：“有朝一日，我能开创出新的修炼体系吗？”

“嗯？你有这个志向？”王曦感到惊讶，“书院曾要求我们，一定要努力尝试，踏出一条不同的路来。谁如果有初步的成果，便可得到书院的大力支持。”

“书院有什么奖励？”石昊问道。

“你要是真能踏出那样一条路来，书院的所有典籍都将对你开放，包括最珍贵的仙道经文，任你翻阅。”王曦答道，“当然，除了这些之外，书院还将倾尽各种神药、凰血，用心去栽培你。”

石昊惊异地道：“书院这么渴求这方面的人才吗？”

王曦叹了一口气，绝美的面庞上浮现出严肃之色，道：“我们现在的修炼体系，被那些生灵研究透了，必须求新求变。”

那些生灵是指敌人吗？石昊忽然觉得心头有点沉重。

尽管他不去想，尽量让自己放松，但是那种末世大战将要到来的气氛还是时时笼罩着他。

石昊继续研读王曦带回来的那些骨书。

很快，他看到了一本骨书，上面记载着借助无上真血洗礼肉身、元神的古法。

“不错，我可以参考一下。”他看得很认真，不断点头。

按照书上记载，他需要寻来各种药草，跟凰血配合使用，效果极佳。

“嗯，我收集到的凰血虽然不多，但是配合那些药草，也许就够了。”石昊说道。

外面传来喧哗声，又有人来挑战了。

结果不出意外，石昊又一次胜出，得到一团古凰真血。他笑呵呵地表示随时欢迎他们来挑战。

在接下来的几日里，有人恼了，请出闭关的学院弟子来此地压制石昊。

当一位修出两道仙气的男子败给石昊后，就连王曦都深感意外。这家伙还没动用仙气就赢了，强得有点离谱。

几次交手后，石昊战果颇丰，现在他手中的凰血已经有十四团了！

石昊连胜一批高手，夺走这么多凰血，让许多人感到肉痛。至此，无人愿意来挑战他了。

石昊在考虑什么时候去见清漪、小胖子曹雨生、长弓衍、太阴玉兔他们，但又觉得自己得随时准备击杀风行天等人，不宜露面。

“我这里有六团凰血，一起给你吧。”洞府中，王曦忽然开口，送出这样一份大礼。

这六个水晶球都有拳头那么大，晶莹透亮，鲜红欲滴，内部封印着金灿灿的凰血。

石昊脸上露出异色，着实感到意外。想起头上的金刚琢，他对王家有些怨念，不承想王曦送他这么珍贵的凰血。

“你不要想着让我入赘王家，顶天你可以嫁过来。”石昊张嘴就来了这么一句。

刚进入洞府的苏兰和陈诺吓了一大跳，心想：这家伙疯了吗？

王曦脸色一僵，而后绝美的容颜上便看不出表情了。她瞪了石昊一眼，自然知道这家伙又在故意胡言乱语。

“你赶紧提升修为吧！到时候我希望你能帮上一些忙，帮我抵挡住绿陀、邀月、玄昆等人手下的几大高手。”王曦说道。

为了得到仙道经文的奖励，获得书院最有力的支持，她要在古战场上胜出，免不了需要石昊这个超级高手相助。

因为她隐约觉得，石昊在三道仙气以下的人中应该没有对手了！

“你们两个去书院的药库取这些药草。”王曦吩咐道，将自己的信物和一张单子递给苏兰和陈诺。

石昊愣住了。单子上正是他熬炼凰血需要的药草。很明显，这一次王曦要帮助他到底。

看来仙家战场之争非同小可，注定有最强者的顶级争霸战。

十日后，这座洞府深处的一个石室裂开，释放出澎湃的霞光。

第二朵大道之花在石昊头上绽放，释放出一股十分可怕的大道气息。

第845章 浑人

WANMEI SHIJIE

石昊盘坐在寂静无声的石室内，认真体悟。

最后，他叹了一口气，感到有些遗憾。

第二朵大道之花盛开，蕴含着道则，仿佛与这片天地融合在一起，可以调动无穷的力量。

可惜的是，这朵花没有孕育出一个生灵。

第一朵花中盘坐着一个生灵，身影模糊，像是活在过去，不属于当世。

早先石昊还推测，第二朵大道之花出现时应该也会有一个奇异的生灵，结果有些失望。

他站起身来，轻轻一叹，难道他的猜想是错误的？

“不对，应该是时机未到。”石昊说道。

他想到第一朵大道之花最初绽放时，也没有生灵出现，是后来在太初古矿重开时才孕育出的。

“这一次凰血不多，我只能借助一些药草熬炼出其精华，不曾全身沐浴，这应该是一个原因。”他轻语道。

即便他有二十团凰血，也不可能达到沐浴全身的要求。

绿陀、邀月、玄昆等人都曾直接进入凰血池，借助浓郁的凰血精华淬炼己身，才实现了大涅槃。

幸运的是，石昊在太初古矿用长生液实现了自身的涅槃，没有被拉开距离。

不过，这次修行的作用还是巨大的。修出第二朵大道之花后，石昊觉得自身的实力着实提升了一截！

他很快就释然了，觉得根本没必要为这件事感到失落。

事实上，第一朵大道之花上盘坐的人形生灵不能在战斗中起到任何作用。现阶段他根本召唤不动它。

“你出关了？”王曦站在龟裂的石室外问道。

石昊收敛气息，推开石门走了出来，微笑着问道：“什么时候出发？”

“还要等。”王曦说道。

最近天神书院都在安排这件事。毕竟他们是要进仙家战场，一个不好就可能变成灭绝之旅，需要准备充分。

最近几日，书院中的强者都出关了。他们全都接到了这个通知。

但凡高手，觉得自己实力不凡的都可参加。而能够入选天神书院的生灵，哪个不是一域最强者？

因此很多人积极报名，大半的人都参加了。

“就不怕他们都死在那里吗？”石昊嘀咕。如果这些弟子战死，天神书院岂不是损失惨重？

“书院应该会有相应的措施吧。”王曦回答道，并告诉石昊要巩固修为，时刻准备出发。

“我刚出关，就不用继续潜修了。正好利用这几日，再打几场友谊赛。”他颇为期待地说道。

友谊赛？王曦面无表情地看着他。

石昊非常淡定，一副世外高手的样子，从容地迈步离去。

不久后，苏兰、陈诺频频被骚扰，心中不忿。他们眼中这个非常不靠谱的家伙，实在让人生不出好感。

“你问神药园在哪里，想干什么？”苏兰一脸警觉地问他。

“别紧张，我只是想过去转一转，看一看，长点见识。”石昊表现出憨厚的样子，很诚挚地说道。

陈诺瞪着石昊，不肯告诉他神药园的位置。他总觉得这家伙是个祸害，刚进书院就坑别人的真凰血，现在搞不准又要弄出什么幺蛾子。

“神药园有绝世大阵守护，你即便走到近前，也望不到里面的药草。”陈诺说道。

“这样说来，我是没有办法进去喽？真让人遗憾。”石昊摇了摇头，很不甘心地说道。

苏兰、陈诺两人闻言，满脑门子冒冷汗。这家伙还真想去盗药啊，果然不让人省心，太能折腾了！

“喀，开个玩笑而已，你们不会当真了吧？”石昊说道。

这像是玩笑吗？一点也不好笑！那两人对他翻白眼，不愿理睬他。

“其实呢，我找你们是想了解一些情况，想跟人友好切磋一下。”石昊谦逊地说道。

难道这家伙转性了？

“你想和人切磋，关我们什么事？”苏兰问道。

“我想请你们指点一下嘛。给我一个名单，告诉我书院中还有谁有凰血，哪些人会跟我进行友谊赛。”石昊虚心讨教道。

苏兰、陈诺皆无语，而后十分气愤。他俩还真以为石昊幡然醒悟了呢，结果他竟要主动去挑战别人。

显而易见，这家伙尝到了甜头，还想坑别人更多的凰血呢。他现在找上门来，拉他们当帮凶，想得到一些情报。

“喂，你们两个怎么不说话？死气沉沉的。年轻人没有一点朝气可不好。”石昊说道。

两人被他的话噎住了，原本不想理他的，现在真是有点气闷，所以严厉警告他不要惹事，别给王曦惹麻烦。

“我又不是她的追随者，是以道友的身份被邀请来的，一切都可自主行动。放心好了，我真的只是想去跟人友好切磋一番。”石昊厚着脸皮说道。

“你如果真这么想，就别和人提凰血！”陈诺愤怒地说。

“没有一些彩头，怎么能尽兴？人生本就是追逐一个又一个色彩斑斓的泡泡的过程，有目标才有动力，才能进步啊。”

石昊反过来跟他们讲道理。

“真受不了你。反正是不行，我们不会帮你，你找别人去吧！”

“这可不好呀。”石昊摇摇头，而后想了想，“这样吧，友谊赛的事可以先不提，上次坑我的女人叫什么？麒麟还是戚琳？”

“你找她干什么？她可是邀月公主的闺密，你可别乱来。”苏兰很警惕地说道。

“没事。我其实能成为邀月公主的男闺密，揍她的女闺密一顿，应该不成问题。”石昊大言不惭地说道。

“你这人怎么这样啊，别惹祸好不好！邀月公主可是修出三道仙气的绝世仙子，来自古国的长生世家。你别乱来，不要动戚琳！”苏兰有点急了。

“我自有分寸。那女人嘴巴太毒了。如果不是我自身实力足够强，天天被人挑战，不被人杀掉才怪。”石昊不满地说道。

“事情过去就算了。”陈诺劝道。

“哪能这么算了？她诋毁了我的名誉，我要捍卫自己的清白！”石昊正义凛然地喊道。

“扑哧！”

陈诺和苏兰忍不住，都被气乐了。

“你有什么名誉？小姐都没有追究，你倒是不依不饶了。瞧一瞧你自己做的事，坑了多少人，也好意思谈什么捍卫清白！”两人奚落他。

“一码归一码。那女人的确诋毁我，坏了我的名誉。如果我跟你们小姐真发生了什么也就罢了，可是什么都没有发生呢，她就这么喊，我不甘心啊，太冤了！”石昊一本正经地说道。

那两人皆目瞪口呆。这家伙……有点混账啊。听他那意思，不是觉得冤，而是遗憾，似乎没发生什么才是让他有怨念的原因。

“你……”

“被小姐听到的话，她会直接清理门户！”

陈诺和苏兰大声斥责道。

“我跟她不是一个门户的。”石昊很淡定地说道。

“我就没见过你这样的人！”苏兰气呼呼的，不知道说什么好了。

石昊面对他们的指责，毫不在意，反而转过头来，语重心长地说道：“戚琳毕竟诋毁过王曦，这事儿不能就这么算了。你们小姐不亲自出面，是因为不方便，你们两个不明白她的心思吗？你们想想我为什么要动手，自然是王曦希望我这样去做的。”

两人听闻此话，都是一愣。

“你肯定是拉大旗，作虎皮，别乱说！”苏兰不太相信石昊的话。

“孺子不可教也！”石昊摇摇头，“修出三道仙气的人都算是绝世奇才，自然不可能轻易大动干戈。这个时候就要靠你们冲锋陷阵，给你家小姐出手制造借口，这样才能显得她既大度又明事理。她是不得已才为之啊。”

两人面面相觑，心想：真是如此吗？

“快在前面带路，待我去揍那女人一顿，你们就都明白了。”石昊说道。

苏兰与陈诺愣了一会儿，居然同意了。反正是这家伙惹事，真被擒住也活该！

第846章 全面开战的准备

WANMEI SHIJIE

当然，苏兰与陈诺两人还是有点担心。万一这家伙作乱，惹得邀月公主跟小姐提前火拼，就不太妙了。

这家伙该不会真有这个心思吧？

一路上，这两人有点狐疑，心中十分忐忑。因为这家伙做事怎么看都很离谱。

“还是不要去了。”苏兰说道。

“都快到了，就不要驻足不前了。身为王曦的追随者，你们得揣摩她的心思，这样畏首畏尾可不好。”石昊说道。

那两人睨视他，总觉得这家伙不是什么好人，越是这么“好心肠”，越让人怀疑。

“咦，到了！就是这里吧？”石昊笑道。

苏兰与陈诺感到无奈，因为他们已经到了一座神岳前。此地正是戚琳的洞府。

这座大山很大，整体呈鲜红色，若红玛瑙一般。

“你们两个前去叫阵，告诉戚琳我们来挑战了。”石昊说道。

“凭什么我们去叫阵？”苏兰生气地说道。

陈诺看着石昊，心想：这家伙是想把我们都拉下水吗？

苏兰与陈诺相互看了一眼，什么也不说，转身就走。他们总觉得跟在石昊身边很不安全。当然，他们并没有走远，躲在远处看着。

石昊没有阻止他们，在这座红艳艳的巨山前转悠起来。不一会儿他就发现了洞府，而后向前走去，很有礼貌地传音求见戚琳。

戚琳出来后，看到他先是一怔，而后心头一惊：“你有事吗？”

“戚琳小姐，你就不请我去你的洞府喝杯茶吗？”石昊笑道。

戚琳相当警觉，真不敢放石昊进去，生怕他一嗓子喊出什么难听的话。上次他进王曦洞府的事算是前车之鉴，她可不想以身犯险。

现在这家伙声名狼藉，如果跟他扯上关系，把他请进洞府中，就什么都说不清了。

“你有什么话就在这里说吧。”戚琳说着，扬起她那微尖的下巴，一副很高傲的样子。

“这里不是说话之地。”石昊搓了搓手说道。

“你这人名声很差，我可不敢请你进洞府，有什么快说吧。”戚琳仰着头说道，一点也不留情面。

“我声名狼藉不是拜你所赐吗？”石昊说道。

“你……想要什么？”戚琳警觉地道，“别忘了，你只是王曦的追随者，不是书院的正式弟子，没有资格踏进我的修行地。”

“既然你不让我进你的洞府洗劫，错，是参观，那我们就在外面解决吧。”石昊干咳了一声，慢悠悠地说道。

“什么？你想进我的洞府抢劫？”戚琳睁大眼睛，绝不相信那是他的口误。这家伙胆子太大了，竟打着这样的主意。

“来吧，我在这里挑战你！”石昊说着，眼神冷峻起来，“一会儿再去你的洞府搬家！”

“你……胆子太大了，知道自己在说什么吗？”戚琳喝问道。

“自然知道。书院不是鼓励弟子间相互切磋吗？我在响应号召。”石昊平淡地说道。

“你算什么？你根本不是正式弟子，没有资格！”戚琳有点心虚，因为她已经听闻这家伙很不一般。

“如果我这样的非正式弟子都能将你打败，你还好意思霸占这座神岳吗？赶紧把洞府送给我吧。”石昊向前逼去。

他双手发光，释放出一片雷电。这些雷电化成一颗又一颗紫色的雷电球，如同星辰一般汇聚在一起，最后化作微型星域。

“轰！”

石昊一拳轰出，成片雷电向戚琳袭去。

戚琳心中大惊。对方随意一击，竟然就造成了这种可怕的景象。她即使修出了仙气，也不一定比得上。

她快速出手，直接催动仙气护着自身，全力对抗雷霆。

一阵麻酥酥的感觉传来，戚琳身子剧震，嘴角流出一缕鲜血。

“你可知道我是谁？我是邀月公主的闺密！你如果蛮横无理地继续出手，会为你自己惹下大祸！”戚琳恐吓道。

到了这一步，她有些怕了，担心石昊乱来，取她性命。

“那你知道我的身份吗？”石昊冷笑道。

“你，别乱来！”戚琳被吓得花容失色。

“哧！”

雷电如虹，化成一挂星河，垂落下来，威势更强了。

哪怕戚琳动用仙气，也不可能是石昊的对手，最后被击得口吐鲜血，受伤不轻。

“走吧，去你的洞府！”

远处的苏兰和陈诺都暗叹石昊的实力又精进了，越发显得可怕。

“他在干什么？”陈诺吃惊地问道。

“他将这里搬空了！”苏兰目瞪口呆地回答。

事实上，石昊还很好心地邀请他俩一同过去，请他们吃烤肉。

他将戚琳的坐骑煮了。

“你知道自己在干什么吗？邀月公主会对你出手的！”戚琳威胁道。

“哦，这样啊，赶紧让她去找王曦吧。王曦已经等候她多时了，我来这里不过是顺势而为。”石昊不负责任地说道。

“喂，你别乱说！我家小姐才没有想跟邀月公主决战！”苏兰气极，冲了过来。

“看来你还是不懂。我来这里，是你家小姐默许的。两个仙子肯定会有一战！”石昊一脸严肃地说道。

“你说的是真的吗？”苏兰表示怀疑。

“当然是真的，不过她们的决战地会在仙家战场。王曦现在不好意思出手，所以我才帮她。”石昊说道。

“我的凰血！”戚琳惊叫一声。

此时，石昊很不客气地从她身上搜出了四瓶凰血。

“你身为邀月公主的闺密，果然身家丰厚。还有吗？”石昊哈哈笑道。

“没，没了，你别乱摸！”戚琳尖叫道。

苏兰、陈诺都止步了，不再多说什么。因为他们忽然觉得这个很不靠谱的家伙让他们出了一口恶气。

正是因为这个戚琳乱说话，才有了之前一系列风波。现在她被收拾，正合他们的意。

“砰！”

戚琳像稻草人一样被丢在地上，直接昏厥过去。

“走了，领我去看一看风行天、绿陀在哪里。”石昊向苏兰和陈诺打招呼。

“啊，你要干什么？”这两人感觉头皮一阵发麻。难道这家伙真是为找事而进入书院的吗？

“没事，我只是去看一看。你们小姐说了，一旦进入仙家古地，就会全面开战！我现在先帮她看一下敌人，估量一下战胜他们的难度。”石昊很温和地说道。

全面开战，这是小姐的态度吗？陈诺和苏兰总觉得这不可能。

“走吧，去看一看！”石昊说道。

在途经邀月公主所在的净土时，他只是短暂停留，并未前去挑战。

绿陀和风行天的洞府中雾气弥漫，一眼望不到边。

让苏兰和陈诺稍微心安的是，这家伙还没自大到要挑战那两大年轻至尊，来到他们的净土前，只是转了两圈就离开了。

“听闻元青将他的一个后辈送进了书院，这分明不符合规矩。那个少年在哪里？你们也带我去看一看。”石昊询问苏兰和陈诺，探听那个人的情况。

“他叫元丰，是一个奇才，已经修出了两道仙气，只因当时有事而错过了天神书院择徒的机会，所以他的长辈亲自送他来。”陈诺说道。

“喂，你到底什么意思？为什么惹的都是硬骨头？先是邀月公主的闺密，接着是绿陀、风行天，现在又想对付元青的后辈，你该不会想引发混乱的大战吧？”苏兰担心地问道，觉得情况不妙。

“你想多了，我只是替你家小姐试探敌人。”石昊笑道。

“你别胡言乱语，把什么事都往小姐身上推。她可不会这样。”苏兰说道。

不久后，他们来到一片山地。这里群峰叠翠，仙气袅袅，如同仙境一般。

“哦，这片道土属于元丰啊。”石昊看到了一个年轻人。

那就是元丰。此时他的目光如同一柄出鞘的绝世利剑一般，紧盯着石昊。

“哦，就这么相遇了啊！”石昊自言自语道。

第847章 启程

WANMEI SHIJIE

元丰身穿银色甲胄，站在那里，目光灼灼地望向石昊。

他灵觉敏锐，心有所感，第一时间就察觉到外人的气息。

苏兰、陈诺原以为石昊必然要过去挑战，结果他转身就走了，并未出手。

“这不符合你的风格啊！”陈诺不解地说道。

“这家伙刚进书院，连一团凰血都没有，我过去跟他交手不是浪费时间吗？”石昊撇撇嘴道。

苏兰、陈诺两人愕然，都怔怔地看着他。

石昊在转过身的刹那，目中有寒光一闪而过。

击杀！

他心中只有这两个字。他要给元青一个“惊喜”。

在这里动手会引发动乱，他决定去仙家战场后，再对付元丰。

到了那里，他做什么就没有顾忌了，不用担心书院长老会干预。

“站住！”后方传来一声大喝。元丰面色不善地盯着石昊三人的背影。

“你有事吗？”苏兰回头问道。

“你们是王曦仙子的追随者？”元丰虽然进入书院的时间不长，却听到了很多消息。

“是又如何？”苏兰说道。

石昊转过身，带着笑意看着他。

“呵，你不是喜欢与人对决嘛，怎么到了我这里后，转身就走了？”元丰眼中精光闪动。

“哦，你想跟我一战？”石昊问道。

“可以切磋一番。按照你的规矩来，失败者献上凰血。”元丰嘴角微翘，露出灿烂的笑容。

苏兰、陈诺都是一惊。这个人明显冲着凰血而来，说得好听是切磋，但目的跟石昊一样。

“凰血，我这里有四团，你有吗？”石昊平淡地问道，将从戚琳那里得到的四个水晶球亮出。

元丰盯着凰血，目光越发灼热。

“失败了的话，我自然会送出凰血。”石昊举起手中的水晶球，看着对面的男子，“想跟我约斗，也请拿出凰血吧。”

“我现在还没有凰血，不过马上就有了。可以先跟你一战，若是我失败了，事后自然会还你！”元丰说道。

他的眼神富有侵略性，紧盯着石昊手中那四个封印有凰血的水晶球。

“没有凰血，你拿什么来赌？想空手套白狼吗？”石昊一口回绝了，不跟他对决。

事实上，他很想出手，但这里是天神书院，这样击败元丰会引起不必要的纷争。

石昊再次迈步，想离开这个区域。

“慢！”元丰跟了过来。

他听闻了石昊的事，知道石昊手中有不少凰血，也知道石昊不曾修出仙气，却可战胜一批正式弟子。

元丰才进入书院，也需要凰血，自然想跟石昊一战，将那些凰血赢过来。

当然，这需要一个借口。贸然动手抢会出大问题。

“你不过是王曦的追随者，并非书院的正式弟子，却大肆招摇，挑衅正式弟子，今日我看不过去，定要领教一番！”元丰义正词严地开口道。

“虚伪！”苏兰撇撇嘴，连她都看出来了，对方只是想要一个借口。

“你这么想跟我一战？”石昊笑着回头看他。

“正式弟子不能因你而蒙羞，我要为其正名。一个追随者竟然在书院中横行霸道，得有人教训你一顿！”元丰说道，越发正气凛然。

石昊有点无奈，心想：这家伙编起瞎话来还真是投入，估计连自己都快信了。

“算了，我没心情跟你一战。”石昊说完，再次迈步。

“哪里走！”元丰大喝一声，冲过来要阻拦石昊。他的双目中竟带着些许黑暗之色，如同可怕的深渊一般。

“啪！”

两人交手，雷电轰鸣，爆发出刺目的光芒。石昊并未尽全力，收敛了很多。

“哧！”

元丰身上骨文密布，动用两道仙气去压制石昊，口中冷冷道：“不过如此，我还以为你有多强呢。”

然而在激烈的搏杀中，石昊还是退了出去，不曾被他镇压。

“这一战，我若是胜出，你是否要履行约定，将凰血奉上？”元丰带着淡淡的笑意问道。

“都说了，你先拿出凰血来，不然这场对决不作数。”石昊摇头道。

“不许狡辩，认赌服输！”元丰喝道。自从见石昊取出那几个晶莹的水晶球，他就打定主意了，一定要拿下此人。

可是随着时间推移，他还是没有成功。

“轰！”

又是一次大碰撞，两人都飞了出去。石昊带着苏兰和陈诺转身就走。

“不许逃，将凰血留下！”元丰翻脸了。

“凭什么？你没有赌注，却想空手套白狼？”苏兰看不过去，这样说道。

“再说了，你又没有赢。”陈诺也开口了。他虽然看不惯石昊，但在外人面前，还是能和石昊共进退的。

石昊没有停留，驾驭一道闪电迅速离去，将元丰的胃口吊了起来，让他后悔刚才不够果断。如果他刚才紧逼石昊，说不定就成功了。

“他逃了！如果继续战斗下去，他必败无疑。”元丰自言自语道。他还有强大的实力不曾展现，对自己有足够的信心。

事后，一些人听到消息，主动借凰血给元丰，希冀他能出手，去挑战石昊。

两道仙气者中的巅峰人物，值得各方瞩目，自然会有人拉拢元丰。

可惜就在元丰准备约战时，书院中传来消息，可以进仙家战场了！

全院震动，上至长老，下至弟子，都格外关注此事。

当然，是否选择去仙家战场，完全凭自愿，并不勉强。

这一日，书院中一片嘈杂，诸多弟子纷纷行动起来。

“终于要开始了吗？”石昊在王曦的洞府中站起，双目中露出灿灿神光。

不远处，王曦也已经起身，从她那绝美的脸上看不出紧张或者激动的情绪，依旧从容而平和。

她已经等待很久了，早就想动身了。

同一日，绿陀长啸一声，表明心志，一定会前往那片古地。

风行天、邀月公主、玄昆等人更是无一例外，全都要去那片古地。

“哦，听闻这次谁在那里表现惊艳，回来后可能会被赐予仙家玉书。”有人小声说道，非常兴奋。

“如果在那片战场上所向披靡，还需要书院赐予仙家玉书吗？据闻那片古战场上就有不少遗失的秘典和古代的仙器，都价值连城。”

还没有出发，这些人就已经心旌摇曳了，希望自己能独占鳌头，取得大机缘。

“呜呜……”战争的号角响起，像在催促众人出征。

这一日，一艘大船停在了书院中，等待众人进入，而后驶向远方的古地。

黄金巨船横空而起，终于起航了。它太过庞大，堪比一座巨型岛屿。甲板上的众人俯视着山川万物，心中涌起一片豪情。

石昊在船上发现了一些熟人，比如魔女、小胖子曹雨生、长弓衍、太阴玉兔、清漪。他们也选择进入那片古地。

不过此时他不能立刻跟他们相认。进入那片古地后，他可能会大开杀戒，不想牵连这些熟人。

星辰闪耀，战舰发光，仿佛跃入了星海中一般。

“那是什么？”

“快到站了，那就是仙人征战过的地方吗？”

第848章 仙家战场

WANMEI SHIJIE

夜色凄迷，这是一片残破的土地。

冷月高悬，地上光秃秃的，到处都是碎石和巨大的裂缝。

这么快就到目的地了吗？战船上的众人十分惊讶，他们感觉才飞行没多久。虽然战船速度极快，穿梭虚空，但也不至于这么快才对。

“这仅是入口。飞船需要从这里的一座祭坛进入。”天神书院一位长老站在甲板上说道。

金色的战船在夜色中发出黄澄澄的光，不仅绚烂，还有一种暖意，冲淡了凄冷的月色。

古地深处有纵横交织的纹路，如同有生命一般吸收着日月精华。这是法阵，一般人到了这里后必然受阻，不能前进了。

幸好战船上有天神书院的长老。

他们掌握着古法，知晓这些残阵的布局与秘密，亲自驾驶战船避开凶险之地，一路向前。

终于到了。那是一座祭坛，仿佛一块丰碑一般记录着曾经的点点滴滴，有历史的厚重感，更有物是人非的凄叹。

这是先民的遗迹，无论曾经是辉煌的还是屈辱的，都一去不复返。

“入口就是这里！”一位长老说道。

那祭坛很大，如同一座山，以各种稀有的奇石堆砌而成，布满斑驳的痕迹。

但比起一艘岛屿般的金色战船来，它还是要小很多。

就在战船下降时，一切都变了。

仿佛斗转星移，岁月变迁，世间万物都在更迭。战船在不断缩小，最终如同一粒尘埃般落在这祭坛上。

众人倒吸一口凉气！这祭坛是给什么人用的？终极目的地是哪里？这么庞大的战船落在上方，都微小如尘埃，真不知道其终极作用会多么可怕。

“这是古代四大祭坛之一，同三千州消失在仙古黑渊中的祭坛一样，很神秘。它的作用现在已经降低了，因为它已残破。”一位长老说道。

石昊闻言，心中一惊。

他想到了自己借助仙道花瓣进入的仙古遗迹。在那里争夺造化时，他曾进入一座黑渊，看到了一座残缺的祭坛，更看到染有帝血的三足两耳圆鼎的烙印。那些物品疑似来自未来。

几大长老不知道动用了多少神力，都快精疲力竭了，这座祭坛才亮起，发出微光。

当然，仅是部分纹路发光，并非整座祭坛复苏。但即便这样也足够了。

几大长老继续催动，并在那里献祭，在祭坛上滴落数种宝血，而后定下坐标。

“嗡！”

天宇瞬间被击穿，黄金战船冲天而去，从这里消失。

下一刻，船上的人都大惊失色。

这战船速度太快了，虚空扭曲，光线模糊。

一切都变形了。

最后，战船冲进一条特殊的空间通道，一路风驰电掣。

这通道呈半透明状，有些模糊。恍惚间，他们感到光阴流转，时间紊乱，像在横渡时间长河。

“我们这是要到宇宙另一端吗？”

这是一次无法想象的远距离航行。他们觉得自己瞬间跨过了上千个星系，来到了宇宙的另一端。

所有人的脸色都白了。如果让他们自己飞行，即使飞到生命尽头，也不可能到达。

这距离太夸张了，远得离谱。

这艘黄金战船如果在途中出现意外，搁浅在路上，他们也许会迷失，永远找不到回去的路了。

“如果那祭坛的终极作用不是开启这条路，那是什么？”有人发出疑问。

他们只是借用了一下祭坛而已，就已经这么夸张了。

时光消逝，一个又一个星系远去，他们还在前进。终于，他们仿佛听到了神魔的嘶吼声，战船冲出了半透明的通道。

那是一座岛屿，悬在宇宙中，悠远而神秘。穿过浩瀚星海后，这里竟有一座岛屿！

“这就是仙家战场。”一位长老说道。

这岛屿悬在那里，与漫天星斗比起来，显得格格不入。

在这幽暗的宇宙中，它不是陨星，不是星河，只是一座岛屿，亘古长存。

他们原以为这座岛屿不大，其实根本不是这样。随着战船越靠越近，岛屿在逐渐放大，直至发出逼人的气息。

或许可以称之为一片大陆，因为它太大了。

不知道过了多久，黄金战船终于要降落在地上了。它的速度逐渐变慢，如同进入了最可怕的场域中。

在“砰砰”声中，整艘战船燃烧起来，一些部件都快熔掉了。

这岛屿有一股排斥力！

在这个过程中，众人都听到了凄厉的长嚎。神魔嘶吼，透过无垠时空，从那遥远的过去传来。

“砰！”

战船落到地上后，那股排斥力消失了。

这片大地上没有植被，土地呈红褐色，一眼望不到边。

荒凉是永恒的主题。

“有生灵！”有人惊叫道。

他们原以为这里死气沉沉，结果刚来就发现了奇异的生灵。

那好像是一只老鼠，浑身长满红毛，有水牛那么大。它疾速冲来，张嘴就咬向黄金战船。

“锵！”清脆的金属颤音发出。

那头红毛凶兽目露凶光，牙齿间火星四射。

人们愕然。这怪物太强了吧？

要知道，黄金战船可不是一般的东西，是几位长老炼制的，而它咬下去后居然没有被震死。

“小心，这个地方很古怪，有些区域会压制我们的法力！”一位长老提醒道。

“这丑陋的红毛凶兽是什么东西？”一位弟子询问道。

“不得轻视！”旁边的长老轻叱一声。

他告诫大家，在这个地方只要出现生灵，哪怕它是一只蚂蚁，都得万分小心，不能有一点大意，不然会殒命的。

“哧！”

没等长老出手，那红毛凶兽便化成一片赤霞，没入了地下。

“咦？”所有人都惊呼一声。

“这里的生灵大多由凶煞之气化成，一旦被它们重创，便可能万劫不复。”一位长老严肃地叮嘱道。

随后他们下船了，站在了冰冷的大地上。

几位长老给正式弟子们一个一个地分发骨符，让他们带好，不得遗失。这些可是保命符。

石昊有些无语，因为他没有拿到。

“嘿，一个仆从而已！”元丰站在不远处，低声说了一句，有点刺耳。他的目光更是冰冷。

王曦走向远处，跟一位长老交流，想多取一枚骨符，结果被告知骨符数量有限，不得破例。

元丰走向一旁，轻声说道：“在这里要自求多福，千万不要让我碰到，不然有你好看。”

石昊知道元丰此举是在针对他，想要激怒他。

“你们可以去探索了。这片古战场充满了未知与危险，但也有天大的机缘，说不定就能发现一部仙道经书，甚至能捡到一件仙器！”

一位长老嘱咐了他们一番，让他们上路。

王曦、石昊他们一起向前走去。其他人也都动身了，有的人速度很快，立刻冲进了红褐色的大地深处。

“啊……”惨叫声突然响起。就在不远处，某位奇才的追随者被一头红毛凶兽一口咬住，顿时没命了。

所有人都大吃一惊。刚开始就有人遇难，天知道这里有多么恐怖。

“哧！”一位长老出手，击穿了那头红毛凶兽。可惜它崩开后，化成了赤霞与雾霭，并没有肉身。

“我再提醒一遍，千万要小心，特别是遇到有血肉的生灵时，要更加注意。落入那样的生灵手中，会生不如死！”

这种告诫很严厉，让所有人都不得不谨慎起来。

石昊此时很平静，在不断寻找目标。除却防备那些可怕的生灵外，他还准备出手击杀对头。

第849章 红色兽潮

WANMEI SHIJIE

星光点点，红褐色大地上充满肃杀之气。

这个地方如此险恶，超乎所有人的想象。

众人再也不敢大意，全都神色凝重，戒备着向大地深处走去。

王曦衣裙飘飘，体外浮现出三道仙气，在月光下宛若仙子款款而行。

石昊站在不远处，跟她一同戒备着，走向浩瀚的战场中。

其他人也都如此，一个个神色严肃，如临大敌。

这次既有机缘，又有莫大的危机。

众人呈扇形进入这片荒凉的遗地中。所有正式弟子都带着追随者，让他们守护着自己身边。相对来说，王曦带的人最少，只有石昊一人。

绿陀、玄昆等人身边都有五六个追随者，皆是高手。

远处，一女子被月光笼罩，超凡脱俗，正是邀月公主。

她对着王曦浅笑道："姐姐，听闻这是你的道友，而非仆从，你们真是好兴致啊，联袂而行，若神仙眷侣一般。"

她的话立刻引起一阵骚动。

这是在挑衅王曦吗？她们才进战场中，就要起争端了？

天神书院的长老曾暗示，允许他们在这个地方适当地争斗，不会过分追究。这也是众多正式弟子严阵以待的原因之一。

"嗯，你眼力真好，一眼就看出了本质。"在王曦还没有回应前，石昊低声咕哝，一副飘飘然的样子。

一些人顿时无语，心想：这家伙真是大言不惭，就不怕王曦跟他翻脸收拾他吗？

果然，王曦神色一僵，眸子如寒星般盯着他，冷冽的气息弥漫开来。

"开玩笑而已！"石昊一摊手，赶忙解释。

远处，邀月公主轻笑道："真是恭喜道友了，璧人同行，会令很多人艳羡的。"

说话间，她瞟了一眼其他人。果然有很多人露出异样之色。王曦可是长生世家的明珠，能与她走在一起是很多人梦寐以求的。

“王曦小姐明慧圣洁，如仙子一般。我不过是一介凡夫俗子，能与她同行深感荣幸。”石昊说道，看向邀月公主，“其实我觉得自己与小姐你倒是缘分很深，走在一起简直是珠联璧合，不至于自惭形秽。”

“放肆！”邀月公主身边的一个青年怒了。

邀月公主也是一愣。这家伙居然敢这样跟她说话！这是在抬高王曦，贬低她。她们两人齐名，却被这家伙一捧一压。

短暂的惊诧后，她又“扑哧”笑了出来，招了招手，道：“既然道友这样认为，那就舍弃王曦，与我同行，如何？”

“先请仙子遣散身边那几个碍眼的人。”石昊这般说道，故意针对那几个对他怒目而视的人。

邀月公主的追随者闻言，身上都腾起了杀气。

众人大惊，就要爆发大战了吗？

这样的竞争对他们来说很重要，若是赢了，不仅可以从古战场中得到机缘，还会被书院认可，全力培养。

若是输了，很多事就要落空了。

他们早有耳闻，书院为了磨砺他们，手段不会太温和，不然也不会将他们送进这么危险的地方。

一直都有传言，天神书院如同养蛊一般，将来也许会让他们互相争斗，只留下最强的几个人。

虽然现在还为时尚早，但是已经有这种端倪。

“走了。”王曦说道。当着这么多人的面，她不可能与邀月公主对决，不然肯定会让绿陀、玄昆等人坐收渔人之利。

邀月公主笑了笑，一点也不动怒，对石昊挥了挥手，带着一行人远去。

“轰！”

不久后，这片红褐色大地深处传来惊人的响声，宛若有一股洪水，倾泻而来。

这是什么声音？究竟发生了什么？所有人都在猜测。

离得近了，众人终于看清楚了，头皮一阵发麻。

兽影密集，一股红潮向着这个方向席卷而来。

这也太恐怖了！

那是一群红毛凶兽，奔腾着，咆哮着，向他们冲过来。

它们每一头都如水牛一般大，形似老鼠，浑身红毛。它们瞪着猩红的眼睛疾速冲来，血盆大口内的牙齿白森森的，令人毛骨悚然。

这该怎么打？

要知道，这不是一般的凶兽，而是战场中的凶煞之气化成的。这种可怕的古兽最难对付。

“幻觉，其实没有那么多，顶住！”有人大喝道。

他们现在如果退走，逃向黄金战船那里，在书院长老面前绝对会失分。连古地深处都进不去，还谈什么崛起与争雄，笑话！

一些人看出，这些凶兽看着声势浩大，但并没有想象的那么多。有些纯粹是赤霞，是雾霭，还不曾化出有形之体。

“轰隆！”大片的闪电爆发。

一个伟岸的绿发人口中发出一声大道之音，第一个向前杀去。

那是绿陀！

他张口轻叱一声，前方的古怪凶兽就一下子炸碎了数头。而后他如虎入羊群般大开杀戒，在其后方还有数名追随者。

不得不说，绿陀太猛了，如一柄犀利的尖刀，在千军万马中勇猛前进，势不可挡。

红毛凶兽虽然是煞气化成的，但是在他面前不堪一击。

他在兽群中不断战斗，所向披靡！

其他人见状，士气大振，在正式弟子的带领下一个个勇猛地冲杀过去。

战场上顿时杀声震天。红毛凶兽尽管凶残，如洪水般冲来，但还是没有吓住众人。他们激烈搏杀，向前闯去。

谁也没有想到，才进这片古地就遇上了传说中最可怕的兽潮！

“嗷……”红毛凶兽后方还有一些生灵，有金色的怪物，也有血红色的巨人，一个个都很狰狞。

“嗯，闯过去的话，应该就平静了。我们得全力杀过去！”风行天说道。

他来自风族，自然了解很多秘辛，知道这种情况意味着什么。

众人继续浴血搏斗。

半个时辰后，石昊跟王曦分开了，向着一群故人那里杀去。他怕他们发生意外。

“轰！”

一头十丈高的黄金虎冲来，被石昊一掌打得横飞起来，继而在虚空中炸开，化成一团金色的雾霭。

这个地方的人都大吃一惊。他们只在绿陀、王曦等人身上看到过这种手段，太霸道了。

要知道，那种黄金虎蕴含着凶煞之气，一些正式弟子应付起来都很费劲，石昊却一巴掌把它打爆了，何其强悍！

“谢了！”凤舞说道。

石昊此时是为三千州的修士解围而来。相对来说，他们偏弱一些。

当初天神书院择徒的时候，由于三千州修出仙气的人没有多少，标准就放宽了一些。凤舞、甄古等人也进入了天神书院。

他们至今没有修出仙气，实力偏弱。

“哧！”

石昊看到了三千州其他一些人，立刻出手保护他们。他十指如虹，射出一道又一道神芒，击杀那些古兽。

“哎，三千州的人真是弱啊。”

隔着很远，石昊就听到这道声音，快速冲了过去。

元丰！

元丰修出了两道仙气，绝对算是一个顶尖人物，有资格口出狂言。只是这话听在三千州修士的耳中，太过刺耳，伤人自尊。

“嗯，真差劲。没有修出仙气也敢来此地，还真是一群废物！”他无情地说道。

出于一些原因，他们这一族对三千州的人没有好感，从元青到他皆如此。不然当日元青也不会受别人委托真的去压制石昊。

“不行的话，就赶紧滚蛋，别挡我的路！”元丰冷酷地说道，让三千州的修士十分难堪。

石昊看了一眼，被羞辱的并不是他熟悉的那几位故人。那几个人都很强，不至于这么狼狈。

“你在羞辱谁？”石昊体外腾起一片炽盛的光焰，大步走了过去。此刻他如同战神一般，符文如火光般在身上跳动着。

“我与三千州的人说话，戳痛你了吗？”元丰冷冷地笑道。

“这些废物！”元丰的追随者附和道。

“你说他们修为现阶段不足也就罢了，何至于这样羞辱！如果以此来论，在我眼中你们也不过是废物！”石昊说道。

“轰”的一声，他一拳轰了出去，天穹都被击塌了！

“噗！”

前方大片血液溅起，元丰的几名追随者都被击伤。

元丰仿佛第一次见到石昊，震惊地盯着他。

“你这个废物，过来领死！”石昊大喝一声，仿佛天龙一般冲着元丰飞去。

第850章 击杀元丰

WANMEI SHIJIE

龙行于空，异象纷呈！

石昊一拳击穿天穹，身上的符文如同火焰熊熊燃烧，璀璨夺目。这一击霸气无比。

元丰当即脸色一变，快速祭出一件法器，挡在身前。

这是一支黄金战矛，一击之下可让虚空崩开，裂缝蔓延数里，威力强大。

“锵！”

石昊一拳轰在矛锋上，爆发出刺目的光芒。

在铿锵声中，他这一拳砸得黄金战矛化成数百块碎片，向着四面八方激射而去。

战矛的碎片如流星雨一般砸向大地，让这红褐色的地面千疮百孔。

“噗！”

元丰吐了一口血，手臂在痉挛，剧痛无比。石昊刚才那一拳透过战矛传过来的力量让他脸色苍白。

如果没有黄金战矛，他便被活活震死了。

元丰很果断，疾速后退，就要逃走。

他知道自己打不过这个人，留下来必死无疑。

周围的人都震惊了。元丰的强大有目共睹，结果他却被这人一拳震得咯血，直接遁走。

这个人是谁？他们看不清。

此时石昊被神圣符文笼罩，体外有金色的烈焰在燃烧。

神火滔天，烈焰茫茫，没有人能够看清中间那个人的真容。

元丰大致猜到了这人的身份。因为刚才交手时他看到了那双眸子，如同那一日在天神书院对峙时所见，从容自信。而且今日那眸中还带着嘲讽和轻蔑。

对方根本不将他当作一回事。

“难道真是他？”他大吃一惊。这个人怎么一下子变得这么强，远超他的想象。

他逃得快，可是后面追来的人更快，一眨眼就到了他身后。他可以感觉到那拳风的暴烈，呼啸而来。

这已经不是简单的一拳，而如同海啸一般，轰砸而来。

拳未至，那股炽热的拳风就到了，震得他向前飞出，大口吐血！

这个人太可怕了！

元丰简直不敢相信，一个仆从竟能压制得他这个修出两道仙气的人毫无还手之力。

这到底是谁？他一定另有身份，真正的实力恐怕比绿陀、王曦也不见得弱多少。他被这种猜想惊住了。

一个神秘的高手隐姓埋名，潜伏在天神书院中。

他猜测，这个人多半也修出了三道仙气，不然不可能这么强大。

可是修出三道仙气的人凤毛麟角，尽被人知，这个人是从哪里跳出来的？

想到这里，元丰的脑海里，刹那间就出现了一个名字——石昊！

他难道是来自三千州的那个修士？想到这一可能，元丰通体冰凉，一下子就慌了。

那个人被他的祖父放逐到太初古矿，一去不返，据说已经死了。难道那个人活着回来了吗？

他浑身冰冷，终于知道这个人为什么要强势镇杀他。这是他祖父造下的孽，这个人来报复了。

况且刚才他羞辱三千州的修士，被此人看到，正好一并算账。

“呼！”拳风扫来。

元丰如同一片落叶般被扫飞，大口咯血。

元丰心中大惊，想逃都逃不走。他果断地横移，转过身来，张嘴吐出一个东西，迎击石昊。

那个东西快速变大，竟是一个雪白如玉的龟壳。龟壳变为数丈高，化作一面盾牌，挡在他的身前，抵住了石昊的拳风。

“镇压！”他大喝一声。

没有办法了，他只能动用身上最强的宝具。这是一件来头极大的法器，材质惊人，据传是至尊遗下的龟壳碎片。

身为元青的后辈，他怎么可能没有好东西？这件奇物若是流传出去，自然会掀起血雨腥风。

石昊见状，冷笑一声，取出大罗仙剑，轻轻一划，便震开了那白色的龟壳，让它上面早就有的裂缝变得更大了。

“咔嚓！”

响声传来，令元丰脸色大变。

这可是昔日至宝的残片，虽然精华流失，已经受损，但是阻挡天神级修士绝对足够了，不可能被击穿，现在却发生了这种事。很明显对方身上也有极为逆天的东西。

“咔！”又一声脆响传来。

石昊手持宝剑，将龟壳刺穿，而后向前斩去。

元丰大叫，内心惊恐万分。这样凶猛的一剑让他感觉到了死亡的威胁。

“噗！”

剑还没有临近，剑气就已经袭了过来。元丰催动自己掌握的所有宝术，祭出成片符文，可是血光一闪，他的手掌还是被剑气击穿了。

石昊快速收起大罗仙剑，快到元丰都没有看到那剑是什么样子。

元丰想大叫，呼唤别人来救援，结果发现四周除红毛凶兽外，没有其他人。他刚才一路疾驰，早已脱离了大部队。

他很希望绿陀等人在附近，但终究失望了。

“不要杀我！”他大呼道。

“给我一个理由！”

“我是元青最小的孙儿！”他大声喊道。这句话完全是他在心乱之际顺口喊出的，因为平日这是他最大的倚仗。

紧接着他感觉五雷轰顶，因为他蓦地想起这个人可能是石昊，是被他祖父放逐的人。

“你可以上路了！”石昊说着，一拳向前轰去。

“救命！”元丰竭尽全力对抗，冲着远方嘶吼。

的确有人来了，却是三千州的人。那些人一路跟过来，在远处站定，要看他是个什么下场。

“轰！”

石昊一拳轰出，面部的金色霞光与雾霭都散开了，以真面目面对着元丰。

“是你！”元丰面色苍白，浑身颤抖，承受着这一击的力量。他的符文被击穿了，整个人被拳力笼罩。

他曾见过石昊的画像，就是这个样子。

紧接着，他看到这个人容貌再变，成了王曦追随者的样子。

“不，我祖父会杀你的！”在这绝望的关头，他没有任何办法了，只能威胁石昊。

只是不管他怎么说，都无用了。那一拳砸中了他的身体，他的身体在龟裂。

“噗！”

元丰终于支撑不住，倒在地上。

石昊一冲而过，以拳头轰开一切。金色符文密布，化成神火般的光芒，在他身上闪动着。

远处，追过来的人正好见到这一幕，看着石昊的背影皆瞠目结舌，无比震惊。

战神！

这是石昊那强势的背影给人的感觉。一拳击杀元丰，怎不让人心惊肉跳？

“嗯？”石昊惊讶地看到一枚骨符正在悄然吸收那精血。

石昊记得，这是天神书院的长老赐给正式弟子的保命符。难道这符真有大用不成？

石昊快速冲了过去，捡起此符，意外发现元丰的元神藏在骨符内，还没有死。这骨符吸收的精血可能会助他再塑躯体。

“嘎嘣！”

石昊直接捏碎了此符，里面的元神跟着毁灭！

不然的话，吸收一定的精血后，此符会遁走，回到天神书院的长老那里。元丰可能会再生。

现在元丰彻底没了生的希望，真的消失在这茫茫宇宙中了。

第851章 年轻至尊战

WANMEI SHIJIE

“太弱了。”石昊看着红褐色土地上的残骨，这般轻语道。

远处那些人看到了这一幕，听到他的话语后全都一惊。

这是何人？连元丰都被他嫌弃太弱了，让别人还怎么活？要知道，元丰可是修出了两道仙气的强者，实力强大，勇冠一域。

石昊通体被符文笼罩，不曾露出真身。现在他还不想暴露自己的身份！但是他也不想让元青好过，所以在地上刻写文字，留下了一行血书。

大意就是，元青无德，与人利益勾结，徇私送自己的孙子进天神书院，结果元丰这么弱，不堪一击。

元青若是得知此事，一定会怒发冲冠。

元丰可是他最宠爱的幼孙，被家族寄予了厚望，从小便以各种宝液浸泡，熬炼身躯。

他还动用秘法，帮助这个孙儿打磨根基。元丰修出了仙气，称得上是家族盛事。

他还指望这个孙儿在九天上崛起呢，肯定想不到元丰竟被人轻易杀了。

许多人见证了这一幕，消息很快会传出去。

他用心培养出的孙儿，却架不住别人一拳，这是何等可悲，何等奇耻大辱！

当然，如果他知道这是石昊所为，会更愤怒。

石昊起身远去，不久后这里来了很多人。他们看着这行血书，都非常吃惊。

“啊，元青大人一定会发怒！最心爱的孙儿被杀了，还被人揭短，这般挖苦。”

“不知道元青大人会做何感想。他厚着脸皮将自己的孙儿送进书院，结果没几日孙儿就被人打死了。”

人们在议论，有些人偏向元青，自然也有人嘲讽。

“轰隆！”

大地颤动，红毛凶兽发狂，成群地冲击过来。

最可怕的是，它们身后还有更强大的凶兽。金色的古兽、六翼的魔禽等都猛冲而来。

“哧！”

石昊一拳击杀一头金色的古兽。看着它那十丈高的躯体倒下去，重新化成煞气，他眉头微蹙，心想：这得杀到什么时候?

他在混乱中回到了王曦身边。

这边的局面让他吃了一惊。王曦跟绿陀遇上了，正在对峙。邀月公主则在跟玄昆对峙。

他们周围有一些追随者，全都准备出手了。

“你来得正好，一会儿若有战斗，注意别让他们的追随者布阵。”王曦传音道。

石昊站在一块巨石上，就此止步，做出随时要出手的样子。不管怎么说，他现在与王家的小姐是站在一起的。

此时虽然还没有开战，场上的气氛却无比紧张。

就连那些红毛凶兽都停止了攻击，被他们强大的气场所慑，一个个低吼着，不敢靠近。

绿陀发丝披散，站在那里，仿佛一个人可以压制九天十地。他的样貌看起来也算俊雅，但是他散发的气息很恐怖。无形的场域释放而出，让大地崩开，天穹扭曲！

王曦无瑕的面庞上带着凝重之色，秋水般的眸子紧盯着对面的绿陀。

三道仙气在王曦身上浮现，化成花朵，在那里绽放了又合拢。景象恐怖，让天地都剧烈颤动。

这让石昊大吃一惊。

王曦一个女子，平日看起来空灵若仙，明净出尘，不染人间俗气，现在一旦发威，却这么恐怖。

另一边，邀月公主跟玄昆同样如此。混沌气都出现了，在他们身边涌动，而后爆炸，发出轰鸣。

周围，成片的红毛凶兽化为煞气，彻底消失。

“杀！”

就在这时，大战爆发了。这四个人都动手了。

绿陀勇猛无比，一脚跺下，令这号称仙家战场的古地瞬间崩开，黑色的大裂缝蔓延向远方。

他一步迈出，施展斗转星移，仿佛在穿梭时空般，向前杀来。

他的目标是石昊！

他浑身散发着可怕的杀气，一出手就要先除掉对手的追随者。

“轰！”

绿陀过来时，那虚空直接就炸开了。

“砰！”

王曦挡在石昊身前，双手结印。她的双手中立刻出现了一个宝瓶。这宝瓶喷薄瑞霞，轰向绿陀。

两大年轻至尊间的战斗爆发了。

另一边，邀月公主与玄昆也同时开战，展开生死搏杀。随着两人头上大道之花的开合，混沌光四射而出，如同通天剑气一般。

“呵呵……”不远处传来一身冷笑，还带着一丝戏谑。

绿陀的六名追随者径直冲向石昊，杀气腾腾。

“杀！”其中一人双臂一振，如同大鹏展翅般横冲而来，散发出刺目的光芒。

“咦？”石昊惊叹一声。这个人身为追随者，居然有一道仙气，且在头上化成了大道之花！

同一时间，另外五人祭出阵旗等物，要困住石昊。

“轰！”

石昊速度极快，动用缩地成寸大神通，避过法阵，迎向那个主攻者。

在快要临近时，他心中微微一惊。这些人布下的法阵很神奇，有莫大的威力，一定是绿陀赐予的奇阵！

“别人被你挑战，先后败北，我却不惧你，受死吧！”正面攻来的那人大喝道，冷笑连连。

“轰！”

石昊祭出一道仙气，与拳头凝结在一起，第一时间轰向对面那个主攻者，并且破坏他们的法阵。

“杀！”

石昊大喝一声，右拳仙雾弥漫，爆发出璀璨的光芒，轰向那名主攻者。

“噗”的一声轻响，那个人横飞了起来，被打得血肉模糊。

石昊一击必中，消灭了对方阵营里最强的那个人。

“哼！”

绿陀的一声冷哼如同炸雷般在这里响起，虚空都被震开了。他动用了道音，想活活震死石昊。

电光石火间，石昊在考虑究竟是佯装负伤，等待机会一击绝杀绿陀，还是硬扛过去。

这一刻，王曦也发出一声道音，瞬息挡住了绿陀的道音。她迅速横移，阻挡绿陀的去路，不让他击杀石昊。

“你先退后，不要接近我们。”王曦传音道。

她不想石昊枉死。因为哪怕拥有两道仙气的强者，也很难抵挡绿陀。除非石昊已经修出三道仙气，不然根本没有与绿陀交手的机会，瞬间就会被杀。

在她看来，石昊修出两道仙气着实不易，可以为她做很多事，不能这样死去。

石昊无声无息地退了出去。他在等待机会!

这个时候，惊变发生。

远处，邀月公主与玄昆的战斗到了白热化。两者生死搏杀，宝术惊动九天，震破苍穹。

他们化成两道光纠缠在一起，纵横冲击。

“轰！”

就在人们以为他们要决一死战时，那两人纠缠着俯冲到了这片区域，以最强的手段轰击而下。

石昊心中一凛。这两人不是在搏命吗？怎么突然联手，冲向绿陀和王曦？

“不对，有三人暗中联手了，要干掉其中一人。谁将殒命？”石昊目光一闪，没有想到局面竟变成这样。

第852章 伏击

WANMEI SHIJIE

他们究竟是冲着谁而来？

石昊站在远处，控制眸中神光，并未暴露出自己的恐怖力量，就那么静静地看着。

这一切发生得太快了！

邀月公主风华绝代，衣裙飘舞，如同月亮上的广寒仙子飞抵人间。她扬起素手，洁白的神光喷薄而出，刺得人睁不开双眼。

玄昆长啸一声，双手结印，以泰山压顶之势落下，击塌长空。

“轰！”

这个地方炸开了。磅礴之力倾泻而下，冲击向正在交战的人。

“王曦危在旦夕！”石昊自言自语道。

他认为这两人是冲着王曦来的，毕竟邀月公主是王曦的对头。两人来自不同的长生世家，一直是竞争关系。

然而结果超出他的预料。

从空中降落而下的两人全都轰向绿陀，并非王曦。他们出手迅速而干脆，霸道而凌厉，非常坚决！

在同一时间，王曦施展出一种古天功，轰杀绿陀。此时的她英姿飒爽，气息逼人。

这是一场惊变。

三大高手合力出击，都动用了自己最强的手段，将绿陀困在中央。

石昊面露异色，他万万没有想到邀月公主与王曦能放下成见，联手对付另一个人。

很明显，这并非偶然事件，而是邀月公主、玄昆、王曦早已商量好的。他们事先达成了共识。

这是一次绝杀！

“咚！”

虚空炸开，雷鸣不绝，更有真龙与血凰飞舞，麒麟咆哮。这是宝术在绽放，天功在演绎。

这种景象太惊人了——天宇龟裂，场域展开，惊天动地。

这就是年轻至尊的战斗！

那个地方被混沌气淹没，古天功尽显无上威势，惊心动魄。

只有仙气燃烧，发出刺目光芒时，人们才能看到这边的战况！

仙光冲霄，裂开乾坤！

“噗！”

在这场伏击战中，绿陀大口吐血，终于负伤了，随后他接连遭受重创，横飞而出，摔向远方。

“大人！”

他的追随者大叫，想要救他。

远处，观战的众人没有想到会是这样一个结果。

“王曦小姐、邀月公主、玄昆居然早有算计，这是要除掉绿陀啊！”

一代年轻霸主绿陀何其惊天耀世，居然要死了吗？这一战从侧面证明了他的强大，不然也不至于让人忌惮，首先要除掉他。

“杀！”

三人同时出手，催动无上古天功，去追那逃脱出去的强大男子。

绿陀声音如雷，长啸一声震得周围许多红毛凶兽炸开。他的身影化作一道流光冲向天际，想要逃离这片战场。

远处，不少观战的人被那啸声震得身体摇动，更有一部分人口吐鲜血，身体踉踉跄跄。

绿陀快如疾电，留下一道残影，眼看就要消失了。

但王曦、玄昆、邀月公主没有一个是弱者，一路跟随，很难被甩掉。他们又一次催动无上大法，开始攻击了。

古天功一展，天崩地裂！

绿陀虽然在逃，但是也得被动迎击，不然会吃大亏。他并没有跟那三人拉开足够远的距离，依旧在他们的攻击范围内。

“轰！”又是一次大碰撞。

符文燃烧，骨文绽放，无比绚烂。

绿陀怒啸，伤势更重了。

这不仅是他未想到的事，也是所有人都没有预料到的事。三大高手居然一起伏击他，让人震惊。

“噗！”又是一口鲜血吐出。

绿陀像被一下子打掉了九条命，尽显萎靡之色。这一路逃亡太过惊心动魄了，总算他的性命还在。

他的骨骼多处断裂，自身元气大伤，再也不能逞强争锋了。

唯一庆幸的是，他燃烧精血，催动天功，最后成功逃走了。

这几人的追随者自然跟不上他们的速度，除石昊外，都被甩掉了。

得见这一幕的都是早先就在这片区域的人，不然也捕捉不到几大高手的身影。

石昊一路跟了下来，静静看着，没有出手。

“咔嚓！”

虚空中出现可怕的闪电，并且有龙吟虎啸之声发出。各种仙影浮现出来，仙光四射。

这次真的不好了，有人就等着这个机会呢！

邀月公主跟玄昆一起动了，突然攻向王曦。

这事情既突然，又在情理之中。

邀月公主跟王曦终究是对头，终究会针锋相对。

“轰隆！”巨响不绝于耳。

王曦全力反抗，跟他们展开对决。

“哧！”

一道神光亮起，横过长空，击穿各种宝术符文。

又是一场龙争虎斗！

三人的天功再现世间。

“噗！”

王曦嘴角流血，受伤了。

一人独战两大高手，肯定不会有什么好下场。她现在只想快速逃离。

只是那两人太强了，任她再怎么拼命抵挡，也遭受了重创！

“唰！”

王曦不愧是从长生世家走出的一代奇才，她虽然遭到了邀月公主和玄昆的合力攻击，但还是逃了出去。

“走！”她经过石昊身前时，发出一片光包裹住他，带着他一起逃离。

“要帮忙吗？我替你出手。”石昊说道。

“你不是他们的对手，不用冒险。”王曦说道。

逃出去一段距离后，她停下来，吃下一颗神丹，就地打坐疗伤，恢复元气。

石昊没有动，只是站在那里为她护法。

不久后，王曦睁开眼睛。遭受修出了三道仙气者的轰击，她的伤不可能这么快就好了，但她不得不起身，不然他们可能会被人追上。

他们沿着一个方向前进，竟然是绿陀逃走的方位。

王曦并未擦去身上的血迹，一眼就可以看出她经历过一场大战。

“绿陀！”石昊眯起眼睛，看到了一道身影。

那人绿发飞舞，挡在前方，气势如山岳般可怕。

王曦止步，看着前方，并没有出手。

片刻后，她平和地道：“我们得杀回去，让他们两人也负伤。不然的话，你我皆元气大伤，会被当作负伤的猎物，非常被动！”

绿陀沉默片刻后点点头，跟她一起往回走。

很难想象，不久前王曦还与别人一起围攻绿陀，可这么短的时间内他们又走到了一起，竟还要联手对敌。

绿陀与王曦都已经负伤，元气受损很严重，在他们养伤的过程中，若是被同阶的人追杀，会非常危险。为了生存，他们两人必须暂时联手。

不久后，王曦与绿陀在这条逃亡的路上隐藏起来，静静等待机会。

终于，邀月公主、玄昆出现了。

他们在经历两场大胜仗后，如果能寻到绿陀与王曦的身影，就完美了。

“轰！”

一声巨响，天地震颤。

王曦与绿陀偷袭得手，玄昆莫名挨了一掌与一指，就此倒下。

这转变也太快了！

玄昆浑身是血，身受重伤，不过他毕竟不是常人，并未死去，硬挺了过来。

“道兄，坚持住！我们两人不用怕他们！”邀月公主说道。

然而玄昆深深地看了她一眼，果断远去。

很明显，玄昆已负伤，自然不敢同巅峰状态的邀月公主在一起。

因为他们彼此间竞争太激烈了。一个安然无恙的人去追击受重创的人，肯定会占极大的优势。

邀月公主转身避退！

谁也没有想到事情会演变到这一步，令人惊奇。

“砰！”

王曦与绿陀猛烈地攻击。邀月公主一边逃，一边想办法，可还是负伤了，口鼻出血。

石昊看得目瞪口呆。

他们四人心思各不同，都在算计对方，结果都负伤了。

战斗结束，没有人再动手了·。

石昊自言自语道：“我该出手了吗？”

第853章 古人

WANMEI SHIJIE

邀月公主雪白的衣裙被自身的血染红，洁白如象牙般的躯体轻微颤抖，伤势真的非常重。

“唰！”

后面的绿陀和王曦没有再继续追击邀月公主，而是快速分开，朝不同的方向遁走。

此战就这样落幕，出乎所有人的意料。

四大年轻至尊都负伤了，而且都伤得很重。他们彼此忌惮，不敢再战斗下去，全都选择避退。

石昊神情严肃，此时在考虑去追谁，刹那间便有了决断。

他要去追击绿陀！

然而他刚要迈步，一股恐怖的波动就从天际传来。那股力量浩瀚莫测，如星海坠落在人间，砸得大地为之颤动。

可以看到，红褐色的大地在剧烈摇动，不断崩开。

一股强大的神念扫过，席卷这片山地。大地震颤，山峰裂开。

石昊大吃一惊，生生止步。

那是谁？

一股神念就如此可怕，太惊人了！谁能与之对抗？

他潜伏到一块巨石后方，一动不动，静静地看着。

最高的一座巨山上无声无息地出现了一道身影，在昏暗的光线中，显得雄姿挺拔，压迫得人要窒息。

石昊不敢用天眼通，怕引起对方注意。这个人的气息太过恐怖，仿佛翻手之间就可以拍下日月星辰来。

这是一具无头的尸体！

石昊震惊了。虽然他没有动用天眼，但还是看清了。那个人背对着这个方向，没有头颅，仿佛才被斩落首级不久。

他的样子和身上残破的铠甲，无不说明他是一个古人。

“他应该被斩首很多年了，身上有一股久远的气息。”

石昊被自己的猜想吓了一跳。

这个人失去了头颅还活着吗？他的行动根本不受影响。

他的躯体上弥漫着残余的仙气，有一种魔性，震慑人心。

他一个人站在那里，仿佛可以斩破九天十地！

突然，他消失了。但是这片天地一下子崩开了。

“轰隆”一声，许多山峰爆碎，地面裂开无数黑色的大裂缝，绵延到远方。

隐约间，石昊看到他模糊的背影，冲着他们乘坐的那艘黄金战船而去。

地上一片狼藉。这片区域内的所有红毛凶兽都被那股剧烈的波动震得解体，形神俱灭。

这种力道过于恐怖，让人胆寒。

唯一庆幸的是，其他人都不在这里，不然将损失惨重。

“快走！”

石昊起身，发现了数里外的王曦。她正在冲他招手。

原来她也未走，隐藏在暗中。

这个时候，她的伤势更重了。她就躲在那无头古人所在的山峰下面，刚才的波动对她冲击不小。

“那是什么东西？”石昊问道。他相信出身长生世家的王曦对这片仙家战场肯定比他了解得多。

“他应该是昔日死于战场的人，被斩首后，身子还有活力，被埋在了有神药的地方，所以能长存于世。”王曦解释道。

她果然知道。按照她所说，那种东西通灵了，如今可以走出有神药的地方，而且肉身还残存着昔日的一些力量，非常可怕。

石昊非常惊讶。

刚才那个无头古人可以说相当恐怖，一身战力简直不可想象，而这只是昔日的一些残余力量？

“别忘了这里是什么地方。仙家战场，能来这里参战的人绝大多数实力都超越了教主，不可揣测，当中甚至有仙王！”王曦白了他一眼。

“你怎么样？要我抱吗？”石昊伸开双臂道。

王曦瞪着他，一点也不想接这个话茬。

这个家伙是真呆还是装傻？

“我就算负伤了，也用不着你来凑热闹。你要是想照顾我，也不能抱我。”王曦说道。

“那我背你上路。”石昊说道。

“不用！”王曦擦去嘴角的一缕血丝，虽然面色有些苍白，但是依旧风姿绰约，怎么看都是超凡脱俗的仙子，让诸多圣子都要自惭形秽。

只是她走了一段路，就有些体力不支了，脚步踉跄。

四大年轻至尊对决，可以说是谁都没占到便宜，都伤了本源。若是一般人被古天功击伤，早就死了。

还好，他们都不是平常人，修出了三道仙气，所以能在一定时间内调养好。

当然，王曦之所以伤得这么重，主要还是因为那无头古人的冲击。

他一脚踏碎大岳，让周围的天地炸开。当时王曦就在山脚下，离得太近了。

石昊跟她并肩而行，并没有上前去搀扶她。

王曦又咳出一些血丝，不满地转头看了他一眼，道：“你怎么这么不自觉！”

“你不是说不用我照顾吗？”石昊一边说，一边扶住了她，“看你这么虚弱，想来另外三人也好不到哪里去。我现在带你去杀他们，应该很简单吧？”

“不用想了。修出三道仙气，并且结出大道之花后，他们的战力太强了。你远不是他们的对手。”王曦摇头道。

石昊撇撇嘴，不以为然。他虽然没有达到天神境，但已经修出了两朵大道之花，自信可以出手压制他们。

“道生一，一生二，二生三，三生万物。三花聚顶，远超你的想象。只拥有两朵大道之花的人是根本比不了的。你别太自信。”王曦说道。

石昊不想跟她在这方面争执，转移话题，问道：“刚才那无头古人冲着我们的战船去了，不会出问题吧？几位长老守得住吗？”

“书院中的第二高手来了，他持有九凰炉，绝对没问题。天神书院可远比你想象的强，是九天十地中退隐的一批古老存在建立的，实力深不可测。”王曦说道。

“那样就好，免得我们被断了后路。”石昊点头道。

他们又走了一段路，王曦有点支撑不住，再次服了一颗神丹。她伤到了本源，身上带着大道之伤，现在还很虚弱。

“要我背你吗？”石昊道。

王曦闻言，先是看了他一眼，而后掌心发光，取出一辆绽放着七色光彩的辇车。

他们一起上了战车。石昊催动这辆车，使它即便无神兽拉着，也可以御空而行，速度极快。

“这破车太耗神力了。”石昊抱怨道。

“你再打我的主意，我便念咒语，让你头上的金刚琢缩小，勒紧你的元神。”王曦双眸眨动，慢悠悠地说道。

“少女，你想多了。我只是不愿意浪费太多神力而已。你以为我愿意背你啊？”石昊道。

终于，他们离开了那片区域，降落在一片宁静之地。

此时兽潮已经散了，红毛凶兽变少了。

王曦推测，附近必然有一处栽着神药的宝地，是那个无头古人的栖身之地。那里说不定有仙道传承。

他们准备寻找，将那尘封的古地找出来。

无头古人能够长存，肉身保有活力，肯定是被埋在了长有神药的地方。

两人希望那是一座没有被人发掘过的仙家洞府，那样他们的收获就太大了。

“你疗伤，我去转一转，寻找那古地。如果遇上绿陀、玄昆他们，我可以顺手解决掉。”石昊说道。

“你能谦虚一点吗？”王曦翻了一个白眼。

“我这个人最谦逊了，一向说实话，你为什么不信呢？”石昊表现出一副很诚恳的样子。

“你既然有那么大的本事，就去把邀月给我杀了。”很明显，王曦对邀月公主心有怨念。因为不久前被围攻时，邀月公主对她攻击得最厉害。她如今的伤有一半是邀月公主施展古天功造成的。

“哦，可以把她捉回来暖床用。”石昊大言不惭地说道。

“立刻消失，别在我这里胡言乱语，扰我清净！”王曦很不想跟他多说话，怕被污了双耳。她觉得这家伙越来越不靠谱了。

“唰！”石昊消失。

他在这片古地中移动，寻找神药古地，同时在搜寻邀月公主、绿陀等人。

第854章 风族现

WANMEI SHIJIE

石昊的速度太快了，如风一样疾驰，若电一样横空。

他在这片红褐色的大地上奔行，毫不掩饰地释放强大的神觉。他在寻觅神药。当然，若是真的有仙家洞府就更好了，他此行的最大目的也就达到了。

他来到仙家战场，不就是为了道书、仙器吗？此行若有所获，一定是在那些封存的洞府中。

红毛凶兽退去后，山地中恢复了宁静，唯有风声在呼啸，发出阵阵呜呜声。

石昊留下一道又一道残影，尽显自己的神通与道行。他快速移动，踏遍这片区域，可惜没有任何发现。

“小心一些！那几个人虽然都负伤了，但是依旧了不得，莫要惊扰了他们。”

忽然，石昊听到了一声低语。有人在靠近这边。

那是几个非常强大的人物，如幽灵一般在附近游荡，像他一样也在寻找着什么。

显而易见，绿陀、王曦、邀月公主、玄昆四人大战的消息传了出去，引得其他人动了心思。

这些人是谁？

明知王曦、绿陀等人在此出没，还敢来探索，这样的人肯定不多。

石昊跟在他们身后，暗中观察了一段时间，非常惊讶。这些人手中的骨镜等物都很了不得，居然可以探测到地下。

他们也在寻找地下的宝藏！

“不知道主上是否会击杀那些修出三道仙气的年轻至尊，那一定会影响深远。”有人低语道。

石昊闻言不禁一惊，果然有一个可怕的人物来了。看样子他是单独行动，要去击杀对手。

在仙家战场中，修出三道仙气的生灵彼此是竞争对手，都会想办法击败对方，从而获得书院的全力栽培。

到了那个时候，真龙血都可能全部用在一个人身上！

石昊在附近寻觅，并未发现这些人的主上，快速往回赶去。万一那家伙遇上王曦，多半会得手。

王曦比其他三人受伤重，如果现在遇上一个修出三道仙气的生灵，肯定会输。

石昊返回时，发现这个地方已经失去了王曦的踪影，也没有留下一丝线索。

“坏了！”石昊蹙眉道。

那个人不会真的来了吧？他是将王曦掳走还是杀了？

但是，这里并无尸体，也无血迹。

石昊放出神觉，在这里仔细搜寻线索。

“我在这里！”忽然，他听到了传音，而后看到脸色苍白的王曦从一块巨石后站起身来。

石昊冲了过去，仔细打量，发现她并未与人在此地激战。

“刚才有人来了，幸好我躲避及时。那是一个十分可怕的对手。”王曦现在想起来都有点后怕。

那个人绝对修出了三道仙气，一出现就带着黑暗气息笼罩了此地，如同魔君降临一般。

王曦身上有一件家族的奇珍异宝，可以敛去自身所有气息。即便对方的黑暗气息覆盖山地，也没有办法将她寻出来。

“是风族人吗？”石昊问道。他通过刚才那些追随者的话判断，他们所谓的主上很有可能是风行天。

“是他！想不到风族这位年轻至尊不仅将自家的传承修到了这般程度，还得到了一种古老的黑暗天功。”王曦说道。

她曾有耳闻，风行天是一个有大气运的人，受上天庇护，得到了各种机缘，甚至曾经开启一处古遗迹，得到一种黑暗天功。

“喏，将我头上的金刚琢取下。”石昊指了指头上的金属圈，对王曦说道。

虽然他认为这东西不能禁锢自己，也伤害不了自己，但是想自己取下很难。除非他以大罗仙剑斩开此物，但是他又怕此器自毁，到时候将他的元神震伤。

“你想做什么？”王曦问道。

“我要去杀人。这金刚琢太显眼了，即便有长发掩盖，但若有人仔细观察，还是能够看出一些端倪的。”石昊道。

王曦略微迟疑，帮他摘下了金刚琢，道：“你别乱来。”

“放心吧。若是遇上绿陀、风行天，我一定会替你将他们击杀。”石昊说道。

随后，他又问王曦一个人在这里是否安全。

“放心吧，我这里有秘宝，可以敛去自身的气息，不用你来操心。”王曦很干脆地说道。在她看来，这个不靠谱的家伙在身边可能会更麻烦。

石昊这一次终于能放开身心，无所忌惮了。他的神觉更加敏锐，向着四面八方延伸，搜索着对手的行踪。

“玄昆！”

石昊感应到了玄昆的气息，不承想这次竟这么快就有了发现。

玄昆受伤了，在疾驰逃遁，有人在追杀他。

远处，一抹黑暗气息涌来，快速逼近。双方爆发了惊天动地的大碰撞，四周的山岳全部崩开了。

那是天功在对决，是生死搏杀。

石昊没有动，待在远处观察。看到这个场景，他不禁蹙眉，深刻了解到修出三道仙气者有多么强大。

玄昆都受重伤了，居然还能抗衡。

事实上，在刚才的对决中，玄昆伤势更重了，身体一直在抽搐，但就是不死。

“这个人真是风行天吗？”石昊戒备着，不得不将此人列为危险人物。

此人真的非常强，实力强得可怕。

这个人并未现出真身，只有大片阴影追着玄昆，跟他交手。

激战在继续，战场在变换，石昊一路跟随在后，时刻准备出手。

偏离方才的战场一千里后，石昊突然心中一惊，因为他听到了一些熟悉的声音。

“三千州的修士！”他惊呼道。

在他横移躯体，暂时脱离那片战场后，他看到了一些熟人，有甄古、藤一等。

甄古手握凝血而生，凝血化战矛，无坚不摧。藤一则是火金族的传人，实力超凡。

不过他们终究没有修出仙气，此刻跟一些人一起被驱逐到了这里。

风族的人强迫他们在这块地方寻觅至宝！

“这些人太弱了，连仙气都没有修出，也配进书院？真不愧是来自三千州的一群废物！”有人冷笑道。

“三千州都快成一个，话了。当中有几人来历不同寻常，疑似九天上的隐世高手去下界时调教出来的弟子，其他人就真的不堪一击了。除去那几人外，就没有一个让人眼前一亮的人物。”

“哎，千万不要这么说，说不定他们到天神境后会鱼跃化龙呢，哈哈……”有人一边说，一边放肆地大笑。

这些人大多是书院的正式弟子，只因风族足够强，是最可怕的长生家族之一，便投靠了过去。

这一次，他们跟着风行天的追随者一起出动，在这片区域寻找机缘。

他们听闻，四大年轻至尊都已身负重创，且这个地方可能有仙家洞府，便第一时间赶来。

同时，他们又怕人手不够，便驱使三千州的人一起寻觅。

“听闻是风族的老大人亲口下的命令，要镇压三千州那个石昊十年？”

“应该是这样的。据说，风族的一位老祖宗曾经跟边荒七王中的一人非常不合。那个无上强者属于石族。”

远方，石昊听到了这样的话，心中震惊。

还有这等事？居然涉及了边荒，跟七大王者中的一人有关！

“如今三千州真的废了，尽出废物，哪里还有昔日的气象！这些人真的不配来这里，只能被驱使。”有人说道。

“嘘，小声点，毕竟人家曾经高贵过，在下界也都是一方奇才啊，哈哈。”有人嘲笑道。

远处，石昊无声无息地出现了，向着这里走来。

“噗！”

他抬手间，璀璨的光芒亮起。雷电凝聚成一把黄金战刀，猛地一扫，杀伤力惊人。

“啊……”有人大叫着栽倒在地。

“你是什么人？”有人怒斥道。

远处的风行天听到了这边的动静，恐怖的气息席卷而来。

第855章 大碰撞

WANMEI SHIJIE

石昊奋力一击，不仅斩杀了三名风行天的追随者，还令两名书院的正式弟子殒命。这两名书院弟子虽然都修出了仙气，可在石昊的进攻下，如土狗般不堪一击！

尖叫声中，石昊往前迈步。他手中的黄金战刀变大，再次抡动起来。

刀光如瀑布般倾泻而出，绚烂至极。

“噗！”

又有几人消失。

“你敢！”远处传来风行天的呵斥声。他一抬手，向这边发出一道神虹。

石昊往旁边迈出一步，直接避过风行天的攻击。他方才站立的地方赫然出现一个巨大的黑洞。

三千州的修士惊异万分，并没有认出石昊。动用七十二变后，石昊改变的不仅是相貌，连骨骼与血肉都重塑了。这种做法虽然令人很痛苦，却可以为他保密。因为这是血肉重塑，而不是简单的幻术，所以就连天眼通也看不出什么。

“你是谁？你敢与风族为敌吗？”风行天的一位追随者大声呵斥，但他实在没有办法了。那个如同魔神般的存在正向他们逼来。

“追随者倒是不少。”石昊冷冷地说，语气中带着一丝嘲讽。

剩下的六七名追随者，其实都是书院中的弟子。他们本是一域奇才，却甘愿为风行天效力。

当石昊知道是风族在压制他后，心中燃起一股怒火。若非他命大，早已经死在太初古矿了。严格来说，元青只是帮凶，罪魁祸首是风族！而风族老祖宗跟石族之祖的恩怨情仇，更加让他心绪难平。

“都是陈谷子烂芝麻的事了，你们还念念不忘，战不过我们这一脉的祖上，就不顾身份来压制我。”石昊自言自语，心中怒火腾腾。他握紧了拳头。

风族压制他十年，等于封死了他在书院中的所有造化，断了他的路。

谁都知道，天神书院集齐九天中的精华，要倾尽所有，以龙血、仙道经文等培养出两三位年轻至尊。可以说这是一场无法想象的机缘。

在这样的情况下，风族施展手段，驱赶并压制石昊，陷他于绝地。

“哧！”

石昊抬手，五指齐张，顿时有五道神光冲出，打向前方的几个人。

“咔嚓！”

宝具碎裂的声音和那几人大叫的声音同时传来。

“噗！”

骨文被磨灭的轻响很柔和，却震撼人心。这次那几人燃烧潜能，动用了这一生中所能施展的最强神通，却被人一指击破。

他们心中带着不甘，眉心被点破，仰头倒了下去。

石昊抬手间便轻易胜出，令被掳来的十几位修士都呆住了。

“大胆！”风行天怒了。

他先前不想放走玄昆，奋力搏斗想将其击杀，不承想这么快，他的人马就被打得七零八落。

“嗯？”石昊面露异色。

刚才被击杀的书院弟子都留下了自己的保命骨符。此时它们正在吸收精血，想伺机遁走。

“破！”石昊一声大喝，捏拳印击出。骨符全部爆裂！

这些本是书院长老赐给弟子们的神符，拥有保命的奇效，结果还是未能救他们逃出生天。

“哧！”

下一刻，一片乌光汹涌而来，把石昊完全笼罩住了。风行天分出精力出手，要镇杀石昊。

这是黑暗属性的力量，源自某一种古天功。

石昊没有接招，背后出现一对雷电神翅。神翅轻轻一振，令他破空而去，快速避过了这一击。

他没必要为玄昆解围，也不想现在就跟风行天进行生死搏杀。

石昊选择冷眼旁观，坐山观虎斗。

当然，风行天不允许这种情况发生，在对付强敌玄昆之际，还是再次出手。他施展黑暗宝术，释放出滔天黑雾，攻向石昊。

“嗡！”

就在这时，虚空乱颤，一轮皎洁的明月升起，驱散了黑暗。

风行天遭遇了袭杀！

邀月公主来帮玄昆了。她虽然负伤了，但是此时义无反顾，展开惊世一击。

她之所以这么做，是因为自己本就已受重伤，如果玄昆此时殒命，她也多半危矣。而且她跟玄昆一直是结盟的关系，危难中拉他一把，会让他感激不尽。

石昊笑了。混战再好不过。

“十字神道！”风行天冷喝。

他双手一挥，虚空中顿时出现黑白两道光束，纵横交叉，化成一个巨大的十字。大道符文喷薄而出，向着邀月公主那里杀去。

“咚！”

虚空之中，若神鼓响声沉闷，震荡人的灵魂。

仙气升腾而起。

这是顶级人物的大对决！

可惜邀月公主、玄昆都已身负重伤，状态不佳，不然两人联手必能让风行天饮恨败北。

邀月公主、玄昆开始咯血。不过风行天也不好受，脸色潮红，嘴角出现一道血丝。

“杀！”风行天一声大喝，施展出一种黑暗古天功。他整个人都消失不见了，唯有黑暗笼罩大地。

邀月公主和玄昆都拼命抵抗，动用了自身传承的天功。

“轰隆隆！”日月无光，天地失色。这里发生了大爆炸，引发乾坤异象，仿佛一切都走向了终点。天宇炸开！混沌气肆虐开来。即便这里是仙家战场，但此时也在不断崩塌，露出一个宏大的地宫。

在场的人都呆住了。

黑暗散去，混沌气消失。恢宏的地宫隐在大地深处，露出模糊的轮廓。淡淡的清香飘散出来。

是神药！

石昊心头一跳，一下子就明白了。那无头古人多半是出自这里！其他几人也都明白了，快速俯冲下去。

一声尖叫传来。

深处果然有一株神药。它扎进土层中，疾速前行，逃进地宫内。

这个时候石昊不能置身事外了，快速冲了过去。很明显，这里是一座古洞府。

“轰！”

邀月公主、玄昆、风行天再次大战。这一次战况更为激烈。他们全都动用了最强神通，引得骨文飞舞，虚空爆裂。

“杀！”

空间平静下来时，他们三人都口吐鲜血。风行天的状态明显好很多，再次大喝，结出可怕的法印，想要催动终极无上天功。

“哼！”就在此时，石昊出手了。他从上方俯冲而下，刹那间仿佛化为六个人，结出六种法印。

石昊的速度太快了！此时他施展的正是古天功——六道轮回！

这种天功一出，天地震颤，让人窒息。

石昊结印，轰向风行天。

战场内的人都大吃一惊，像是意识到了什么。

邀月公主两眼放光，盯着石昊。她没有犹豫，配合他出手，也攻向了风行天。

玄昆就更不用说了。他恨透了风行天，此刻当然出手了。

“咚！”

乾坤炸裂，混沌气弥漫。无数符文散开，发生了最可怕的大碰撞。

风行天的黑暗天功不敌对方三人，身体横飞而出，口中咯血。

即便如此，他也咬牙强行向着地宫冲去。

“哪里走！”石昊大喝，再次结出六道轮回印，施展古天功，向着风行天镇压过去！

（本册完）